Evelyne Lorenz

Die Käferbohnenfrau

Roman

edition keiper

www.editionkeiper.at

1. Auflage März 2018
literatur nr. 92
Cover, Layout und Satz: textzentrum graz
Coverfoto: Albert Lorenz
Autorenfoto: Arthurs Fotostudio A7
Druck und Bindung: Printera
ISBN 978-3-903144-47-7

Das Land Steiermark
→ Kultur, Europa, Außenbeziehungen

GRAZ KULTUR

Evelyne Lorenz

Die Käferbohnenfrau

Roman

DAS ERSTE GESPRÄCH

Dezember 2007.

Es ist kalt.

Der Frost setzt sich in sichtbaren Eiskristallen nieder, verweilt als bizarr glitzernder Raureif an den Ästen und Zweigen der in den Himmel ragenden, kahlen Waldbäume und breitet sich in schweigender Kälte über Hügelketten und Täler, die sich im Grenzgebiet zwischen Österreich und Slowenien verlieren.

Die Übergänge der Hügel, Felder und Wälder sind weich und sanft, werden getragen von unzähligen Reihen froststarrer Reben, die in den weitläufigen Weingärten am Wegrand beginnen und irgendwo im Nebel enden, nur unterbrochen von hochmütig in die Höhe ragenden Pappeln, die dieser Landschaft etwas Südländisches verleihen und sogar jetzt, in der frostigen Starrheit, mit Wehmut an Sonne und Sommerwind erinnern.

Ich stapfe durch den Schnee, der unter meinen Füßen knirscht und zerbricht.

Mein Atem formt sich zu bauschigen Wölkchen in der Kälte des Tages.

Er verweht.

Ich kenne den Weg, ich bin ihn oft schon gegangen.

Im Winter ist es hier still.

Und ich liebe diese Stille nach den Touristenströmen des goldenen Herbstes, wenn sich die Menschentrauben an den rauchenden Maroni-Öfen versammeln, den milchig trüben neuen Wein in einfachen Glaskrügen verkosten und sich ihre Blicke am Horizont eines strahlendem Herbsthimmels verlieren.

Die Weinlese ist längst vorbei, der neue Wein lagert in den Fässern und schenkt sich nun die Zeit, um zu reifen. Endlos reiht sich Rebstock an Rebstock, in der Stille des Winters Kraft sammelnd für ein neues Jahr, ebenso wie der Winzer, der jetzt nach den rotgoldenen Tagen des Herbstes und nachdem das Sprudeln, Sieden und Keuchen des jungen Weines seinen Duft verströmt hat und allmählich verstummt ist, im Keller den Saft der Reben nach Wissen und Geschick veredelt, um ihn später zu filtrieren und in Flaschen abzufüllen.

Ich genieße die Ruhe, die über den sanften Hügeln schläft. Weingärten und Wälder wechseln sich ab und säumen meinen Weg, der an der Grenze entlangführt und mir vertraut ist. Doch heute ist dieser Weg neu und anders – diese Grenze, die stets meine Schritte gelenkt und ihre Richtung gehemmt und eingeschränkt hatte, ist nicht mehr da. Vor mir im Schnee liegt ein Grenzbalken, wie unabsichtlich hingeworfen.

Ich bleibe stehen.

Ein Grenzbalken, das Symbol von Trennung und Übergang, wird nicht mehr gebraucht, ist wertlos geworden, zu nichts mehr nütze, weggeworfen. Diese Grenze war da, sooft ich hier vorbeigewandert war, und nun ist sie weggerückt, befindet sich anderswo.

In Gedanken verloren starre ich auf die rot-weiß-rot lackierte Eisenstange mit der runden, rot umrandeten Scheibe, die über Jahrzehnte das Symbol für HALT bedeutet hatte. Dort, wo früher der Weg durch diesen Grenzbalken versperrt gewesen war, kann ich nun hinübergehen. Wie oft ich da gestanden und hinübergeblickt hatte!

Manchmal waren in der kleinen Zollhütte neben dem Grenzbalken Zöllner gesessen und hatten Zigaretten geraucht. Ich konnte ihre Stimmen hören, aber ihre Worte nicht verstehen. Vielleicht hatten sie mich gesehen – doch beachtet hatten sie mich nie.

Sie waren drüben und ich war da gewesen und da ich nie Anstalten gemacht hatte nach drüben zu gehen, war ich für sie nicht von Interesse.

Und nun kann ich hinübergehen. Einfach so!

Die Grenzlinie zwischen Österreich und Slowenien existiert auf den Landkarten, als eine Linie mit schwindender Bedeutung, denn nach den Jahrzehnten der Trennung sind die Menschen auf beiden Seiten einander näher gekommen, zur Gemeinschaft Europa zusammengerückt. Beinahe andächtig setze ich einen Schritt vor den anderen.

Es ist der 21. Dezember 2007.

Das »Da« und das »Drüben« existieren noch immer, sie haben sich über Jahrzehnte in den Köpfen der Menschen manifestiert – doch der im Schnee liegende Grenzbalken zeugt von einer neuen, anderen Wirklichkeit.

Es war ihre Stimme, die mich plötzlich aus meinen Gedanken riss.

Sie stand im Schnee wie ich, eingehüllt in einen dicken, fast bis zum Boden reichenden dunklen Mantel, den Kopf mit einem wollenen Kopftuch umhüllt, aus dem ihre weißen Haare hervorlugten.

Sie lächelte.

Wir gingen aufeinander zu und dort, wo noch gestern der Grenzbalken an den rechts und links des Weges angebrachten Pfosten befestigt gewesen war, begegneten wir einander.

»Grüß Gott!«, sagte ich und erwiderte das Lächeln der alten Frau.

»Dober dan!«, antwortete sie.

Als sie mein ratloses Gesicht sah, lächelte sie mir schelmisch zu und meinte: »Nichts für ungut! Ich spreche deutsch! Ich bin ja eine von da.« Und nach einer kurzen Pause: »Aber auch eine von drüben.«

Da standen wir nun beide vor dem im Schnee liegenden Grenzbalken.

»Da schauen Sie hin!«

Sie deutete mit ihrer von harter Arbeit gezeichneten Hand auf die im Schnee liegende Eisenstange und fuhr fort: »Das ist unsere Zeit. Was nicht mehr gebraucht wird, wirft man fort. Da wird er nun liegen bleiben, bis er von Schnee und Regen verwittert und mit Rost überzogen sein wird und die nach uns werden gar nicht mehr wissen, wie bedeutungsvoll dieser Grenzbalken einmal gewesen ist und wie viele Schicksale er durch sein Öffnen und Schließen bestimmt hat.«

Ich nickte und hauchte auf meine von der Kälte rot gewordenen Finger.

»Ja, ja!«, meinte die betagte Fremde versonnen. »Der Winter ist kalt und doch ist er heuer anders als sonst, geradezu mild, denn wer hätte vor Jahren daran gedacht, einmal hier im Schnee einen Grenzbalken liegen zu sehen.«

Dann nickte sie wieder und schaute mich versonnen an.

»Wissen Sie, damals … das war …«

Sie überlegte eine Weile und ich verhielt mich still, ließ ihr Zeit, die Gedanken zu sammeln, denn es begann mich plötzlich ganz brennend zu interessieren, wie und was damals gewesen war.

Ihre Worte formten sich zu Hauch, der sich in der Kälte auflöste und ich wusste plötzlich, sie würde mir davon erzählen – von ihrem Leben an der Grenze. Und tatsächlich sagte sie plötzlich: »Wir stehen da im Schnee an der Grenze und reden, während meine Füße zu frieren beginnen. Wollen Sie mich ein Stück begleiten?«

Ohne meine Antwort abzuwarten, setzte sie sich in Bewegung und ich folgte ihr.

Nach wenigen Minuten bogen wir von der Straße ab und vor uns standen die Gebäude des Weingutes Adam-Jordan. Aus dem Schornstein stieg Rauch auf.

Nachdem die alte Frau meinen fragenden Blick wahrgenommen hatte, meinte sie: »Jetzt im Winter ist die Buschenschank geschlossen und mit dem Weinverkauf beginnen die Jungen erst im Februar. Momentan machen sie Urlaub und ich bin allein und hüte das Haus.«

Sie öffnete die schwere Holztür und bot mir in der Stube, in deren Mitte ein Kachelofen wohltuende Wärme verbreitete, einen Platz an.

»Möchten Sie Tee?«

Ich nickte.

VERLORENE HEIMAT

1911.

Maria Rojkos lag in den Wehen. In dem kleinen bescheidenen Häuschen, in dem sie mit ihren Eltern und Geschwistern lebte, war es dunkel und stickig. Die kleinen Fenster ließen kaum Licht in das Innere der finsteren Stube dringen, in dem sich die Wöchnerin unter Schmerzen hin- und herwarf.

»Lange braucht es nicht mehr!«, sagte die Hebamme, die aus Süssenberg geholt worden war.

»Wieder so ein armes Hascherl ohne Vater!«

Die Mutter bekam einen starren Blick, wandte sich an die Hebamme und meinte mit herbem Ton: »Helfen sollst ihr und nicht predigen wie der Pfarrer!«

»Schon gut«, murmelte die Hebamme und wandte sich wieder der jungen Maria zu. »Pressen! Pressen! Gleich ist es so weit!«

Marias gellende Schreie waren weithin über die Äcker, die sich rings um die kleine Keusche breiteten, zu hören, doch niemand konnte sie vernehmen, denn es war Februar und wer nicht in der Kartonfabrik von Süssenberg zu arbeiten hatte, befand sich daheim in der Stube, flocht Körbe oder band Reisig zu Besen, die man auf dem Markt in St. Leonhard, Marburg oder Mureck verkaufen konnte.

Die dunklen Schollen der Felder waren von einer dünnen Schneeschicht überzogen und schienen im Winterschlaf zu liegen, der hin und wieder von einigen müden Krähen, die nach Futter suchten, gestört wurde.

Marias Schreie verstummten und wurden vom kräftigen Wimmern des kleinen Franz abgelöst.

Während sich Marias Mutter um das Neugeborene kümmerte, es wusch und in ein weiches, weißes Tuch hüllte, versorgte die Hebamme die junge Mutter.

»Einem strammen Burschen hast du das Leben geschenkt«, meinte sie und tätschelte Marias Wange. Dann legten sie ihr den Säugling in die Arme und Marias Lächeln schien den kleinen Raum zu erhellen.

Sie war unendlich glücklich und unendlich müde.

Als der Vater am Abend von der Arbeit aus der Kartonfabrik nach Hause kam, nahm er die Geburt seines Enkelsohnes ohne Gemütsregung zur Kenntnis. Er setzte sich wie immer an den Tisch und wartete, bis seine Frau von dem großen dunklen Laib einige Scheiben Brot abschnitt und die Schüssel mit der heißen, dampfenden Krautsuppe auf den Tisch stellte.

Marias Brüder, die ebenfalls ihren Lebensunterhalt in der Kartonfabrik verdienten, setzten sich an den Tisch und warteten, bis der Vater seinen Löffel in die Suppenschüssel gesteckt hatte, dann begannen auch sie zu essen.

Als die Suppenschüssel, aus der sie gemeinsam und mit Bedachtsamkeit löffelten, leer war und auch die letzten Tropfen mit Brot ausgewischt waren, stellte die Mutter ein rundes Holzbrett, auf dem ein längliches Stück Speck und einige Scheiben von der geräucherten Wurst, die sie nach der letzten Schlachtung gemacht hatten, lagen.

Die beiden hochgewachsenen blonden Jungen bekamen große Augen und als der Vater den Speck in dünne Streifen geschnitten hatte, langten sie tüchtig zu.

Ein Festtagsessen mitten in der Woche.

»Er soll Franz heißen, wie du«, sagte die Mutter nach einer Weile.

Der Vater blickte kurz auf und erwiderte nichts.

Leopold und Julius hielten mit vollen Backen im Kauen inne, schauten einmal zum Vater, dann zur Mutter und wechselten einen vielsagenden Blick.

Schweigend aßen sie weiter.

Als sich der Vater die fettigen Finger an seinem Sacktuch abgewischt und das leere Jausenbrett, auf dem noch einige kleine Schwartenstücke im Schein der Petroleumlampe glänzend braun schimmerten, in die Mitte geschoben hatte, blickte er auf seine beiden Söhne und danach zu seiner Frau.

»Das Kind ist ledig und eine Schande, aber es ist mein erstes Enkelkind, und es soll ehrenhaft aufwachsen können. Die Maria muss heiraten. Ich werde gleich morgen mit dem Nepomuk reden. Ich hätte es schon längst tun sollen.«

»Du hast ja recht, aber der Nepomuk hat ja nichts. Wovon sollen die beiden denn leben?«

»Wem Gott schenkt ein Häschen, dem gibt er auch ein Gräschen. Es sind noch alle in unserem Haus groß geworden. Wir werden eben zusammenrücken müssen!«

Damit stand der Vater auf, holte sich aus seinem Rock die Tabakdose, faltete ein kleines dünnes weißes Papierblatt auseinander und begann, sich eine Zigarette zu drehen.

»Willst ihn nicht vielleicht vorher anschauen, bevor du deine Zigarette anzündest?«, wagte die Mutter zaghaft zu fragen.

»Wenn du meinst!«, sagte er und erhob sich schwerfällig. Er bedachte die beiden Söhne mit einem auffordernden Blick und diese folgten ihm zögernd zur Stubentür der Wöchnerin und traten neugierig ein. Sie waren plötzlich Onkel geworden!

Als der kleine Franz ein Jahr alt war, heiratete Maria den Arbeiter Nepomuk Jordan und mit der Unterstützung ihrer Familie bauten sie an das kleine Elternhaus eine Stube an.

Maria nahm, wie ihr Vater, ihre beiden Brüder und ihr Ehemann, wieder ihre Arbeit in der Kartonfabrik auf und die Mutter bestellte den Garten, bebaute den kleinen Erdäpfelacker und versorgte das Schwein, die beiden Ziegen und die Hühner, die in einem kleinen Stall gleich hinter dem Haus untergebracht waren. Ihre besondere Sorge aber galt dem kleinen Franz, der sich prächtig entwickelte.

Die Tage, Wochen und Monate wechselten einander im Rhythmus der Jahreszeiten ab und die Familie lebte in bescheidener Freude und Einfachheit in dem kleinen Haus etwas außerhalb der Ortstafel von Süssenberg.

Süssenberg war ein kleiner unbedeutender Ort im Süden der Steiermark, direkt an der Mur gelegen, und wäre nicht die Kartonfabrik gewesen, wäre wahrscheinlich am Fuße des bewaldeten Hügels, der das Dorf schützend gegen das Umland umarmte, nie diese kleine Ortschaft entstanden. Doch in der Fabrik fanden die Menschen aus den umliegenden Dörfern diesseits und jenseits des Murflusses Arbeit. Und allmählich siedelten sich Arbeiter und deren Familien in Süssenberg an.

Eine Reihe kleiner Häuser sammelte sich um den Dorfplatz mit der im romanischen Stil erbauten Kirche, die mit ihrem spitzen Turm alle Gebäude überragte, gleichsam als wollte sie den Stellenwert der Kirche dadurch noch besser unterstreichen und festigen.

Hinter der Kirche stand inmitten eines kleinen üppigen Gartens das aus Stein erbaute Pfarrhaus, an den der Gottesacker – der Friedhof – mit den zum Teil bereits verwitterten Grabsteinen und schön gefertigten schmiedeeisernen Kreuzen sowie einer kleinen Anzahl einfach geschmückter Gräber grenzte.

Auf der anderen Seite des Dorfplatzes befand sich das Wirtshaus. Hier wurde nicht nur an Sonn- und Feiertagen gegessen, getrunken, gescherzt und bei Hochzeiten getanzt. Hier wurde am Stammtisch Politik gemacht. Es war die Politik des einfachen Mannes, in dessen Lebensmittelpunkt der Arbeitsplatz und untrennbar damit verbunden der Wohlstand oder einfach das Überleben der Familie standen.

Die Kartonfabrik des kleinen Ortes war der eigentliche Mittelpunkt der kleinen Gemeinde und befand sich daher im steten Wettstreit mit den Dogmen der Kirche. Die Predigten des Pfarrers bestimmten das spirituelle Dorfgeschehen am Sonntag, aber die Kartonfabrik gab den Menschen Arbeit und – wenn auch nur in bescheidenem Maße – Wohlstand und erwarb sich damit eine Macht, die an den Werktagen jene der Kirche in den Schatten stellte.

Der Bürgermeister des kleinen Ortes war, wie die meisten Bewohner, auch in der Kartonfabrik beschäftigt. Er war der Vorarbeiter, bestimmte über die Arbeitseinteilung, über Aufnahme neuer Arbeiter und Entlassungen. So war sein Handeln unmittelbar an das Wohlergehen seiner Gemeindebürger wie auch an den Fortschritt und die Arbeitsleistung der Fabrik gebunden. In dieser dualen Tätigkeit war es für den Mann, der sich selbst als einer aus dem Volke bezeichnete, nicht immer einfach, Entscheidungen zu treffen, die allen einigermaßen gerecht werden konnten. Manchmal bewegte er sich wie ein Seiltänzer auf dem gespannten Seil zwischen den Wünschen seiner Vorgesetzten in der Fabrik und den Forderungen, die seine Gemeindebürger an ihn stellten.

Gustl Wegenhuber sah sich hin und wieder der Kritik seiner Mitbürger ausgesetzt, aber da er ein Mann des Volkes war, sich oft und gerne in dem einzigen Wirtshaus des

Ortes aufhielt, ersetzte ihm der Stammtisch bisweilen seine Amtsstube in dem kleinen Gemeindehaus.

Bei einem oder mehreren Krügen Bier konnte er auf seine besondere Art und Weise die Probleme seiner Mitbürger lösen, obwohl es bisweilen am Stammtisch auch sehr heiß herging. Doch die Bewohner von Süssenberg waren im Großen und Ganzen mit ihrem Bürgermeister zufrieden und man schätzte ihn und begegnete einander in gegenseitiger Achtung.

Abgeschieden von den Problemen der Welt lebte man hier in friedlicher Beschaulichkeit, arbeitete schwer und hart und fügte sich dem auferlegten Schicksal mit jener Hoffnung auf Verbesserung der Lebenssituation, die der beginnende technische Fortschritt brachte.

Wenngleich sich technische Erneuerungen in den kleinen Häusern und Keuschen noch nicht bemerkbar machten, so wurde die Arbeit in der Kartonfabrik durch neue Maschinen erleichtert und die Produktion beschleunigt, dennoch verlangte der Zwölfstundentag in der Fabrik den Menschen einiges ab.

Früh am Morgen, ehe die Sonne ihr goldenes Licht über die kleinen Keuschen, Gärten und Äcker strahlen ließ, machten sich Männer wie Frauen auf den Weg zur Kartonfabrik. Die Arbeit war hart, der Lohn gering, aber die aus grauem Stein gemauerten Hallen mit den riesigen davor gelagerten Holzstößen schafften den bescheidenen Wohlstand zum Leben. Die Menschen waren genügsam und lebten im Gleichklang mit der Natur, fügten sich in ihr Schicksal und lauschten jeden Sonntag andachtsvoll der Predigt des Pfarrers in der kleinen Dorfkirche.

Sie vertrauten ihm und seinen Worten und Maria, die einst von der Kirche als unehrenhaft wegen ihrer ledigen

Mutterschaft verurteilt worden war, saß jeden Sonntag mit erhobenem Haupt in der Bank auf der Frauenseite links im Mittelschiff der Dorfkirche und hielt verstohlen ihre abgearbeiteten Hände an die Seidenschürze, die ihren anschwellenden Bauch noch verbergen konnte, in dem ein neues Kind heranwuchs, ein eheliches Kind, ein Kind der Ehre.

»So schnell hast du dir wieder eines anhängen lassen«, hatte die Mutter gemeint, als sich Maria eines Morgens hinter dem Haus über dem hölzernen Abtritt hatte übergeben müssen.

»Was hätte ich denn anders tun sollen? Der Nepomuk kann ja gar nicht genug kriegen von mir. Hätte ich wegschicken sollen zu einer anderen?«

Die Mutter seufzte und schüttelte den Kopf.

»Das ist wohl das Los von uns Frauen«, meinte sie und stellte die Schüssel mit süßem Grießbrei auf den Tisch, holte den kleinen Franz zu sich, setzte ihn auf ihren Schoß und begann ihn zu füttern.

Maria betrachtete ihre Mutter eine kurze Weile, dann meinte sie mit verhaltener Stimme: »Ich mag ihn halt, den Nepomuk!«

»Schon recht! Vergiss, was ich vorhin gesagt habe! Für das neue Kleine wird es auch reichen.«

Danach wurde nicht mehr über die Schwangerschaft von Maria gesprochen.

Maria ging wie jeden Tag zur Arbeit, obgleich es ihr in den letzten Wochen vor der Geburt doch recht schwerfiel.

Als der erste Schnee in weichen stillen Flocken vom Himmel fiel und sich auf die Häuser der Dächer wie dicke weiße Mützen legte, wurde Johanna geboren.

Es war der 19. November 1913.

Die Geburt verlief ohne Schwierigkeiten und als Nepomuk von der Arbeit aus der Kartonfabrik nach Hause kam, fand er seine Frau mit einem seligen Lächeln, das ihr Gesicht überstrahlte, und einem weißen Bündel im Arm, aus dem ein winziges Kindergesichtchen lugte, im Ehebett liegend vor.

Verlegen blieb er an der Tür der Stube stehen, drehte seinen Hut ratlos in den Händen und kam erst nach Marias Aufforderung näher, setzte sich ans Bett und betrachtete scheu seine kleine Tochter.

»Ich möchte sie auf den Namen Johanna taufen lassen. Bist du einverstanden, Nepomuk?«

Er nickte und streckte seinen schwieligen Zeigefinger aus und streichelte ganz sanft die winzigen Finger seines kleinen Mädchens.

»Johanna Jordan! Das klingt gut!«, nickte er.

Später, als das Neugeborene tief und friedlich in der Wiege neben Marias Bett schlief, kam Nepomuk zu Maria, rückte ganz nahe zu ihr hin, legte den Arm um sie und sagte: »Es ist gut, dass du jetzt zwei Wochen lang nicht zur Arbeit gehen musst. Momentan ist es recht unruhig in der Fabrik. Man erzählt sich, dass es Krieg geben wird. Aber ich glaube das nicht und wenn, dann wird der Krieg nur von kurzer Dauer sein. Die Österreichische Monarchie hat schon viele Schwierigkeiten siegreich überstanden. Es lebe unser Kaiser Franz Joseph!«

»Wie kannst du von Krieg sprechen? Noch dazu heute, an dem Tag, an dem unsere Tochter auf die Welt gekommen ist? Sie soll in Frieden heranwachsen und es soll ihr einmal besser gehen als uns.«

»Maria, du hast ja recht!«, sagte er und streichelte liebevoll die Hand seiner Frau.

»Es ist ja nur, weil sie in der Fabrik darüber reden. Wir wissen ja nichts. Hier in Süssenberg wissen wir ja nicht, wie es draußen in der Welt zugeht. Hier in unserem Dorf sind wir so weit abseits von überall und für uns interessiert sich ja auch niemand. Aber in der Fabrik wird viel über einen bevorstehenden Krieg geredet. Er scheint sich nicht mehr vermeiden zu lassen. Wir haben uns heute nach der Arbeit in der kleinen Werkhalle getroffen. Es sind fast alle gekommen. Unser Vorarbeiter hat das große Wort geführt. Du kennst ihn ja, den Gustl. Er kehrt auch in der Fabrik immer wieder den Bürgermeister hervor. Er redet gern und viel, aber heute hat er uns alle zum Nachdenken gebracht. Den Großen da oben geht es gut, die leben in Wohlstand und wir – die Arbeiterschaft –, wir schuften tagaus und tagein und was haben wir? Gerade das Notwendigste zum Überleben! Wirst sehen – der Krieg wird kommen wie ein reinigendes Gewitter und danach wird es uns allen besser gehen. Die Zeiten müssen und werden sich ändern!«

Viele Jahre später sollte er an diesen Abend und an seine Worte zurückdenken.

Maria hatte still zugehört. Nun nahm sie seine Hand und meinte: »Lass den Krieg draußen! Du bist heute wieder Vater geworden und unsere kleine Tochter ist gesund. Und mir geht es auch gut, weil du da bist.«

Nepomuk nickte, betrachtete liebevoll seine Frau und die Gedanken an Krieg und Veränderung in der Gesellschaft rückten in die Ferne.

In jener Nacht zählte nur, dass seine Frau seine Tochter Johanna geboren hatte, beide wohlauf waren und er an Marias Seite lag und die Weichheit ihrer Haut spüren konnte.

An den Weihnachtstagen wurde in der Kartonfabrik nicht gearbeitet.

Nepomuk holte gemeinsam mit dem Vater einen kleinen Fichtenbaum aus dem Wald, den Maria liebevoll mit bunten Papiergirlanden, selbst gezogenen Wachskerzen und Zuckerringen schmückte. An die Spitze des kleinen Weihnachtsbaumes steckte sie einen Stern aus Goldpapier, der während des ganzen Jahres gut behütet in einer Schachtel auf dem Dachboden aufbewahrt wurde.

Die bescheidene Stube erstrahlte in festlichem Glanz und der kleine Franz schaute mit großen Kinderaugen auf die brennenden Kerzen und den leuchtenden Stern. Selbst Johanna, die von ihrer Großmutter am Arm gehalten wurde, schien zu lächeln, worauf Maria ebenfalls lächelte und strahlend ausrief: »Sie hat gelacht, am Heiligen Abend hat unser Hannerl das erste Mal gelacht.«

Dann saß man um den Tisch in der Stube. Im Herrgottswinkel brannte eine Kerze und der Vater las aus dem Weihnachtsevangelium. Danach trugen die Mutter und Maria das Essen auf.

Am Vortag hatten die Frauen zwei Hühner geschlachtet, deren Bratenduft sich nun im Zimmer ausbreitete und einen besonderen Genuss in Aussicht stellte.

Bratkartoffeln und eingelegtes süßsaures Kraut ergänzten das Festmahl.

Später trug Maria die Nusspotitze herein, streute Zucker darüber und der Vater holte die kleine bauchige Flasche mit dem Schnaps. Er füllte für Nepomuk und Marias Brüder, die bei Einbruch der Dunkelheit aus Süssenberg, wo sie im Dorfgasthaus ausgiebig die politische Situation des Landes besprochen hatten, heimgekommen waren, die kleinen Gläser bis an den Rand voll und wünschte allen eine frohe

Weihnacht. Es war ein Bild des Friedens, aber es war ihnen nicht bewusst.

Bald nach Weihnachten nahm Maria wieder ihre Arbeit in der Kartonfabrik auf.

Viel lieber wäre sie zu Hause bei ihrer kleinen Tochter Johanna geblieben, aber die Familie benötigte ihr Einkommen, denn man wollte gleich im Frühjahr einen Zubau am Haus machen, damit für die junge Familie mehr Platz vorhanden war. Marias Mutter war gerne bereit, ihre beiden Enkelkinder zu hüten. Wenn Maria abends von der Arbeit heimkam, dann schlief Johanna bereits in ihrem kleinen Gitterbettchen, das ihr Nepomuk aus Weidenholz geflochten hatte, neben dem Bett der Großmutter und Johanna blieb nur der Blick auf das friedliche Gesichtchen ihres schlafenden Kindes, und mit Wehmut dachte sie manchmal, wovon Hannerl jetzt wohl träumen mochte.

Der kleine Franz war noch wach. Er wollte es sich nicht nehmen lassen, von den starken Armen seines Vaters hochgehoben zu werden und sich ganz fest an ihn zu drücken, mit seinen kleinen festen Fingern am dichten Schnurrbart seines Vaters zu ziehen und danach in Großvaters Taschen nach Zucker zu suchen, ehe auch er zu Bett gehen musste.

Beim anschließenden Abendessen wurde wenig gesprochen. Maria war zu müde, um sich an den Gesprächen der Männer zu beteiligen und wenn sie später vor dem kleinen Spiegel in der Kammer saß und ihr langes Haar bürstete, betrachtete sie ihr junges Gesicht und dachte an die Zukunft und suchte nach Spuren des Älterwerdens. Obwohl sie müde von dem schweren Arbeitstag war, dachte sie mit Freude daran, dass Nepomuk und sie nun genügend

Geld zur Seite gelegt hatten, dass sie bald mit dem Zubau an das kleine Haus beginnen konnten.

Später, als sie schon tief und fest schlief, spürte sie, wie Nepomuk an ihre Seite glitt, seine schwieligen Hände mit der ihm eigenen fordernden Zärtlichkeit um ihre Hüften legte und sich fest an sie drückte. Maria hatte Angst vor einer neuerlichen Schwangerschaft und wehrte ihn sanft ab.

»Lass uns schlafen. Ich bin so müde und morgen ist ja auch noch ein Tag!«

Nepomuk fügte sich seufzend, hielt sie jedoch weiter fest umschlungen und bald verriet ihr sein gleichmäßiger Atem, dass er eingeschlafen war. Langsam entzog sie sich seiner Umarmung und ließ sich in einen traumlosen Schlaf sinken.

Der Morgen brach viel zu früh an und gemeinsam machten sich Vater, Schwiegersohn und Tochter, nachdem sie sich mit Sterz und Rahmsuppe gestärkt hatten, in der morgendlichen Kälte und Dunkelheit auf den Weg zur Fabrik.

Während Maria an der beheizten Walze stand, die der Glättung der vielen Schichten des Kartons diente, arbeiteten Nepomuk und der Vater am Zulaufband der Holzschnitzel, fuhren mit dem Karren unermüdlich die Holzlasten in die Werkshalle und kämpften täglich mit dem Holzstaub, der sich wie ein Schleier um diesen Arbeitsbereich legte.

Wenn um 12 Uhr die Werkssirene ertönte, traf man sich bei schönem Wetter draußen vor der Werkshalle, wischte sich den Schweiß von der Stirn, setzte sich auf eine der langen Holzbänke an der steinernen Außenwand der Fabrikshalle und packte die mitgebrachte Verpflegung aus. Männer und Frauen nahmen ihre Mittagsmahlzeit getrennt ein. Nicht, dass dies von der Fabrikleitung so vorgeschrieben worden wäre, aber die Gespräche der Männer hatten andere Themen als die der Frauen und die Frauen waren ganz gerne unter sich.

Auf ihren dunkelblauen Kopftüchern lag der feine Holzstaub und ihre langärmeligen Arbeitskleider wiesen die Spuren unzähliger Arbeitsstunden auf. So wie sie sich um den Tisch in dem spärlich beleuchteten Aufenthaltsraum versammelt hatten, ähnelten sie einander in ihren dunklen Tüchern und geflickten Kitteln, doch in ihren Stimmen und Bewegungen unterschieden sie sich und Maria mit ihren langen blonden Zöpfen, die trotz der zweifachen Mutterschaft über einen biegsamen schlanken Körper verfügte, stach unter den von der jahrelangen schweren Arbeit gezeichneten Frauen mit den krummen Rücken und den von der Papierlauge nassen und manchmal aufgedunsenen Beinen hervor.

Sie verkörperte Jugend und Kraft, etwas, was vielen der anderen Arbeiterinnen verloren gegangen zu sein schien.

Maria haderte nicht mit ihrem Schicksal, obwohl sie wusste, dass es vielen Menschen ihrer Umgebung besser erging, und diese ein einfacheres und leichteres Leben hatten als sie selbst. Maria fand ihren Halt und ihre Sicherheit in der Familie. Nepomuk war ihr ein treuer und fürsorglicher Ehemann, der sie liebte und achtete. Zwischen ihnen gab es kaum Zwistigkeiten, und wenn, dann folgte Maria dem Rat ihrer Mutter und fügte sich ihrem Mann, ordnete sich ihm unter. Dieses Verhalten war ihr von Kindheit an vertraut, lebte es ihr doch ihre Mutter täglich vor.

Als es Frühling wurde, begannen Nepomuk und der Vater mithilfe von Marias Brüdern mit dem Zubau an der kleinen Keusche. An den Sonntagen kam eine kleine Schar tatkräftiger Männer aus der Nachbarschaft dazu, setzte Ziegelstein auf Ziegelstein, während die Frauen sich beim

Mischen des Mörtels mit Wassereimern und Schaufeln abwechselten.

Bald waren die beiden Räume fertiggestellt, der Dachstuhl aufgesetzt und mit einem dicken Strohdach gedeckt.

Zu Ostern fuhren Nepomuk und Maria mit einem Ochsenfuhrwerk nach Mureck, wo sie einen Schrank und zwei Betten für ihre Kinder erstanden.

Nur ungern willigte die Großmutter ein, die kleine Johanna wieder herzugeben – zu sehr hatte sie sich an die Nähe des herzigen Mädchens gewöhnt, und mit Eifersucht warf sie sämtliche Bedenken ein, die gegen einen Auszug der Kleinen sprachen.

Maria war unschlüssig.

So sehr sie ihr kleines Mädchen nun bei sich haben wollte, so sehr spürte sie auch den Trennungsschmerz der Großmutter. Nepomuk aber ließ sich nicht beirren und ganz Herr im Haus hielt er an seinem Tun fest, nahm seine kleine Tochter auf dem Arm und erklärte ihr, dass sie nun bei Mutter und Vater schlafen werde, jedoch die Omi ganz in ihrer Nähe sei und sie, wenn die Eltern bei der Arbeit sind, wieder bei der Omi sein konnte.

Die Kleine sah ihren Vater mit großen blauen Augen an, lauschte seiner Stimme und zupfte an seinem Oberlippenbart, gab ein gurrendes Lachen von sich und streckte die Händchen nach der Großmutter aus.

Diese streckte ihr mit Tränen in den Augen die Arme entgegen und drückte sie an ihr Herz.

»Das braucht eben noch Zeit!«, meinte Maria, und so blieb Johanna weiterhin in der Obhut der Großmutter, während sich Franz schnell an die neue Stube gewöhnte. Er war inzwischen zu einem stämmigen Dreijährigen herangewachsen, der mit sensibler Wachsamkeit seine Umwelt aufnahm und auf neue Gegebenheiten blitzschnell reagierte und schon jetzt genau zu wissen schien, was er wollte und was er ablehnte.

Franz war ein lebhaftes und aufgewecktes Kind, das an seinem Großvater mit hingebungsvoller Zuneigung hing und ihm, wo dieser sich auch befand, stets wie ein Schatten folgte. So beobachtete er mit kindlicher Neugier alles, was der Großvater machte und versuchte in unbeobachteten Augenblicken, das Gesehene nachzuvollziehen, was nicht selten ohne Folgen blieb.

Schnittverletzungen, geschwollene Finger und Brandblasen waren oft die Folge und da die Behandlungen des Arztes in Mureck teuer waren, musste man Abhilfe mit Hausmitteln schaffen. Die Großmutter hatte für die kleinen und größeren Unfälle des Franz stets ihre Tinkturen und hausgemachten Salben zur Hand. Die Wunden heilten meist schnell, aber die Narben blieben.

Der Frühling 1914 verschwendete seine Pracht, als wollte er den Menschen mahnend deutlich machen, dass sie sich noch lange an den Duft der blühenden Bäume, das Summen der Bienen und an die ersten Triebe, die aus den braun glänzenden Schollen der Felder emporkamen, erinnern sollten.

Doch die blühende Pracht, die die Natur verschwendete, konnte nicht über die Spannungen, die in Europa immer stärker wurden, hinwegtäuschen. Auch in Süssenberg, dem kleinen Dorf an der Mur mit der großen Kartonfabrik, sprach man immer öfter und deutlicher vom Krieg. Die Arbeiter versammelten sich immer häufiger nach und auch während der Arbeitszeit, um gegen die Ungerechtigkeiten innerhalb der Gesellschaft zu diskutieren und begannen, sich immer stärker gegen die etablierte Gesellschaft des Bürgertums, das in Süssenberg eine kaum vorhandene Minderheit darstellte, durchzusetzen. Die Firmenleitung sah sich mehr und mehr gezwungen, zumindest einem Teil der Forderungen der Belegschaft nachzukommen. Man wählte einen Arbeiterrat, der nun, mit einem bescheidenen Instrumentarium an Mitbestimmung ausgestattet, bessere Arbeitsbedingungen herbeiführen sollte.

Die Produktion verlief dank der Anschaffung neuer Maschinen und Investitionen im Bereich der Walztechnik ausgezeichnet und zwischen der Arbeiterschaft und der Direktion der Kartonfabrik kehrte eine scheinbare Ruhe ein, als man die Löhne ein wenig anhob und an den Samstagen die Arbeitszeit um eine Stunde verkürzte. Doch seit der Aufhebung des Koalitionsverbotes, das den Zusammenschluss der Arbeitnehmer untersagte, begann sich politisches Leben zu regen. Spannungen, die bisher unterdrückt worden waren, traten nun offen zutage und nicht selten kam es zu Auseinandersetzungen zwischen Arbeitnehmern und Arbeitgebern und damit begann ein politischer Tageskampf, in dem plötzlich auch die nationale Frage an der Tagesordnung war.

In der zweisprachigen Südsteiermark, damals als Untersteiermark bezeichnet, ergab die letzte Volkszählung im Jahre 1910 ein Ergebnis von 980.000 Bewohnern, die Deutsch als ihre Muttersprache angaben. Im Gegensatz dazu lebten dort 400.000 Menschen, deren Muttersprache Slowenisch war. Die slowenische Minderheit bildete beinahe ein Drittel aller Steirer, war aber nicht im Landtag vertreten.

In Süssenberg lebten bis auf wenige Familien ausschließlich deutschsprachige Menschen und es ergaben sich daher keine Streitigkeiten. Die hin und wieder aufflammenden Konflikte waren eher durch die großen sozialen Unterschiede und die damit verbundene Unzufriedenheit der Bevölkerung ausgelöst.

Doch nicht überall in Europa verlief der Konflikt so ruhig wie in Süssenberg. Macht und Unterdrückung hatten jenen Punkt erreicht, wo ein winziger Funke genügte, um einen gewaltigen Brand zu entfachen. Und dieser Funke entzündete sich am 28. Juni 1914.

Es war ein sonniger Sommertag, ein heißer Sommerwind strich über die wogenden Ähren und raschelnden Maisfelder. Maria schaute verträumt in die Idylle, die sie umgab, dann bückte sie sich wieder über den Wäschekorb und nahm ein Wäschestück nach dem anderen heraus und hängte diese auf die lange Wäscheleine, die zwischen den knorrigen Apfelbäumen hinterm Haus gespannt war, als ihr Nepomuk atemlos und mit hochrotem Gesicht vom Haus her kommend über die Wiese entgegenlief und laut rief: »Der Thronfolger Franz Ferdinand! Sie haben ihn erschossen – in Sarajewo!«

Maria ließ das weiße Laken ins Gras fallen. »Mein Gott!«, hauchte sie und hielt sich die Hände an den Mund.

»Das bedeutet Krieg!«, meinte Nepomuk mit ernstem und stillem Gesicht.

»Aber woher weißt du denn, was passiert ist?«, fragte nun Maria verstört.

»Vom Gustl! Und der hat es vom Direktor erfahren.«

»Aber warum? Warum tut jemand so etwas?« Maria wusste, dass ihr Nepomuk keine Antwort darauf geben konnte, in ihrer Fassungslosigkeit musste sie diese Frage jedoch laut äußern.

Nepomuk nahm sie wortlos in seine Arme. Sie drückten sich fest aneinander, so als wollten sie in der Vorahnung dessen, was sie erwartete, einander nie mehr loslassen.

Maria und Nepomuk, die nie über Süssenberg und die nähere Umgebung hinausgekommen waren, wussten zwar so ungefähr, wo sich Sarajewo befand, aber diese Stadt war für ihre Denkweise so weit entfernt wie die Tatsache, dass die Ermordung des Thronfolgers den Ersten Weltkrieg auslösen sollte.

Die Österreichisch-Ungarische Monarchie war ein großer und mächtiger Vielvölkerstaat, in dem es immer wieder zwischen den einzelnen Volksgruppierungen aufflammte, doch unter der Regierung des Kaisers waren diese Brände immer wieder schnell gelöscht worden, aber nun war die Situation plötzlich eine andere.

Auf Serbien lastete noch immer, obwohl dies nun mehr als 500 Jahre zurücklag, die Schmach der Niederlage gegen die Türken auf dem Amselfeld, was wiederum den Kosovo zu einem über Jahrhunderte andauernden Heldentum emporhob. Hatten sich die Kosovaren doch geopfert, das Leben tausender Menschen hingegeben, um das Abendland vor den Türken zu retten. Und genau am selben Tag, nur eben 525 Jahre später, wurde nun der österreichische Thronfolger Franz Ferdinand ermordet.

Zündstoff genug für einen Krieg – den Ersten Weltkrieg!

Exakt einen Monat nach der Ermordung des Thronfolgers erklärte die Österreichisch-Ungarische Monarchie Serbien den Krieg und in der Folge begann in Europa ein Gemetzel unvorstellbarer Art. Der Krieg, der wie die Österreicher behaupteten, nur von kurzer Dauer sein und wie ein reinigendes Gewitter seine Spuren hinterlassen werde, weitete sich zu einem Weltkrieg aus.

Das Deutsche Reich unter Kaiser Wilhelm II trug einen wesentlichen Anteil an dieser Entwicklung. Wilhelm II stellte den Anspruch auf eine führende Rolle in Europa und hatte sich in seiner Flottenaufrüstung in eine außenpolitische Isolation manövriert. Damit ermöglichte er eine Zusammenführung anderer europäischer Mächte. Großbritannien, Frankreich und Russland verbündeten sich gegen Deutschland und Österreich.

Und obwohl Österreich einen aufreibenden und vergeblichen Kampf gegen die Nationalismen im Vielvölkerstaat führte, blieb dieser Staat der einzige Bündnispartner, in dessen südöstlichen Landesteilen nach den Balkankriegen noch eine höchst explosive politische Stimmung herrschte.

Es wurde nichts unternommen, um den Frieden zu erhalten. Vielmehr schien es, dass ganz Europa einen Krieg, der die Spannungen lösen sollte, herbeisehnte.

Und dieser Krieg hatte seinen Beginn am 28. Juli 1914.

Am Abend des 29. Juni 1914, als die Sonne ihr spätes Gold über die sattgrünen Hügel, die grauen Dächer der Fabrik und über die kleinen Keuschen von Süssenberg verstreute, saß Maria mit ihrer Mutter nachdenklich in der Stube. Die kleine Johanna lag in den Armen ihrer Großmutter und schlief, während Maria sich mit Flickzeug beschäftigte und hin und wieder einen Blick auf die Mutter und ihr kleines Mädchen warf.

Nepomuk und der Vater waren ins Dorfgasthaus gegangen. Dort wollten sie mehr über die Geschehnisse von Sarajewo erfahren.

»Mein Kind wird wahrscheinlich im Krieg geboren werden! Was für eine Zeit! Endlich scheint es uns besser zu gehen, wir sind gesund, haben Arbeit und rundherum auf den Feldern gedeiht alles in herrlicher Pracht, da kommt so etwas«, sagte Maria in die Stille, die lastend über der Stube lag.

»So schlimm wird es schon nicht werden«, warf die Mutter ein und wiegte die schlafende Johanna in ihren Armen liebevoll hin und her.

Die Sonne war hinter dem Hügel untergegangen und Dämmerung breitete sich über das kleine Haus mit dem Garten und dem Ziegenstall.

Die Frauen warteten auf den Vater und Nepomuk.

Die Großmutter legte die kleine Johanna ins Gitterbettchen und zündete die Petroleumlampe an. Ihr schwacher Schein breitete sich in der Stube aus, doch das kleine Licht konnte die dunklen Ecken des Raumes nicht erreichen und aus ihnen hervor kroch die Angst, die Maria plötzlich und unerklärlich erfasste.

Als sie endlich die schweren Schritte der Männer vor der Tür hörte, war sie erleichtert.

Mit ernsten Gesichtern traten die beiden ein, hängten ihre Kappen auf den dafür vorgesehenen Haken an der Haustür und setzten sich an den Tisch.

Im Schein der Petroleumlampe sah Maria das blasse Gesicht von Nepomuk und es fiel ihr schwer, ihre Fragen zurückzuhalten.

»Auf das Thronfolgerpaar ist gestern in Sarajewo geschossen worden. Man sagt es sei ein serbischer Nationalist gewesen. Franz Ferdinand ist gestorben und seine Gattin, die neben ihm im offenen Automobil gesessen hatte, hat das Attentat auch nicht überlebt«, berichtete nun der Vater.

»Aber warum? Warum hat man das getan?«

»Ja, das haben wir uns am Stammtisch auch gefragt!«, setzte der Vater hinzu.

»Der Gustl Wegenhuber meint, unser Thronfolger hat sterben müssen, weil er für die Gleichberechtigung der slawischen Völker eingetreten ist und dagegen waren die Separatisten. Die Drahtzieher für dieses Attentat sind in Serbien zu finden und Österreich hat Serbien ein Ultimatum zur Auslieferung der Attentäter gestellt. Innerhalb eines Monats müssen die Forderungen erfüllt werden, sonst gibt es Krieg. Aber der Gustl sagt, dass sich die Serben einen Dreck darum scheren werden und daher wird es Krieg geben.«

»Und was glaubst du? Glaubst du auch, dass es zum Krieg kommen wird?«, fragte Maria ängstlich.

»Ich glaube, der wird sich nicht vermeiden lassen, aber keine Angst! In ein paar Wochen wird alles vorbei sein. Brauchst keine Angst zu haben, Maria!«

Doch Maria war von einer Vorahnung erfüllt und auch die beruhigenden Worte ihres Ehemannes konnten sie nicht über die Angst, die sich bleischwer über sie gelegt hatte, hinwegtäuschen.

Anfangs meldeten sich einige wenige Freiwillige, die bereit waren, für ihr Vaterland zu kämpfen. Nach und nach wurden es mehr und in der Kartonfabrik fehlten die Arbeiter.

Ende August kam auch für Nepomuk Jordan der Befehl zum Wehrdienst.

Maria war erschüttert und versuchte Nepomuk zu überreden, doch zu bleiben, doch dieser wollte unbedingt seiner nationalen Pflicht, wie er sich ausdrückte, nachkommen und als er zum Abschied seine Frau, seine beiden Kinder und die Schwiegereltern umarmte, meinte er mit hoffnungsvollem Ausdruck in Gesicht und Stimme: »Jetzt geht es vorerst nach Albanien, aber in vier Wochen oder vielleicht sogar schon früher bin ich wieder bei euch, dann ist der ganze Spuk vorbei.«

Maria versuchte ihm mit Tränen in den Augen zu glauben.

So standen sie nun alle vor der Haustür, winkten ihm zum Abschied so lange nach, bis er hinter dem Hügel zwischen den Häusern von Süssenberg verschwunden war. Dort wartete ein Militärlastwagen, der die wehrpflichtigen Männer nach Marburg in die Kaserne bringen sollte.

Nur wenige Männer, jene, die bereits zu alt zum Kämpfen und jene, die noch zu jung dazu waren, blieben in Süssenberg zurück. Die Jungen blickten ihren Kameraden mit Sehnsucht nach. Zu gerne wären sie mit dabei gewesen und hätten für ihr Vaterland gekämpft. Die Alten jedoch trauten dem Optimismus des schnellen Sieges nicht und schauten ihren Söhnen und Brüdern mit kummervollen Mienen und schweren Gedanken nach.

Und sie sollten recht behalten.

Was folgte war ein millionenfaches, sinnloses Sterben, das durch die neue Art der Kriegsführung mit Panzern, Granaten, Laufgräben, Giftgasgranaten und Unterseebooten vorangetrieben wurde.

Der deutsche Philosoph Walter Benjamin schrieb dazu: »Eine Generation, die noch mit der Pferdebahn zur Schule gefahren war, stand unter freiem Himmel in einer Landschaft, in der nichts unverändert geblieben war als die Wolken. Und unter ihnen, in einem Kraftfeld zerstörender Ströme und Explosionen, der winzige, gebrechliche Menschenkörper.«

Bereits in den ersten Augusttagen 1914 weiteten sich die dramatischen Ereignisse zum Weltkrieg aus.

Die politische und gesellschaftliche Struktur des alten Europa zerfiel.

Die Monarchien des Deutschen Reiches, des Vielvölkerstaates Österreich und Russlands brachen zusammen, ebenso zerfiel das in den letzten Jahren schon stark geschwächte Osmanische Reich.

Die Oktoberrevolution in Russland im Jahre 1917 setzte erstmals sozialistische Vorstellungen in die Praxis um. In Deutschland und in den Nachfolgestaaten der Habsburgermonarchie erfolgte der Übergang zu demokratisch republikanischen Staatsformen.

Als im Jahre 1918 der Krieg endlich zu Ende war, hinterließ er nicht nur Zerstörung, Elend und Hungersnot, sondern viele Frauen, die vergebens auf die Heimkehr ihrer Männer warteten, ebenso wie viele Kinder, die ihre Väter nie gesehen hatten und auch nie sehen würden.

Marias drittes Kind, das um einen Monat zu früh, im Oktober 1914 das Licht der Welt erblickt hatte, wurde nach seinem Vater auf den Namen Nepomuk getauft. Einen Vater, den es noch nicht hatte kennenlernen dürfen.

In Süssenberg blieb eine kleine, glimmende Hoffnung.

Die Kartonfabrik hatte unbeschadet den Ersten Weltkrieg überstanden.

Sie stand wie eh und je, als Symbol von Arbeit und Fortschritt an der Mur und auch die kleinen Häuser, die sich an den Hügel schmiegten und die Fabrik wie einen schützenden Kranz umschlossen, waren heil geblieben.

Doch das Leben in ihnen war von Trauer und Trostlosigkeit geprägt. Man hatte kaum zu essen und als Kriegsverlierer stand man vor einer ungewissen und schweren Zukunft.

Die Auflösung der Österreichisch-Ungarischen Monarchie im Oktober 1918 setzte in der Steiermark revolutionäre Schritte. Die politischen Parteien begannen mit Verhandlungen und am 6. November 1918 wurde ein Landesausschuss gewählt, der sich mit den drängenden Problemen, nämlich der Ernährung der Bevölkerung und der Grenzziehung, befassen sollte.

Es entstand eine harte Auseinandersetzung um die südsteirische Grenze.

Die Bewohner von Süssenberg verfolgten mit Unruhe und Misstrauen die politischen Geschehnisse. In dessen Mittelpunkt standen plötzlich sie selbst, die stets geglaubt hatten, für niemanden von Interesse zu sein.

Sie waren wie gelähmt und geschwächt vom Leid und dem Hunger, in dem sie – die Überlebenden – der Erste Weltkrieg zurückgelassen hatte.

Die slowenischen Abgeordneten des österreichischen Reichsrates, die am 12. Oktober 1918 in Laibach einen Volksrat bildeten, forderten die Trennung des Landes mit einer Grenze, die nördlich von Radkersburg verlaufen sollte. Deutsch-Österreich wiederum beanspruchte einen großen Teil des Drautales und die Stadt Marburg.

Mit Erklärungen und Verhandlungen wurde man nicht einig und während sich die steirische Landesregierung, die in erster Linie aus Deutschnationalen, Christlichsozialen und Sozialdemokraten bestand, vorrangig um die Lebensmittelversorgung der steirischen Bevölkerung bemühte, ernannte sich der slowenische Major Rudolf Majster zum Stadtkommandanten von Marburg und sammelte slowenische Soldaten um sich. Als er Verstärkung von Kroatien erhielt, marschierte er bis Radkersburg, Spielfeld, Leutschach und Arnfels vor.

Und wieder floss Blut.

Doch die Bauern der Untersteiermark gaben sich nicht so schnell geschlagen. Sie griffen zu den Waffen, und ein »Untersteirisches Bauernkommando« übernahm die Führung und gegen den Widerstand der steirischen Landesregierung befreiten sie Mureck und andere Ortschaften.

Die Zukunft von Süssenberg auf der anderen Seite der Mur entschied sich 1919 im Vertrag von St. Germain. Während Radkersburg, Spielfeld, Leutschach, Arnfels und die Soboth bei Österreich blieben, wurde das Unterland der Steiermark, das rund ein Drittel der Fläche ausmachte, abgetrennt.

So wurden die Stadt Marburg, das Zentrum des untersteirischen deutschen Volkstums, und die unmittelbar an Österreich angrenzenden Gebiete ein Teil des Königreiches Slowenien-Kroatien-Serbien. Die Mur bildete eine natürliche Grenzlinie.

Der österreichische Ort Süssenberg mit seinen deutsch sprechenden und deutschnational denkenden Menschen wurde wie über Nacht ein Teil dieses neuen Hoheitsgebietes.

Gustl Wegenhuber, der Bürgermeister, dem die Bewohner Süssenbergs vertrauten, wurde abgesetzt und gezwungen, das Land zu verlassen. Da er keine Familie zu versorgen hatte und, wie er stets behauptet hatte, die Bewohner von Süssenberg mit ihrer Kartonfabrik seine Familie darstellten, nahm er in seinem Herzen von vielen Menschen Abschied, packte seine Habseligkeiten zusammen und war über Nacht still und unbemerkt verschwunden.

Manche Einwohner glaubten, in jener Nacht das Knarren eines Militärlastwagens, das die sonst gewohnte Stille störte, gehört zu haben. Aber niemand wusste etwas Genaues. Es wurde anfangs viel geredet und Vermutungen wurden aufgestellt, dass man den Gustl nach Laibach ins Gefangenenhaus gebracht habe. Aber was mit Gustl Wegenhuber wirklich geschehen war, konnte niemand genau sagen und daher verstummten die Gespräche bald, denn Wichtigeres begann die Menschen zu bewegen.

An die Stelle von Wegenhuber trat ein slowenischer Bürgermeister, der nicht vom Volk gewählt, sondern von der Landesregierung des neuen Staates ernannt worden war.

Im Spätherbst 1918 kehrte Nepomuk nach Hause zurück.

Es war an einem Sonntagnachmittag.

Maria saß mit ihrer Mutter auf der Hausbank in der Wärme der letzten Sonnenstrahlen. In einem großen Weidenkorb neben ihr lag der kleine Nepomuk und schlief, den Daumen im Mund, schmatzend und zufrieden.

Die kleine Johanna, inzwischen fast sechs Jahre alt geworden, spielte mit den beiden weißen Ziegen, indem sie sich ihnen langsam näherte und lachend ihre kleinen Hände nach den Tieren ausstreckte. Wenn sie nahe genug war, kamen die beiden Ziegen auf sie zu und gaben ihr einen kleinen Schubs mit den Hörnern und Johanna landete im Gras. Doch immer wieder hüpfte sie lachend hoch und das Spiel begann von Neuem.

Der kleine Franz, der bereits in die Grundschule ging, saß etwas abseits auf einem Holzstoß und versuchte auf seiner Schiefertafel die neu erlernten Buchstaben zu schreiben. Immer, wenn ihm einer besonders schön gelungen war, hielt er die kleine schwarze Tafel in die Höhe und zeigte mit stolzem Gesicht das Geschriebene seiner Großmutter und Mutter, die mit Lob nicht sparten.

»Wenn bloß der Nepomuk wieder daheim wäre«, dachte Maria und betrachtete liebevoll ihre drei Kinder.

Der Krieg war vorbei und das Leben nahm allmählich wieder seinen normalen Gang, nur mit dem Unterschied, dass viele Frauen alleine den Alltag bewältigen mussten, weil ihre Männer aus dem Krieg noch nicht zurückgekehrt waren oder nie mehr heimkehren würden.

»Von da unten aus dem Dorf kommt einer zu uns herauf«, meinte nun die Mutter, hielt zum Schutz gegen die Sonnenstrahlen ihre flache Hand an die Stirn und schaute der näher kommenden Gestalt entgegen.

Maria war aufgestanden.

Der Schritt des Wanderers war müde und seine Haltung gebeugt, doch an den Bewegungen erkannte sie ihn.

»Nepomuk!«, rief sie laut und noch einmal »Nepomuk!«

Dann stand sie auf, raffte ihren langen Rock und lief ihm auf dem schmalen Wiesenweg entgegen.

Als sie atemlos vor ihm stand, in sein müdes und von Entbehrungen gezeichnetes Gesicht blickte, kullerten ihr die Tränen über die Wangen und obgleich sie sich so oft in den letzten Wochen und Monaten in einsamen und schweren Stunden ausgemalt hatte, wie sie ihm begegnen und was sie ihm alles sagen, wenn er nur endlich wieder daheim sein würde, blieb sie stumm und brachte kein Wort über die Lippen.

»Ich bin wieder da! Ich bin daheim!«, sagte Nepomuk und schloss sie in seine Arme.

Lange standen sie eng umschlungen und wortlos am Wiesenweg und Maria spürte trotz des groben Militärmantels, wie abgemagert Nepomuk geworden war.

Die ersehnte und doch plötzliche Nähe ließ die beiden einen Augenblick lang vergessen, wo sie sich befanden und was hinter ihnen lag.

Maria löste sich als erste aus der Umarmung, nahm ihren Nepomuk an der Hand und gemeinsam schritten sie schweigend das letzte Stück des Weges zu ihrem Haus hinauf.

Die Mutter, die auf der Hausbank sitzend, die Begrüßung der beiden beobachtet hatte, wischte sich mit dem Schürzenzipfel heimlich eine Träne aus dem Gesicht, ehe sie den heimgekehrten Schwiegersohn innig umarmte.

Johanna und Franz waren ängstlich näher gekommen und schauten mit großen Kinderaugen auf den fremden Mann mit dem von Bartstoppeln übersäten Gesicht im schäbigen grauen Mantel.

Nepomuk hatte seinen Rucksack abgestellt und hockte sich hin. Lächelnd betrachtete er seine beiden Kinder und sagte dann mit heiserer Stimme: »Ich bin euer Vater. Der Krieg ist aus und ich bin wieder daheim, daheim bei euch. Wie groß ihr geworden seid!« Bei diesen Worten streckte er ihnen beide Arme entgegen.

Franz fasste sich als erster. Er ergriff die Hände des Vaters und meinte: »Mutter hat gesagt, dass du ein großer, tapferer Held bist und für unser Vaterland gekämpft hast.«

»Aber wenn du wirklich so ein mutiger Held bist, warum hat sie dann immer geweint, wenn sie von dir erzählt hat?«, wagte Johanna schüchtern zu fragen.

Nepomuk stand auf und schaute zu Maria, dann wieder zu den beiden Kindern: »Vielleicht weil deine Mutter einsam war und so lange warten musste, bis ich wiederkam.«

Maria hatte inzwischen den kleinen Nepomuk aus dem Korb genommen und hielt ihn im Arm. »Dein Sohn!«, sagte sie mit einem Strahlen im Gesicht und hob das schlafende Kind ihrem heimgekehrten Mann entgegen.

Unbeholfen nahm ihn Nepomuk in seine Arme und schaute versonnen auf das kleine Köpfchen des friedlich schlafenden Kindes und blickte sich dann im Kreise seiner Familie um.

»Wir haben ihn nach dir benannt – Nepomuk.«

Marias Mutter sprach diese Worte beinahe ehrfürchtig aus, hatte sie doch lange die Sorge mit sich herumgetragen, der Kleine werde seinen Vater vielleicht gar nie zu Gesicht bekommen.

Da erwachte der Kleine, schaute den fremden bärtigen Mann, in dessen Armen er sich befand, mit großen erstaunten Augen an, verzog den Mund und dann brach es laut brüllend hervor, ein Wehgeschrei, das man sicher noch bis zu den nächsten Häusern hören konnte.

Maria nahm den Kleinen und versuchte ihn zu beruhigen, doch der vergrub sein blondes Lockenköpfchen in ihrer Halsmulde und schluchzte herzzerbrechend.

Nepomuk stand ein wenig unbeholfen da. Die Großmutter hatte sich als Erste gefasst, nahm Maria den Kleinen ab und ging mit ihm ins Haus. Maria ließ die Schultern hängen und schaute ihren Mann ein wenig schuldbewusst an.

»Er kennt dich halt noch nicht und weiß nicht, dass du sein Vater bist. Der Muki ist überhaupt ein bisserl ängstlich und schreit wegen jeder Kleinigkeit, aber das wird sich schon legen. Es braucht halt alles ein bisserl Zeit.«

»Du musst dich nicht entschuldigen. Ich verstehe den Muki ja. Da wacht er auf und schaut in ein fremdes Gesicht. Ich muss ja ganz schön wild ausschauen!«

»So arg ist es auch wieder nicht«, versuchte Maria zu beschwichtigen. »Ich habe dich schon von Weitem erkannt! – Du wirst müde und hungrig sein und wir stehen da herum. Komm rein, leg deine Sachen ab. Ich mache uns gleich etwas zu essen.«

Nepomuk folgte ihr ins Innere des Hauses, legte seinen Mantel und den Rucksack ab und setzte sich auf seinen gewohnten Platz in der Stube, während Maria das Feuer im großen gemauerten Herd entfachte.

Nun kamen sie alle nacheinander langsam in die Stube. Franz half der Großmutter beim Tragen des Holzes und der kleine Nepomuk stolperte hinterher. Er zeigte sich noch immer schüchtern, drückte sich Daumen lutschend die Wand entlang und versteckte sich schließlich hinter dem Rücken der Großmutter, krallte sich mit einer Hand an der dunklen Kittelschürze fest und wagte es, hin und wieder einen kleinen Blick nach vorne zu werfen, um sich aber danach ganz schnell hinter den Rücken der Großmutter wieder zu verstecken. Der Vater war ihm ein Fremder.

Johanna hatte sich auch an den Tisch gesetzt und starrte den Vater schweigend an.

»So sieht er also aus! Der Vater! Ob er mich wohl mag?«, dachte sie.

Als ob Nepomuk ihre Gedanken erraten hätte, zwinkerte er ihr zu und klopfte anschließend auffordernd auf seine Oberschenkel. Johanna stand zögernd auf und mit einem strahlenden, noch ein wenig unsicheren Blick ging sie an die Seite des Vaters, der sie mit einem Ruck auf seinen Schoß zog. Er legte den Arm um das kleine Mädchen und mit feuchten Augen und leiser Stimme meinte er: »Es ist schön, endlich wieder bei euch, bei meiner Familie zu sein!«

Auf dem Herd begann es zu brutzeln und der Geruch des heißen Schmalzes, in das Maria nun die versprudelten Eier goss, verbreitete sich im Raum. Die Mutter schnitt vom großen Laib einige Scheiben Brot ab und schickte den Franz mit einem Tonkrug in den Keller, um Most zu holen.

Franz kam mit leeren Händen zurück. Hinter ihm ging der Großvater und trug den vollen Mostkrug.

»Nepomuk, dass du wieder da bist! Ich hab's im Dorf gehört, dass heute Heimkehrer angekommen sind und habe mich darum gleich auf den Weg gemacht!«

Der Vater umarmte Nepomuk und dann betrachtete er ihn von oben bis unten. »Ein bissel mager bist du geworden! Haben sie euch an der Front nichts zu essen gegeben?«

Nepomuk nickte und blickte mit leeren Augen in eine Ecke der Stube, gleichsam als wollte sein Blick dort Halt suchen und die Bilder, die plötzlich wieder erweckt wurden und die er nicht wach werden lassen wollte, verdrängen.

»Es war Krieg, Vater! Wir haben gekämpft, gebetet, getötet, gehungert und schließlich verloren. Aber nun bin ich daheim, daheim bei meiner Familie. Daheim bei euch!«

»Wir haben nicht viel, aber es reicht, um den Hunger zu stillen und die Hühner legen noch gut«, meinte Maria und stellte die schwarze gusseiserne Pfanne in die Mitte des Tisches.

Die Eierspeise hatte große Blasen geworfen und der Duft des heißen Schmalzes erinnerte Nepomuk an die Zeit vor dem Krieg, jene Zeit, die für ihn mit Wärme, Freude und Vertrautheit in unmittelbarem Zusammenhang stand.

Während die kleine Johanna und der Franz einen Brotkanten in das Häferl mit heißer Ziegenmilch tauchten und mit glühenden Wangen gierig abbissen, aßen die Erwachsenen gemeinsam aus der Pfanne und wischten die letzten Schmalz- und Eireste mit dem Brot aus.

Nach dem Essen ging Nepomuk hinters Haus zum Brunnen und obwohl der Abend bereits kühl war, wusch er sich mit dem kalten Wasser, wie er es jeden Abend vor dem Krieg getan hatte.

Als er später an der Seite Marias in seinem Bett lag und sie sich zärtlich und voll Sehnsucht an ihn schmiegte, nahm er sie in den Arm und meinte mit brüchiger Stimme: »Es braucht noch Zeit. Ich kann dir heute noch nicht geben, was du erwartest.«

Maria schluckte. Sie hatte nichts erwartet. Sie war einfach nur froh, dass ihr Mann wieder da war, alles Weitere würde sich schon zeigen. Es brauchte eben Zeit.

Die Arbeit in der Kartonfabrik ging weiter, wenngleich die Produktion reduziert werden musste, war sie doch auf das Wirtschaftsgebiet der großen Österreichischen Monarchie zugeschnitten gewesen. Es fehlte nun der Absatzmarkt des obersteirischen Gebietes und diesem fehlte, wie sich bald herausstellen sollte, das weite Agrarland der Untersteiermark.

Im Winter 1919 wurden die Arbeiterinnen und Arbeiter der Kartonfabrik zusammengerufen, da man ihnen wichtige Neuerungen mitzuteilen hatte.

Nepomuk war nicht unter ihnen. Seit seiner Heimkehr aus dem Krieg wurde er von einem starken Husten gequält und konnte seine Arbeit in der Fabrik noch nicht aufnehmen.

Als sich Maria mit ihrem Vater zwischen den anderen Arbeitnehmern in der Fabrikhalle, in der die Maschinen zum Stillstand gebracht worden waren, eingefunden hatte, spürte sie die Unruhe, die von den versammelten Menschen rings um sie ausging.

Ein fremder Mann Mitte vierzig stellte sich als ihr neuer Direktor vor und erklärte, dass sich der ehemalige Firmenchef nach Österreich ins Ausland abgesetzt habe.

Ein Raunen und Murmeln ging durch die Menge.

Wenn auch die Grenze plötzlich einen anderen Verlauf nahm, so fühlten sich die meisten der hier Versammelten noch immer als Österreicher und sprachen deutsch, daher konnten sie die folgenden Worte des neuen Direktors nicht verstehen, der nun seine Mitteilungen in slowenischer Sprache fortsetzte.

Fassungslos starrten ihm dutzende Gesichter entgegen, bis einer der Arbeiter den Mut hatte, laut aufzubegehren:

»Sprich deutsch mit uns! Wir sind Österreicher und reden und verstehen deutsch!«

»Ihr habt einfach nichts begriffen! Ihr habt den Krieg verloren. Ihr seid keine Österreicher, ihr seid nun Mitglieder des Königreiches von Kroatien, Serbien und Slowienen. Ihr könnt im Gemeindeamt neue Papiere beantragen, die euch eine Einbürgerung ermöglichen oder ihr beantragt eure Ausreise«, setzte nun der neue Direktor mit lauter Stimme hinzu.

Wieder erhob sich ein Gemurmel in der Halle.

»Und wer mir noch etwas zu sagen hat, soll dies auf Slowenisch tun. Deutsch verstehe ich ab sofort nicht mehr!«

Damit wandte er sich um und verließ die Halle.

»Los an die Arbeit! Die Versammlung ist vorbei!«, rief der neue Vorarbeiter, der bis vor Kurzem mit seiner Familie südlich von Marburg gelebt hatte und nun mit seiner Frau und den vier Kindern das kleine Haus bewohnte, das vormals das Heim von Bürgermeister Gustl Wegenhuber gewesen war.

Als Maria nach der Arbeit nach Hause ging, erlebte sie die nächste erschreckende Überraschung dieses Tages. Da sich das kleine Haus der Familie Jordan außerhalb der Ortschaft auf dem Hügel befand, musste Maria täglich die

Dorfstraße entlanggehen, bis sie hinter dem Ortsschild auf dem Feldweg zu linker Hand abbiegen konnte.

Als sie an der Ortstafel vorbeiging, entdeckte sie Erde und Schotter auf dem Weg. Auch schien ihr das Schild auf einmal größer und höher zu sein. Daher drehte sie sich um, ging ganz nahe an das Ortsschild heran und obwohl es bereits dunkel geworden war, konnte sie nirgends den vertrauten Ortsnamen von Süssenberg lesen.

Auf der Ortstafel stand in großen schwarzen Buchstaben: Sladki Vrh.

ABSCHIED

Mit dem Namen ihres Ortes wurde den Deutsch sprechenden Bewohnern ihre Zugehörigkeit zu einem Land, das stets ihre Heimat gewesen war, genommen. Ihr Nationalitätsbewusstsein wurde in den Hintergrund gedrängt, war unerwünscht und jene, die einst mit ihrer Sprache auch die Zugehörigkeit zu ihrem Land dokumentierten und lebten, waren plötzlich zu Außenseitern geworden, von denen man absolute Anpassung an die veränderte Gesellschaftsordnung erwartete.

In Sladki Vrh wurde nicht nur slowenisch gesprochen, sondern auch slowenisch gedacht und im Sinne der Zugehörigkeit zur neuen politischen Situation auch slowenisch gehandelt.

Während die Arbeiterinnen und Arbeiter der Kartonfabrik sich mit der Selbstverständlichkeit der Gewohnheiten vor dem Krieg nach wie vor in ihrer Muttersprache unterhielten, gehörte der kleine Franz zu den Ersten, die die Veränderung im sprachlichen Umgang miteinander zu spüren bekamem.

Die Unterrichtssprache der kleinen Dorfschule wurde von einem Tag zum anderen Slowenisch.

Das Fräulein, das Franz verehrte und bewunderte und das ihn auf den ersten Schritten in die Welt der Schreibenden und Lesenden begleitet hatte, war eines Morgens, als sich die kleine Schülergruppe wie gewohnt im Klassenzimmer versammelte, nicht mehr allein in dem Raum gewesen. Neben ihr stand ein neuer Lehrer im schwarzen Rock und einem Monokel, das er fest an sein linkes Auge gepresst hatte, vor den Kindern, musterte sie mit strengem Blick und begann dann zu sprechen.

Die eingeschüchterten Kleinen, die in den ersten Bankreihen saßen, schauten ihn mit großen Augen an. Kein Wort von dem, was dieser fremde Lehrer sagte, konnten sie verstehen. Franz beobachtete ganz genau die Lippen des fremden Mannes und eine Fülle von Konsonanten, die mit wenigen Vokalen miteinander verbunden wurden, zogen an seinen Ohren vorüber, ohne wirklich Eingang und Verständnis finden zu können. Es rollten die Rs rasant und ungezügelt, gefolgt von einer Schar Ms und Ks, die hin und wieder ein E oder A im Schlepptau hatten aus dem Mund des großen, streng dreinblickenden Mannes heraus, prasselten auf die erstaunten Kinder hernieder und verloren sich mit einem Zischlaut vor dem Beginn eines neuerlichen Wortschwalls.

Zuerst dachte der kleine Franz an ein Spiel. Er und seine Schwester plapperten manchmal munter drauflos und erfanden für verschiedene Dinge Worte, die nur sie beide verstehen konnten.

Bald musste er aber erkennen, dass das Gehörte keineswegs ein Spiel, sondern bitterer Ernst war, denn der Fremde nahm nun das Klassenbuch in seine Hände, in dem das Fräulein fein säuberlich die Namen der Schülerinnen und Schüler notiert hatte, und begann daraus laut vorzulesen. Die Worte klangen irgendwie fremd, dennoch waren Namen erkennbar und die aufgerufenen Kinder erhoben sich sofort und der Lehrer nickte ihnen zu.

»Franzischek Jordan!«

Franz sah sich um. Bisher war er der Einzige gewesen, der Jordan hieß. Sollte es einen neuen Schüler geben, der denselben Namen hatte?

Nun wurde dieser Name noch einmal gerufen.

Franz rührte sich nicht.

Da kam das Fräulein auf ihn zu und zog ihn an beiden Armen hoch. »Das bist du, Franz. Du musst aufstehen!«

»Ich heiße aber nicht Franzischek! Ich bin der Franz!«

Da kam der Lehrer ganz nahe an ihn heran, beugte sich zu ihm herab, ergriff das Kinn von Franz mit einer Hand und hob das Bubengesicht zu sich empor. So standen sie sich einen Augenblick lang gegenüber.

Dann wiederholte der Lehrer: »Franzischek Jordan!«

»Franz! Franz!«, rief der Kleine und klopfte mit einer Hand an seine Brust, während er noch ein paar Mal laut seinen Namen wiederholte.

Die Lehrergestalt schien für Franz plötzlich noch größer zu werden und im Klassenzimmer breitete sich knisterndes Schweigen aus. Der Lehrer bekam ein hochrotes Gesicht, nahm den Rohrstock vom Lehrerpult und schlug damit kräftig auf den Tisch, indem er noch einmal laut und deutlich wiederholte: »Franzischek Jordan!«

Das Fräulein wurde blass, seine Hände zitterten als es auf Franz noch einmal zukam und flüsterte: »Franz, bitte! Bitte sei still und widersprich dem Herrn Oberlehrer nicht!«

»Aber ich heiße nun einmal Franz und nicht Franzischek!«

Einige Kinder hielten sich die Hände vor den Mund und begannen zu kichern.

Der Lehrer, der befürchtete, gleich am ersten Tag wegen des kleinen, störrischen Jungen den geforderten und erwarteten Respekt zu verlieren, begann nun mit lauter Stimme in der fremden Sprache zu schimpfen. Die Worte, die in ihrem harten Klang nicht nur die drohende Gefahr, in der sich der kleine Franz befand, ankündigten, prasselten auf den Jungen in zunehmender Lautstärke herab, während der Rohrstock in der Hand des Lehrers zur Verdeutlichung des Gesagten mehrmals mit pfeifendem Geräusch vor den Augen der Kinder durch die Luft hin- und hertanzte.

So plötzlich, wie der Wortschwall des Lehrers sich virtuos entfaltet hatte, so unerwartet erstarb er und nach einer kurzen Atempause wiederholte der Oberlehrer in ruhigem Tonfall, die einzelnen Laute noch einmal deutlich mit den Lippen formend: »F r a n z i s c h e k Jordan!«

Franz presste die Lippen zusammen, sah in das verzweifelte Gesicht seines Fräuleins und wandte sich dann dem Lehrer zu. Es schien ihn der Mut zu verlassen, dennoch wisperte er: »Ich heiße Franz! F r a n z !«

Da sauste der Rohrstock des Lehrers auf die kleine Schülergestalt herab und Franz, der im letzten Augenblick schützend die Hände vor den Kopf hielt, bekam die Schläge auf seinen Armen zu spüren.

Es waren nicht nur die Schläge, die dem Kleinen weh taten, viel stärker waren der Schmerz und die Ohnmacht des Ausgeliefertseins an den großen und starken Mann, der in seiner eigenen Ohnmacht und Schwäche dem Kleinen gegenüber seinen einzigen Ausweg in der Gewalt fand.

Franz begann laut zu weinen und der Lehrer senkte den Stock, fasste Franz wieder ans Kinn und wiederholte: »Franzischek Jordan?«

Im Klassenzimmer war es gespenstisch still. Und mit tränennassen Augen nickte Franz. Er durfte sich setzen.

Lautlos kullerten unaufhaltsam die Tränen über die Wangen von Franz, dessen Augen starr auf den dunklen Holzboden des Klassenzimmers gerichtet waren.

Nach diesem Vorfall wurden die Namen der anderen Kinder vorgelesen. Alle erhoben sich gehorsam und blickten dem fremden Lehrer ängstlich entgegen.

»Ich habe meinen Namen verloren. Ich werde nie mehr in die Schule gehen«, dachte Franz.

Im Jänner 1920 nahm Nepomuk Jordan seine Arbeit in der Kartonfabrik wieder auf. Früh am Morgen, bei völliger Dunkelheit, verließen sie zu dritt das kleine Haus auf dem Hügel hinter dem Dorf und machten sich auf den Weg zur Arbeit. Von überall her strömten die dunklen Gestalten, die den ganzen langen Tag in der dunklen lauten Werkshalle ihre Arbeit verrichten würden.

Nepomuk, der für sein Vaterland an der Front gekämpft, gehungert und gefroren hatte, verstand die Welt nicht mehr. Der Krieg war verloren und mit dieser Niederlage begann Nepomuk, mehr und mehr auch seine Identität zu verlieren. Dies äußerte sich nicht nur in der für ihn fremden und schwer erlernbaren Sprache, sondern auch in den zunehmend stärker werdenden Repressalien, denen er in der Fabrik ausgesetzt war. Es gab immer mehr Entlassungen der ehemals österreichischen Arbeiter und Übergriffe der jugoslawischen Arbeiter auf die Frauen, die für einen Hungerlohn einen Zwölfstunden-Arbeitstag absolvieren mussten.

Maria, die trotz der Entbehrungen des Krieges zu einer Schönheit erblüht war, bekam die Veränderungen am deutlichsten zu spüren. Ljubo Jasic, der neue Vorarbeiter, ein großer Mann mit dunklem Bart und dichtem dunklen Haar, den man aus Sarajewo geholt hatte und der manchmal laut singend und scherzend durch die Fabrikshalle ging, um die Arbeit zu kontrollieren, wurde wegen seiner Fachkenntnisse zwar allgemein sehr geschätzt, jedoch entging niemandem sein ausgeprägtes Verlangen nach dem weiblichen Geschlecht.

Wo immer sich ihm eine Gelegenheit bot, stellte er vor allem den jüngeren Arbeiterinnen nach, versuchte ihnen mit süßen Worten und dunkel glühenden Augen näherzukommen, und wenn er einer in unbeobachteten Augenblicken Herr werden konnte, zog er sie in eine Ecke der schwach beleuchteten Halle, presste sich eng an sie, griff ihr an den Busen und versuchte einen Kuss zu erhaschen. So manche ließ es nach anfänglicher Abwehr geschehen, erhoffte sich dadurch eine Erleichterung in der doch mühevollen Tätigkeit in der Kartonfabrik und schwieg, wenn sie vorwurfsvolle Blicke ihrer Mitarbeiterinnen streiften.

Ljubo hatte sein besonderes Interesse an Maria entdeckt und schon bald war sie vor seinen Zugriffen nicht mehr sicher. Die anderen Arbeiterinnen nahmen zwar die immer häufiger werdenden Attacken ihres temperamentvollen Vorarbeiters wahr, doch keine von ihnen kam Maria zu Hilfe.

Anfangs konnte sich Maria noch wehren, indem sie den Mann mit den schwarz glühenden Augen, den blitzend weißen Zähnen und der tiefen dunklen Stimme einfach zu ignorieren versuchte, doch es geschah nun immer öfter, dass sie von Ljubo zu besonderen Tätigkeiten in den angrenzenden kleinen Verpackungsraum gerufen wurde. Dort wurden die geschnittenen Kartons gestapelt, gezählt und versandfertig gemacht.

Der Verpackungsraum war hell und freundlich und die Arbeit, die dort getan werden musste, wurde in erster Linie von Frauen verrichtet, weil sie einfacher und leichter war. Meistens arbeiteten die Frauen zu zweit. Eine zählte die gestapelten Kartonplatten, während die andere sie verpackte und die Stückzahl der Kartons mit einem Tintenbleistift auf die Verpackung schrieb. Die großen Fenster schauten zum Fluss hinaus. Manchmal stand Maria an einem der

Fenster und sah dem träge dahinfließenden Wasser der Mur nach.

Inmitten des Flusses verlief nun die Grenze und Maria konnte es noch immer nicht begreifen, dass die Mur sie nun von einem Land, das ihre Heimat gewesen war, trennte wie ein Band, das man entzweigeschnitten hatte. Der Fährbetrieb mit dem hölzernen Floß, auf dem gerade ein Ochsengespann Platz hatte, wurde zwar bald nach Kriegsende wieder aufgenommen, doch konnte niemand ohne gültige Papiere auf die andere Seite des Flusses gelangen.

Maria und Nepomuk hatten keinen gültigen Ausweis. Sie hatten vor dem Krieg nie Reisepapiere gebraucht und nach dem Krieg hatten sie sich nicht darum bemüht.

Anfangs war Maria über die Arbeitserleichterung im Verpackungsraum froh gewesen, doch bald stellte sich heraus, dass der Vorarbeiter die hübsche Maria nicht grundlos dorthin versetzt hatte.

Immer öfter kam er in den Raum, schickte die zweite Arbeiterin, eine Frau aus dem Süden Jugoslawiens, die kein Wort Deutsch sprach, unter irgend einem Vorwand hinaus, um mit Maria allein zu sein.

Wenn Maria so in Gedanken versunken am Fenster stand, kam es nicht selten vor, dass plötzlich Ljubo hinter ihr stand, seinen Arm um ihre Hüften legte und mit schmelzender Stimme meinte: »Sehnsucht? Sehnsucht nach drüben?«

Maria schrak dann hoch, schüttelte wortlos den Arm des Mannes ab und machte sich sogleich wieder an die Arbeit.

»Sie sollten den Tintenbleistift nicht immer mit den Lippen befeuchten. Diese sind schon ganz blau!«, lachte Ljubo und griff Maria schelmisch ans Kinn, ehe er wieder ging.

Ljubo war kein Mann, der sich, seine berufliche Macht ausnützend, auf die Frauen stürzte und sich einfach nahm, wonach ihn verlangte. Vielmehr näherte er sich ihnen mit fordernder Beharrlichkeit und dem heißblütigem Temperament der Südländer und ließ keinen Augenblick verstreichen, ohne dem Objekt seiner Begierde klarzumachen, dass er unweigerlich sein Ziel erreichen werde.

Dieses Spiel, das von Verlangen und lustvoller Begierde genauso bestimmt wurde wie von dem Reiz, die zu Erobernde zu verführen, ihre Sinnlichkeit für seine Zwecke zu wecken, beherrschte Ljubo mit Vollendung, und wenn er auch den Frauen anfangs gegen deren Willen zu nahe getreten war oder sie verführt hatte, sich nach der Arbeit mit ihm zu einem Schäferstündchen zu treffen, so hatte er nie Repressalien zu fürchten. Er war ein Meister in der Kunst des Liebesspiels und verstand es vortrefflich, nicht nur zu erobern und zu nehmen, sondern auch Lust zu schenken. Dies unterschied ihn von den meisten Bauern und Arbeitern, mit denen die Fabrikarbeiterinnen verheiratet waren.

Er war der Vorarbeiter, bestimmte über ihren Arbeitsplatz und ihre Arbeitsbedingungen und an keiner der Frauen hatte er je Gewalt ausgeübt. Dass diese sich ihm zuerst nicht immer ganz freiwillig hingegeben hatten, war eine andere Sache, über die die Betroffenen ebenso schwiegen wie ihr Vorarbeiter, hatten sie doch etwas erlebt, das ihnen nachhaltig in keiner Weise als unangenehm erschien.

Natürlich wurde in der Fabrik geredet und vor allem die Arbeiter betrachteten Ljubo mit schrägen Blicken, doch da es keine Beschwerden gab, wurde auch keine Anklage erhoben und so verliefen die vielen Arbeitstage des Jahres in scheinbarem Gleichmaß.

Anders war die Stimmung unter den betroffenen Frauen.

Da Ljubo selten lange Interesse an einer seiner Gespielinnen hatte und diese schnell durch eine meist jüngere oder neue Arbeiterin ersetzte, herrschten unter den Frauen hin und wieder Missgunst und Rivalität. Nicht dass sie es darauf anlegten, ihre Ehemänner zu hintergehen, so hatte es Ljubo doch verstanden, in ihnen das Gefühl zu erwecken, etwas Besonderes und begehrenswert zu sein.

Und das war etwas, das die betroffenen Frauen entweder zuvor noch nicht erlebt hatten oder das im einförmigen und armseligen Alltag zwischen Arbeit und Familie verloren gegangen war.

Nur Maria dachte und fühlte anders.

Sie liebte ihren Mann ohne Einschränkungen, schätzte sein ruhiges und ausgeglichenes Wesen und war trotz ihrer Armut und dem bescheidenen Leben im Kreise ihrer Familie, seit Nepomuk vom Krieg nach Hause gekommen war, eine zufriedene Frau. Wenngleich sie stille Zurückhaltung ausstrahlte, so hatten sie die Kriegsjahre, in denen sie und ihre Familie sich allein durch den kargen Alltag kämpfen mussten, zu einer starken Frau mit eisernem Willen und unverrückbaren Moralvorstellungen werden lassen.

Hatte sie Ljubos scherzhafte Annäherungen zuerst zu ignorieren versucht, so empfand sie sein unmissverständliches Interesse an ihrer Person bald als respektlos und bedrohlich, und als sie schließlich keinen anderen Ausweg mehr wusste, vertraute sie sich eines Tages ihrem Mann an.

Nepomuk, dem so manches Gerede auch nicht verborgen geblieben war, geriet bei Marias anfangs zögerlich hervorgebrachten Sätzen in maßlose Wut. Er warf ihr vor, dass sie so lange geschwiegen und sich ihm nicht schon viel früher anvertraut hatte. Misstrauisch geworden wollte er jedes Detail wissen, das sich zwischen dem Vorarbeiter und Maria zugetragen hatte und ob es zu Annäherungen gekommen war.

Maria beteuerte, dass nichts geschehen sei, dass sie sich aber außerstande fühlte, weiterhin den Zudringlichkeiten des Vorarbeiters ohne Schaden zu nehmen begegnen zu können.

»Glaub mir, Nepomuk, es ist noch nichts passiert, aber ich habe Angst vor diesem Mann. Ich habe Angst, mich nicht wehren zu können, vor allem dann, wenn ich mit ihm allein im Verpackungsraum bin.«

Nepomuk raufte sich die Haare und schritt mit festen Schritten und hochrotem Kopf in der Stube auf und ab.

Maria stand still neben dem Herd und schaute in die züngelnden Flammen, ehe sie die Ofenringe auflegte und den großen Topf mit dem Sterzwasser aufsetzte.

»Schon morgen gehe ich zu Ljubo und werde ihm sagen, dass er gefälligst die Finger von meiner Frau lassen soll«, tobte Nepomuk. Seine laute Stimme hatte die Großmutter, die mit den beiden jüngsten Kindern aus dem Wald kam und einen Korb voll Himbeeren unterm Arm trug, ins Haus gelockt.

»Was ist denn hier los? Man hört dein Geschrei bis zum Waldrand hin!«, sagte sie und betrachtete Marias verweintes Gesicht.

»Ach, es ist nichts Mutter. Es ist nur wegen unserem Vorarbeiter.«

»Er lässt Maria nicht in Ruhe und verfolgt sie mit seinen Zudringlichkeiten.«

Marias Mutter sah von einem zum anderen, dann meinte sie nach einer Weile: »Man spricht im Dorf über den neuen Vorarbeiter. Er stellt den Frauen nach und scheint bei so mancher Erfolg zu haben, aber du wirst doch nicht annehmen, dass Maria …«

»Nein, nein! Aber nun scheint er sein besonderes Augenmerk auf meine Frau gerichtet zu haben und das werde ich nicht zulassen. Morgen werde ich ihm das klar und unmissverständlich sagen. Und damit lassen wir es für heute gut sein!«

Mit diesen Worten nahm er seine Kappe vom Türhaken und ging hinaus, um die beiden Ziegen von der Wiese heimzutreiben.

Am nächsten Tag stellte Nepomuk den Vorarbeiter zur Rede und es kam zu einer heftigen Auseinandersetzung zwischen den beiden Männern, die mit der Entlassung von Nepomuk ihren tragischen Ausgang nahm.

»Zuerst haben sie mir meine Sprache und die Heimat genommen und jetzt auch noch meinen Arbeitsplatz und damit die Lebensgrundlage«, meinte Nepomuk am Abend nach seiner Entlassung verzweifelt.

Maria saß ihm in Tränen aufgelöst gegenüber, stützte ihren Kopf in beide Hände, wischte sich hin und wieder mit dem Schürzenzipfel die nassen Wangen ab und flüsterte: »Das habe ich nicht gewollt. Wovon sollen wir nun leben? Die Kartonfabrik war immer unsere Lebensgrundlage. Mit dem Geld, das ich dort allein verdiene, kommen wir nicht weit.«

»Ich will nicht, dass du dich weiterhin den Zudringlichkeiten des Vorarbeiters aussetzen musst und daher wirst du auch nicht mehr zur Arbeit gehen. Ich werde morgen dein Arbeitsverhältnis kündigen und den Rest unseres Lohnes abholen.«

Nepomuk sagte dies sehr bestimmend und Maria, die zwar nicht wusste, wovon sie in Zukunft leben sollten, wenn auch ihr Einkommen nicht mehr vorhanden war, wagte nicht zu widersprechen.

Bereits am nächsten Tag begannen sich jedoch die Ereignisse zu überstürzen.

Während Nepomuk zur Fabrik ging und Ljubo Jasic die Kündigung von Maria Jordan mit einem hämischen Grinsen entgegennahm und Nepomuk den Restlohn aushändigte, kam der Postbote den Hügel herauf und überreichte Maria einen Brief.

Da sie seit dem Kriegsende kaum Post erhalten hatte, war sie überrascht und öffnete mit zittrigen Händen den blauen Briefumschlag, auf dem als Absender die Dorfschule stand. Mit Bestürzung betrachtete sie das Schreiben, das in slowenischer Sprache gehalten und für sie daher unlesbar war. Nur die darin vorkommenden Zahlen und den Namen ihres Sohnes konnte sie erkennen, brachte aber beides in keinen Sinnzusammenhang mit dem Geschriebenen.

Der Inhalt des Schreibens schien ihr jedoch sehr wichtig zu sein und daher machte sie sich sogleich auf den Weg zur Dorfschule. Dort wollte sie mit dem Fräulein, das ihren Franz noch in einigen Unterrichtsfächern unterrichtete, sprechen und den Oberlehrer der Schule ersuchen, ihr den Brief zu übersetzen.

Als sich Maria der Dorfschule, die sich am Ende des Ortes in einem dunkelgrauen Gebäude hinter der Fabrik befand, näherte, hörte sie schon von Weitem das Lachen und Schreien der Kinder, die sich auf der Wiese hinter dem Schulhaus aufhielten und ihre Vormittagspause abhielten.

Ehe Maria das Schulhaus betrat, ging sie zur Wiese und hielt Ausschau nach ihrem kleinen Sohn. Im Getümmel der Mädchen und Buben, die ihr erstaunt entgegenblickten, denn es kam selten vor, dass am Vormittag Mütter oder Väter die Schule aufsuchten, da sie alle in der Fabrik oder auf den Feldern ihrer Arbeit nachgingen, suchte sie vergebens den kleinen Franz.

Da kam ein kleines Mädchen auf sie zu, schaute sie ein wenig verlegen an und sagte dann mit scheuem Lächeln: »Ich kenne dich. Du bist die Mutter vom Franz, aber der ist nicht da.«

Maria sah mit Überraschung in das kleine rotbackige Gesicht und in die strahlend blauen Augen, die sie offen und mit kindlicher Neugierde anblickten.

Sie hatte Franz wie jeden Morgen mit seinem kleinen Ranzen und der Schiefertafel losgeschickt, hatte ihm Ermahnungen mit auf den Weg gegeben und ihm nachgesehen, bis seine kleine Gestalt zwischen den Obstbäumen auf dem Weg hinunter ins Dorf verschwunden war.

Wo war er nur?

Doch ehe sie diese Frage laut stellen konnte, sagte die Kleine: »Der Franz kommt schon lange nicht mehr in die Schule. Ist er krank?«

Maria war entsetzt. »Kannst du mir sagen, wo ich deine Lehrerin finden kann?«

»Die steht dort drüben«, meinte das kleine Mädchen und zeigte zum Hintereingang des Schulhauses.

Mit festen Schritten überquerte Maria die Schulwiese, die den Kindern als Aufenthalt für die Pausen ebenso diente wie für sportliche Übungen und ging geradewegs auf die Lehrerin zu, die ihr zwar ein wenig überrascht entgegenblickte, sie aber dennoch zu erwarten schien.

Die beiden Frauen kannten sich, da sie manchmal nach dem Kirchgang oder beim Kaufmann im Ort einige Worte gewechselt hatten.

»Frau Jordan! Gut, dass Sie gleich gekommen sind. Der Herr Oberlehrer erwartet Sie.«

»Wo ist mein Franz?«, fragte Maria statt jeglicher Begrüßung.

»Ja, das wüssten wir gerne von Ihnen!«, meinte die Lehrerin und ging voran ins Treppenhaus.

Maria folgte ihr und fühlte sich einen Augenblick lang zurückversetzt in ihre eigene Schulzeit. Es war alles noch immer wie damals. Die Holzstufen waren abgetreten und dunkel, das Stiegengeländer von vielen Kinderhänden im Laufe der Jahre blank und glatt gerieben und der Geruch von Kreidestaub und Holzöl, mit dem die Dielen des Bodens getränkt waren, haftete in der Luft.

Und doch war alles anders!

In der Mitte des Schulhausganges hing eine Tafel mit dem Bild des neuen Herrschers und daneben waren ein Text in slowenischer Sprache und die Flagge des Königreichs an der Wand angebracht.

Maria war stehen geblieben und betrachtete die dekorierte Wand.

»Ja, es ist für uns eine andere Zeit angebrochen. Es bleibt uns wohl nichts anderes übrig, als uns neuen Gegebenheiten anzupassen. Ich habe Sie bisher beim Slowenisch-Unterricht an den Mittwochabenden vermisst. Sie sollten das Angebot annehmen, sonst werden Sie in diesem Land verloren sein.«

Verloren sein, hämmerte es in Marias Kopf. Verloren! Wo war ihr Sohn? Wo befand sich jetzt der kleine Franz?

Die Lehrerin klopfte an eine der dunklen Holztüren und riss Maria aus ihren Gedanken.

Ein großer Mann mit dunklem Backenbart öffnete, begrüßte Maria überraschenderweise in deutscher Sprache und nickte der Lehrerin zu, die sich lautlos entfernte.

Maria nahm gegenüber dem großen hölzernen Schreibtisch des Oberlehrers Platz, zog den gefalteten Brief aus ihrer Kitteltasche, faltete ihn auseinander und meinte ein wenig verlegen: »Diesen Brief habe ich heute erhalten und weil ich den Inhalt nicht lesen kann, habe ich mich sogleich auf den Weg gemacht. Aber bevor ich mit Ihnen über den Brief spreche, möchte ich gerne wissen, wo mein Sohn ist.«

»Liebe Frau Jordan! Das eine schließt das andere nicht aus. Ihr Sohn kommt schon seit einigen Wochen nur hin und wieder in die Schule, daher habe ich ihm einen Brief an Sie mitgegeben, aber leider haben Sie nicht geantwortet. Stattdessen ist Franzischek Jordan nun seit einigen Tagen überhaupt nicht mehr zum Unterricht erschienen, daher habe ich nach Absprache mit der Schulbehörde dieses Schreiben an Sie gerichtet und Sie zu einer Bußgeldzahlung verurteilt. In unserem Land herrscht Schulpflicht! Wussten Sie das nicht, Frau Jordan?«

Maria war blass geworden. Sie hatte den Franz täglich zur Schule geschickt. Wo war er nur geblieben? Wo hatte er sich herumgetrieben? Wo war er jetzt? Und warum nannte ihn dieser Lehrer Franzischek? Er hieß doch Franz!

Der Oberlehrer, dem Marias Überraschung über die eben gehörte Mitteilung nicht entgangen war, nützte ihr Schweigen und fuhr fort: »Das Bußgeld wurde nach den Tagen berechnet, an denen Ihr Sohn ohne Angabe von Gründen dem Unterricht ferngeblieben ist und ist umgehend an die Schulbehörde zu entrichten.«

»Ich verstehe kein Slowenisch«, sagte Maria, »und kann diesen Brief nicht lesen.«

»Dann ist es an der Zeit, dass Sie Ihre Landessprache lernen.«

Nun ließ sich der Oberlehrer herab und übersetzte Maria den Brief, dabei blickte er sie zeitweise scharf durch sein Monokel an.

Als er geendet hatte, faltete er das Schreiben sorgfältig zusammen, legte es vor Maria auf den Tisch und erhob sich.

»Frau Jordan, bringen Sie Ordnung in Ihr Leben und achten Sie darauf, dass Franzischek die Schule besucht. Sie scheinen mir eine kluge Frau zu sein und werden sicher verstehen, was ich Ihnen nun sage. Ihr Deutschen und Österreicher habt den Krieg verloren. Wenn ihr in unserem Land leben wollt, dann müsst ihr euch anpassen. Haben Sie mich verstanden?«

Maria steckte den Brief in ihren Kittel und nickte wortlos. Dann wandte sie sich um und ging grußlos aus dem Raum.

Als sie den Schulhof überquerte, war es still um sie herum. Die Kinder waren wieder in den Klassenzimmern und durch ein geöffnetes Fenster hörte sie einen Mann Worte in einer für sie noch immer fremden Sprache sprechen, die von Kinderstimmen im Chor wiederholt wurden.

Das ist nicht mehr meine Heimat, dachte sie, als sie das Dorf verlassen hatte und den Hügel zu ihrem kleinen Haus hinaufstieg.

Hinter dem Haus wendete Nepomuk gemeinsam mit ihrem Vater das Heu, das in der prallen Sonne getrocknet war, und wirbelte bei jedem Hochheben mit der hölzernen dreizackigen Gabel den Staub getrockneter Wiesenblumen auf. Der Duft des getrockneten Grases erfüllte die Luft. Unter den sattgrünen Blättern der Obstbäume leuchteten die Birnen und Äpfel in sattem Gelb und saftigem Rot hervor und der Sommerwind trug das Summen der Bienen über die Gärten und Felder.

Das Bild, das sich Maria bot, erfüllte sie in seiner Ganzheit mit so viel Schönheit, dass es in ihr keine Freude, sondern nur Wehmut auslöste, da sie plötzlich ahnte, es werde die Zeit kommen, dies alles zurücklassen zu müssen.

Ihre Mutter saß auf der Hausbank, hatte die Hände im Schoß gefaltet und blickte der sich nähernden Tochter entgegen. Die Mutter war alt geworden und die schwere Arbeit im Haus und Garten ermüdete sie sehr rasch. Immer öfter musste sie sich zwischendurch hinsetzen und ein wenig ausruhen.

»Die Omi schläft!«, wisperten dann die Kinder und versuchten sich ganz still zu verhalten.

Doch auch wenn die Großmutter die Augen geschlossen hielt, so schlief sie nicht, sondern nahm ihre Umgebung in einer Art und Weise wahr, die über das rein sinnliche Erfassen hinausging. Sie befand sich in einem Dasein des Schwebens zwischen der Wirklichkeit und ihren Träumen, den Hoffnungen und des Vergessens, und die einstige Tatkraft hatte der Müdigkeit des Alters ihren Platz eingeräumt.

Als Maria vor ihr stand, fragte sie nichts, sondern meinte mit leiser Stimme: »Der Franzl ist drinnen in der Stube.«

Maria ging wortlos ins Haus und schloss die Tür hinter sich.

Franz saß auf der Eckbank hinter dem schweren Holztisch und schaute seiner Mutter angstvoll entgegen.

»Wo bist du gewesen?«, fragte diese und blickte ihn wütend an.

Franz, der seine Mutter aus der Krone eines Obstbaumes, in der er sich versteckt gehalten hatte, beobachtet und gesehen hatte, wie sie sich auf den Weg zur Schule gemacht hatte, wusste, dass er das drohende Unheil, das sich nun bald und unausweichlich über ihn breiten werde, nicht würde aufhalten können. So ergab er sich in sein Schicksal und schlich mit hängenden Schultern, die unbeschriebene Schiefertafel unterm Arm, den Hügel zum Haus hinauf.

Der Vater hatte ihn nicht entdeckt, da er auf der Wiese hinterm Haus mit dem Großvater arbeitete, doch die Großmutter war in der Stube gewesen, als er heimlich und unbemerkt an ihr vorbeigehen wollte.

»Franz!«, hatte sie gerufen. »Warum bis du jetzt schon daheim?«

»Heute hatten wir früher Schluss!«, log Franz und wurde rot bis hinter beide Ohren.

Die Großmutter hatte ihn lange angesehen und dann gemeint: »Dann geh hinters Haus und hilf dem Vater das Heu verteilen!«

Doch als sich Franz nicht von der Stelle rührte, nahm die alte Frau das Flickzeug und setzte sich vors Haus, wo sie auf Maria wartete.

»Wo bist du gewesen?«, fragte nun Maria ihren kleinen Sohn noch einmal und in ihrer Stimme lag ein gefährlicher Unterton, der Franz fremd war.

Franz presste die Lippen aufeinander, sah seiner Mutter ins Gesicht. Er schwieg. Da hob sie ihre Hand und schlug ihm mitten ins Gesicht. Einmal, zweimal.

Ihre von der harten Arbeit schwieligen Hände landeten erneut auf der Wange des Buben, der trotzig vor ihr stand und weiterhin mit Verbissenheit und rot geschwollenen Backen schwieg. Hätte der Junge geweint, gefleht oder gejammert, wäre Maria vielleicht zur Einsicht gekommen, dass das, was sie hier tat, nicht in Ordnung war.

Doch Franz nahm die Schläge seiner Mutter hin und stand starr und steif vor der tobenden Frau, die nun nach dem Stock griff, der stets neben dem Ofen lehnte, den Jungen übers Knie legte und auf ihn wie besinnungslos einschlug.

Plötzlich brach es aus Franz heraus und er schrie aus Leibeskräften.

Da wurde die Türe aufgestoßen und Nepomuk stand mitten in der Stube.

Blitzschnell erkannte er die Situation, riss Maria den Stock aus der Hand, packte sie an den Schultern und rief: »Maria! Hör auf! Was immer er verbrochen hat, du erschlägst ihn ja. Du erschlägst dein eigenes Kind! Was ist denn los mit dir? Was ist geschehen?«

Franz lag wimmernd auf dem Fußboden und wurde von der Großmutter, die das Schreien des Jungen veranlasst hatte ins Haus zu kommen, hochgehoben.

Maria stand mit hängenden Schultern, aufgelöstem Haarzopf und mit von Wut geröteten Wangen da, dann ließ sie sich auf einen Stuhl fallen und begann zu schluchzen: »Ich war heute beim Oberlehrer, weil der Brief von der Schule gekommen ist. Unser Franz geht schon seit Wochen nicht mehr zur Schule. Und nun müssen wir Bußgeld bezahlen.«

Nepomuk blickte zuerst zu Franz, dann wieder zu Maria, setzte sich an die Seite seiner Frau und seufzte: »Was ist nur mit uns geschehen? Wir haben niemandem etwas zu Leide getan, wir wollten doch nur in Frieden miteinander leben und jetzt sind wir soweit, dass wir unser Kind schlagen. Maria, wo bewegen wir uns hin?«

Nepomuk fuhr sich mit beiden Händen durch sein dichtes blondes Haar und schüttelte ratlos den Kopf.

Die Großmutter hatte Franz' Tränen getrocknet und hielt den Jungen in ihrem Arm.

»Vater«, begann nun der Kleine schüchtern. »Vater, in die Schule kann ich nimmer gehen. Der Oberlehrer nennt mich immer Franzischek, obwohl ich doch der Franz bin. Und außerdem …«

Franz machte eine kleine Pause, holte tief seufzend Luft.

»Und außerdem verstehe ich kein Wort von dem, was sie dort sagen. Und weil ich nichts verstehe, kann ich die Fragen vom Oberlehrer nicht beantworten und dann nimmt er den Stock und schlägt mir auf die ausgestreckten Finger, dass sie ganz rot und dick werden und ich meine Tafel und den Griffel nicht mehr halten kann.«

Maria starrte ihren kleinen Sohn an. »Oh mein Gott!«, flüsterte sie, »und ich habe dich nun auch geschlagen.«

»Mutter, ich habe es verdient.«

»Niemand verdient es, geschlagen zu werden. Ich habe zu viel Leid und Elend im Krieg erlebt, entstanden durch Gewalt und Grausamkeit. Das muss endlich ein Ende haben!«, antwortete der Vater.

»Wie sollen wir in Frieden leben, wenn es uns nicht einmal im eigenen Haus gelingt? Der Franz muss zur Schule gehen, aber nicht hier in Süssenberg.«

»Sladki Vrh«, verbesserte die Großmutter.

»An diesen Namen werde ich mich nie gewöhnen«, erwiderte Nepomuk.

»Wir haben hier keine Zukunft. Ich trage den Entschluss schon lange mit mir herum. Wir werden von hier weggehen!«

Es war, als hätte sich plötzlich Eiseskälte über die Stube gelegt, die Wärme und Geborgenheit zum Verstummen gebracht hatte. Entsetzt starrte Maria ihren Mann an.

»Aber wie stellst du dir das denn vor?«, fragte sie tonlos.

»Aber Nepomuk, wie kannst du so etwas denken. Hier ist unsere Familie, unser Haus, die Ziegen, der Acker, die

Obstbäume und der Garten, in dem heuer die Bohnen wachsen wie noch nie zuvor! Das alles willst du verlassen? Alles aufgeben?«, entrüstete sich die Großmutter.

»Alles, was du soeben aufgezählt hast, hat seine Richtigkeit, aber es ist nicht mehr unser Land. Hier haben wir keine Heimat mehr. Du siehst ja selbst, was sie mit uns Deutschsprechenden machen. Zuerst haben wir unsere Sprache verloren, dann verlieren wir unseren Arbeitsplatz und letztendlich uns selbst. Es gibt nur einen Ausweg! Wenn wir wirklich leben wollen, dann werden wir das Land verlassen müssen. Früher oder später!« Die letzten Worte hatte Nepomuk sehr leise gesprochen.

»Leopold und Julius haben das viel eher erkannt und sind gleich nach dem Krieg weggegangen. Sie haben bei der Marine angeheuert und erleben die große Welt.« Und nach einer Weile: »Vielleicht«

Die Mutter nickte und schaute zur Kredenz, wo hinter der Glasscheibe eine schwarz-weiße Postkarte von Amsterdam steckte.

Als am späten Nachmittag der Großvater müde und hungrig ins Haus kam, um wie gewöhnlich seinen Krug mit Most und einen Kanten Brot zu holen, traf er eine schweigende Familie an.

Auch die Johanna und der kleine Muki, die hinter dem Haus mit ihren Kätzchen gespielt und nichts von den Ereignissen in der Stube mitbekommen hatten, spürten, dass heute etwas anders war als an den Tagen zuvor. Muki verkroch sich wie immer hinter dem weiten Kittel der Großmutter und Johanna entdeckte die unbeschriebene Schiefertafel des großen Bruders, nahm sie und setzte sich still in einen Winkel der Stube, wo sie dann voll Hingabe und Beharrlichkeit versuchte, große und kleine A zu schreiben, so wie ihr es Franz vor einigen Tagen gezeigt hatte.

Als es Abend wurde und die Kinder in der Schlafkammer in ihren Betten lagen, nahm Nepomuk Maria an der Hand und bat sie, ihn zu einem kleinen Rundgang über die Äcker zu begleiten.

Maria, noch immer innerlich aufgewühlt und ganz und gar nicht damit einverstanden, alles, was für sie und ihre Familie bisher Bedeutung hatte und ihr wertvoll erschienen war, aufzugeben, um in eine ungewisse Zukunft zu gehen, willigte ein.

Das Licht der untergehenden Sonne beleuchtete die wogenden Weizenfelder und ließ sie in sanftem Gold schimmern, doch Maria sah sie nicht, da ihre Gedanken weit weg waren und ihre bloßen Füße durch das sonnenwarme Gras schritten, ohne die sanfte Wärme zu spüren.

Am Ackerrain setzten sie sich und schauten auf das Dorf hinunter.

Maria sah zu den Dächern der Fabrikhallen und dachte, wie oft sie dorthin gegangen war. Manchmal müde im Dunkel der Morgenstunden, manchmal voll Freude auf den zu erwartenden Lohn, wenn der Tag der Auszahlung war.

Dies alles gehörte nun der Vergangenheit an.

Als ob Nepomuk Marias Gedanken hätte lesen können, begann er mit ernster Stimme: »Ich bin schon lange bereit, von hier wegzugehen und glaube mir, du wirst es auch sein. Wir haben hier keine Arbeit und keine Zukunft. Unser kleiner Sohn hat es uns auf seine Art und Weise ganz deutlich gemacht. Er ist der Franz und nicht der Franzischek. Das Bewusstsein seiner nationalen Persönlichkeit ist in ihm so stark vorhanden, dass er die Erniedrigungen in der Schule nicht mehr ertragen konnte. Er hat uns den einzigen gangbaren Weg gezeigt, nämlich fortzugehen.«

»Aber warum hat er sich uns nicht anvertraut?«

»Ja, warum? Vielleicht, weil er wusste, wie wir reagieren würden – nämlich veranlassen, dass er weiterhin zur Schule geht.« Nepomuk seufzte: »Und das werden wir auch tun, solange wir noch hier leben, denn wir sind arm und können uns weitere Bußgeldzahlungen nicht leisten.«

»Solange wir noch hier leben, sagst du. Wie lange noch? Was hast du vor?«

»Ich werde für uns alle um Ausreisepapiere ansuchen.«

»Du denkst auch an Mutter und Vater?«

»Vielleicht wollen sie mit uns kommen und wenn nicht …« Wieder seufzte Nepomuk. »Wenn nicht, dann bleiben ihnen die Keusche, der Acker und der Garten.«

Dann schwiegen beide und jeder hing seinen Gedanken nach, aber Nepomuk wusste, dass sich Maria seinen Plänen, das Land zu verlassen, nicht widersetzen würde. Maria würde stets an seiner Seite bleiben und gemeinsam würden sie es schaffen. Davon war er überzeugt.

Maria, die sich ein Leben ohne Nepomuk nicht vorstellen konnte und die während der schweren Jahre des Krieges erbittert um das geringe Hab und Gut der Familie gekämpft, dafür gehungert und geschuftet hatte, rang mit sich und wie ein Trauerflor hüllte sich Verbitterung um ihr Herz.

Lange saßen sie schweigend am Ackerrain, in Gedanken fest verbunden mit dem Ort, an dem sie lebten, und an dem sie selbst, ihre Vorfahren und Nachkommen geboren wurden und den sie nun bald verlassen würden.

Als es dunkel geworden war, gingen sie zum Haus zurück. Die Großmutter hatte die Petroleumlampe ins Fenster gestellt. Der schwache Schein leuchtete wie ein Stern in dunkler Nacht. Dieses Licht, dachte Maria, es wird mich immer an meine verlorene Heimat erinnern.

Als wäre das Leben der Familie Jordan nicht schon hart genug, schlug das Schicksal unbarmherzig weiter zu.

Maria brachte den kleinen Franz täglich bis ans Schultor, wo er von dem strengen Oberlehrer in Empfang genommen wurde. Jedes Mal war es Maria weh ums Herz, wenn sie sich von ihrem Sohn vor dem Eingang zur Schule verabschieden musste und in seine Augen blickte, in denen die ganze Seelenqual des kleinen Jungen sichtbar war.

Der Sommer stand in seiner Hochblüte und die Menschen stöhnten unter der Hitze und der Trockenheit, als Franz eines Tages mit hohem Fieber von der Schule nach Hause kam. Der Kopf des Jungen glühte rot und die Großmutter legte ihm mit besorgtem Gesichtsausdruck nasse Tücher, die sie in Wasser und Essig getaucht hatte, um Hand- und Fußgelenke.

Der kleine Muki, der seinen großen Bruder abgöttisch liebte und täglich voll Sehnsucht auf dessen Rückkehr von der Schule wartete, saß stundenlang am Bett von Franz und streichelte ihn abwechselnd an den Fingerspitzen und den Armen und flüsterte Koseworte.

Bald war das Fieber ein wenig gesunken und Franz fühlte sich frischer und trank auch ein wenig von dem Tee, den die Großmutter für ihn zubereitet hatte. Doch die Erholungsphasen dauerten nicht lange und bald wurde Franz wieder von hohem Fieber befallen.

Nepomuk beschloss ins Dorf zu gehen, um einerseits Franz beim Oberlehrer zu entschuldigen und beim Doktor um ein fiebersenkendes Mittel zu fragen, andererseits die Antragsformulare für die Ausreise beim Gemeindeamt abzuholen. Vor Wochen hatte er beim Amtsvorsteher um die Papiere angesucht, doch bisher keinen Bescheid erhalten.

»Wir sollten gehen, ehe es Herbst wird«, hatte er zu Maria gemeint.

Der Amtsvorsteher, der zwar Deutsch verstand, es aber nur recht und schlecht sprechen konnte, versuchte Nepomuk zu erklären, dass er ihm keine Antragsformulare für die Ausreise beschaffen konnte, denn dafür sei das Amt in Maribor zuständig. Nepomuk Jordan müsse nach Maribor gehen und dort im Staatsamt die Formulare beantragen.

Nepomuk ärgerte sich zwar über die verlorene Zeit, doch er hielt nach wie vor an seinem Vorhaben fest.

Er war schon lange nicht im Dorf gewesen, da gerade jetzt zur Reifezeit alle arbeitswilligen Hände in ihrer kleinen Wirtschaft gebraucht wurden, daher beschloss er, zuerst den Doktor aufzusuchen und anschließend ins Dorfgasthaus auf ein Bier zu gehen.

Das Haus des Arztes befand sich in unmittelbarer Nähe der Fabrikhallen. Dunkelrot blühende Rosenbüsche und leuchtend blauer Lavendel vor der weißen Fassade des Hauses im Vorgarten kündigten dem Besucher einen Hauch von Wohlhabenheit an. Der Doktor war ein allerseits geschätzter Mann, dessen Heilkunst nicht nur die Arbeiterinnen und Arbeiter der Papierfabrik zu schätzen wussten, sondern der sich auch bei den Keuschlern und Bauern Ansehen erworben hatte, wenn diese ihre eitrigen Schwielen oder durch die Arbeit in Feld und Wald entstandenen Verletzungen mit von Generation zu Generation überlieferten Heilmitteln erfolglos versucht hatten zu heilen. In den meisten Fällen führte der Arzt, nachdem er den Leuten heftig ins Gewissen geredet hatte, einen raschen Heilungsprozess herbei. Die Keuschler, die die Arztrechnungen nicht bezahlen konnten, dankten es ihm mit Eiern und geräuchertem Fleisch, was vor allem die Frau des Doktors gerne entgegennahm und stets mit einem Augenzwinkern ihrem Mann mitteilte, dass er sich doch das Bargeld bei den reichen Bauern, auf deren Höfe er oft gerufen wurde, holen könnte.

Heute war das Haus des Arztes verschlossen. Vergebens drückte Nepomuk die Klinke und zog am Klingelzug neben der schweren Eichentür. Nichts rührte sich! Unschlüssig stand er im Vorgarten, als er im Inneren des Hauses schlurfende Schritte vernahm. Ein Schlüssel drehte sich im Schloss und in der geöffneten Tür stand die alte Moam, wie sie überall im Dorf genannt wurde. Nach dem Tod ihres Gatten und einzigen Sohnes hatte der Arzt die alte Frau, die allein auf sich gestellt immer mehr ins Elend gestürzt war, zu sich ins Haus genommen, wo sie für das Wohnen und ihre Verpflegung seiner Frau im Haushalt half.

»Der Doktor ist mit seiner Frau nach Marburg in die Apotheke gefahren. Der kommt erst spät in der Nacht wieder«, teilte sie mit hoher Fistelstimme mit, und ohne eine Antwort des Besuchers abzuwarten, schloss sie die Tür. Einen Augenblick war Nepomuk ein wenig ratlos, dann machte er sich auf den Weg ins Gasthaus.

In der Gaststube war es dunkel und es roch nach frisch gekochten Mahlzeiten und Tabakrauch.

Nepomuk setzte sich an den Stammtisch, an dem heute niemand saß – es war mitten am Nachmittag und alle Leute arbeiteten in der Fabrik oder auf den Feldern – und bestellte einen Krug Bier.

Miri, die Wirtsmagd, eine fröhliche junge Frau, die sich wegen ihrer Schlagfertigkeit einen gewissen Respekt unter den Wirtshausbesuchern erworben hatte, kam mit dem Krug, über dessen Rand der Bierschaum lief, stellte ihn vor Nepomuk hin und meinte: »Prosim! Wohl bekommt's!«

»Danke!«

»Das heißt bei uns jetzt ›Hvala‹!« Dabei betonte sie jeden einzelnen Laut, um danach schelmisch zu lachen.

Obwohl Nepomuk nicht zum Scherzen aufgelegt war, stimmte er schließlich in ihr Lachen ein und forderte sie auf, sich zu ihm zu setzen.

Da Nepomuk der einzige Gast in der Wirtsstube war und sie sonst nichts zu tun hatte, kam sie seiner Einladung gerne nach und bald unterhielten sie sich in lockerem Plauderton. Miri erzählte ihm die banalen Neuigkeiten des Dorfgeschehens und als sie mitten im Gespräch waren, wurde die Wirtshaustür plötzlich aufgestoßen und der Pfarrer kam herein. Seine schwarze Soutane umhüllte die fettleibige Gestalt wie ein fester Panzer und der weiße, steife Kragen, der sich um den Hals des Mannes spannte, war nass vom Schweiß.

»Nun hat sie auch uns erreicht. Gottes Wege sind unergründlich!«, sagte der Pfarrer und setzte sich.

»Ein Bier wie immer, Hochwürden?«, fragte Miri und ging zur Schank.

»Wer hat uns erreicht?«, fragte Nepomuk neugierig geworden.

Das Bier hatte nicht nur seinen Durst gelöscht, sondern ihn ruhiger werden lassen, und den Pfarrer hier im Wirtshaus zu treffen, schien ihm eine willkommene Abwechslung zu sein.

»Ja, weißt du es denn nicht? Man redet doch schon seit Tagen im Dorf darüber. Die Spanische Grippe ist nun auch bei uns. Ich komme gerade vom Jaklitsch-Hof. Ich habe dem Knecht die Sterbesakramente gespendet. Es ist nur noch eine Frage der Zeit. Der wird nimmer. Bald wird er vor seinen Herrn treten.«

Vor Erstaunen sprachlos geworden starrte Nepomuk den Pfarrer an.

»Nächsten Sonntag werden wir in der Kirche zu Maria Schnee einen Bittgottesdienst abhalten. Nur der Herrgott kann uns jetzt noch beistehen.«

»Die Spanische Grippe?«, wiederholte Nepomuk, »ich habe noch nie davon gehört.«

»Gleich nach dem Kriegsende ist sie ausgebrochen. Zuerst war sie nur in Amerika, aber später ist sie übers große Wasser auch zu uns gekommen. Von Frankreich über Deutschland und jetzt ist sie bei uns in Sladki Vrh. Der Oberlehrer liegt seit Tagen mit Fieber im Bett und einige Schulkinder hat es auch schon erwischt. Die Strafe Gottes ist über die Menschheit gekommen. Mussten im Krieg noch nicht genug Menschen sterben, rafft sie nun die Spanische Grippe dahin. Viele tausend Menschen sind bereits daran zugrunde gegangen. Es soll mehr Todesopfer durch diese Krankheit geben als sie der Weltkrieg gefordert hatte.«

Der Pfarrer nahm einen tiefen Zug aus seinem Bierkrug, wischte sich den Schaum von den Lippen und fuhr fort: »Die Ärzte sind ratlos, denn es gibt kein Mittel dagegen. Entweder hat man genügend Abwehrkräfte und überlebt diese Krankheit oder man stirbt. Gottes Wille geschehe!«

Schweigen lag in der Wirtsstube und auch die eben noch fröhlich lachende Miri hatte ein ernstes Gesicht aufgesetzt.

Der Franz, dachte Nepomuk betroffen. Der Franz hat am Ende auch die Spanische Grippe!

»Aber wenn diese Krankheit doch so weit von uns weg gewesen ist, wie kommt es, dass sie sogar in unser kleines

Dorf gelangen konnte, in unser Dorf, das so abseits gelegen ist?«, wagte Nepomuk zu fragen.

Der Pfarrer räusperte sich: »Genaues kann ich dir auch nicht sagen, aber man redet, dass der Oberlehrer Besuch von einem Kriegskameraden hatte, der aus Flandern stammt und der war schon krank, als er hier angekommen ist. Als das Fieber immer heftiger wurde, hat der Oberlehrer seinen Freund mit einem Krankentransport nach Maribor ins Krankenhaus bringen lassen und ein paar Tage danach ist er selbst krank geworden.«

»Und mein Franz hat sich wahrscheinlich in der Schule angesteckt. Er liegt daheim mit Fieber«, fügte Nepomuk hinzu.

»Macht ihm kalte Wickel und er soll viel trinken. Man sagt, die Kinder überstehen diese Krankheit leichter als die Erwachsenen«, sagte der Pfarrer und erhob sich.

Er hatte den Bierkrug geleert, eine Münze auf den Tisch gelegt, sich mit einem blütenweißen Taschentuch den Schweiß von der Stirn gewischt und war mit den Worten »Gott mit euch!« gegangen.

»Für mich ist es auch an der Zeit aufzubrechen«, sagte nun Nepomuk, dem die Freude nach einer weiteren Unterhaltung gänzlich vergangen war. In Gedanken versunken stieg er den schmalen Pfad aufwärts zur Keusche. Bald lag das Dorf hinter ihm.

»Sobald der Franz gesund ist, werden wir von hier weggehen«, dachte Nepomuk und mit jedem Schritt, den er fest und entschlossen setzte, wurde sein Vorhaben bestärkt.

Doch daheim angekommen, erwartete ihn die nächste Hiobsbotschaft.

»Der Muki hat Fieber bekommen«, empfing ihn Maria mit besorgtem Blick.

»Ich habe ihn für heute Nacht in unsere Kammer gelegt, damit ich gleich spüren kann, wenn es ihm schlechter geht oder wenn er etwas braucht.«

Wortlos umarmte Nepomuk seine Maria, dann nahm er sie an der Hand, zog sie zu sich auf die Hausbank und richtete den Blick starr ins Land, auf das sich allmählich die Dämmerung breitete, und seufzte: »Ich bringe keine guten Nachrichten aus dem Dorf. Der Oberlehrer hat sich mit der Spanischen Grippe angesteckt und vielleicht hat er diese Krankheit auch auf einige seiner Schüler übertragen. Unser Franz ist wahrscheinlich einer davon. Der Pfarrer hat es heute beim Dorfwirt erzählt. Der Knecht vom Jaklitsch-Hof hat sie auch, die Spanische Grippe.«

Maria, die die Gefahr dieser Krankheit weder kannte noch erahnen konnte, hob den Kopf, sah Nepomuk an und fragte: »Und was hat es mit dieser Krankheit auf sich?«

»Die Leute sterben dran. Es gibt – so sagt der Pfarrer – kein Mittel dagegen, aber …« Nepomuk seufzte und holte tief Luft: »Aber man sagt, dass es die Kinder leichter überstehen!«

»Ja, ja!«, beteuerte Maria wie zur Selbstberuhigung und zur Bestätigung des eben Gesagten.

»Unserem Franz geht es schon viel besser. Er hat heute schon ein wenig Brei gegessen, als du weg warst. Nur der Muki! Der Muki macht mir Sorgen. Er ist noch so klein, so hilflos! Wenn er so daliegt mit seinen hochroten Bäckchen, den Schweißperlen auf der Stirn und nach Luft ringt, dann vermeine ich den Todesengel in der Stubenecke schon zu sehen.«

Nepomuk hatte bei Marias letzten Worten seine schwielige Hand auf ihren Mund gedrückt. »So etwas darfst du nicht einmal denken, geschweige denn laut aussprechen!«

»Aber ich habe Angst, Nepomuk. Angst und so ein unbestimmtes Gefühl!«

Und dieses Gefühl sollte Maria recht geben.

Nächtelang saßen sie am Bett ihres kleinen kranken Sohnes, kühlten sein vom Fieber glühendes Köpfchen mit nassen Tüchern, versuchten ihm Obstsaft und Tee einzuflößen, doch das Fieber stieg unaufhörlich, bis es jene Grenze erreicht hatte, die der kleine Körper nicht mehr ertragen konnte. Mukis Lebenslicht begann zu verlöschen.

Der Großvater holte den Pfarrer, denn Maria und Nepomuk hatten nicht die Kraft dazu.

Weihrauch breitete sich im Raum aus, der Sterbekammer des kleinen Muki. In vielen Häusern war der Pfarrer schon gewesen, doch hier in der Jordan-Keusche fiel es ihm besonders schwer, die Abschiedsworte der Kirche zu sprechen und den kleinen blonden Schopf des Kindes mit dem heiligen Öl zu salben, ihm die Sterbesakramente zu spenden und um den Segen Gottes zu bitten.

Wenige Stunden, nachdem der Pfarrer die Keusche verlassen hatte, starb Muki in den Armen seiner Eltern und benetzt mit den Tränen der unsäglichen Trauer und des Abschieds ging er aus einem Dasein, in dem er nun alle, die ihn liebten, allein zurückließ.

Ein schlichtes weißes Holzkreuz mit dem Namen Nepomuk Jordan und den Jahreszahlen 1915-1920 stand hinter dem kleinen Grabhügel, auf dem die Sommerblumensträuße dahinwelkten, am Friedhof von Sladki Vrh.

In den ersten Wochen nach Mukis Tod besuchte Maria täglich das Grab ihres kleinen Sohnes, der bevor er das Leben richtig erfahren konnte, es bereits verlassen hatte müssen. In ihrem übergroßen Schmerz und dem unsäglichen Leid der Mutter, in deren Armen ihr Kind gestorben war, legte sie täglich einen bunten Blumenstrauß auf die frisch aufgeschüttete Erde.

Im Hause Jordan war es still geworden. Johannas unbeschwertes Lachen und Singen, das die Keusche stets mit ihrer Fröhlichkeit erfüllt hatte, war verstummt. Franz, der sich von seiner Krankheit erholt, jedoch noch ein wenig schwach auf den Beinen war, vermisste den kleinen Bruder und zog sich still zurück. Es schien ein dunkler Schatten über dem Haus zu liegen. Ein Schatten, der sich wie eine schwere Last in die Seele der Bewohner gelegt hatte und sie zu erdrücken drohte.

»Es ist nun an der Zeit zu gehen«, sagte Nepomuk eines Abends, als er müde von der Feldarbeit nach Hause zurückgekehrt war.

Der Großvater sah ihn mit kalten Augen an. Er, der nie ein Wort zu viel verlor und eher schweigsam seine Tage lebte, meinte nun mit ruhiger Stimme: »Und wohin? Wohin willst du gehen?«

»Nach drüben! Nach Österreich!«

Österreich! Dieses Wort lag wie ein Stückchen Welt, das einmal ihre Welt gewesen war, im Raum, hallte in seinen Vokalen nach – weich, behutsam und verheißungsvoll.

»Und was erwartest du dir von dort?«, fragte der Großvater.

»Ich weiß es nicht, aber hier haben wir keine Zukunft, Maria, die Kinder und ich!«

Die Großmutter, die abseits gesessen und nur still zugehört hatte, wischte sich mit dem Schürzenzipfel die Tränen von den Wangen. Sie wusste schon lange von Nepomuks Vorhaben und es war ihr ebenso bewusst, dass ihre Tochter ihrem Mann folgen würde.

»Ich könnte es dir erklären, bis ins Unendliche könnte ich es dir klarlegen und verfeinern und vielleicht würde ich trotzdem falsch liegen, aber eine innere Stimme sagt mir, dass jetzt der Zeitpunkt gekommen ist.«

Nepomuk Jordan konnte es nicht wissen, vielleicht aber ahnen, dass von den vielen Erfahrungen des Lebens, die er machte und noch machen würde, er immer nur diese eine zur Sprache bringen würde, jedoch die vielen stummen Erfahrungen, die seinem Leben Form, Melodie und Färbung geben, stets verborgen bleiben würden.

So schwieg er und gab keine weiteren Erklärungen ab.

Am nächsten Tag, noch vor Sonnenaufgang, machte sich Nepomuk auf den Weg nach Maribor.

Es war ein langer Fußmarsch und er versicherte Maria, am nächsten Tag wieder zurück zu sein. Sie blickte ihm lange nach, bis seine Gestalt im Morgengrauen hinter den sattgrünen Hügeln verschwunden war. Dann begab sie sich in die Stube, holte den Pappkartonkoffer vom Kasten herunter, legte ihn auf das Bett und begann, die wenigen Habseligkeiten einzupacken.

Das Leben, dachte sie, das Leben, in das durch ihr Weggehen das vorweggenommene Fehlen von Heimat eine so große Lücke reißen würde, welchen Sinn konnte es noch haben?

Ihr kleiner Muki lag auf dem Friedhof, einem Friedhof, der bald – wenn sie mit Nepomuk den Ort, an dem sie lebten, verlassen und in fremdem Land sein würde – für sie kein Ort der Trauer mehr sein konnte. Wenn die Gewissheit über uns Menschen hereinbricht, dass wir die »Ganzheit« nie mehr erreichen werden, so wissen wir plötzlich nicht mehr, wie wir die Zeit, die wir Zukunft nennen, leben sollen. All das wurde Maria in jenen Augenblicken klar, als sie ein Wäschestück nach dem anderen behutsam in den Koffer legte.

Später kam die Großmutter ins Zimmer, schaute Marias Tun eine Weile zu und meinte dann: »Johanna weint schon den ganzen Vormittag. Sie ist zwar noch ein kleines Kind, dennoch musst du ihr erklären, was ihr vorhabt. Du und Nepomuk, ihr habt euch entschlossen zu gehen. Deine Kinder können keine Entscheidungen treffen. Sie müssen sich fügen, genau wie Vater und ich, aber eine Erklärung seid ihr den beiden schuldig.«

Maria blickte auf. In ihren Augen lag der ganze Schmerz einer Frau, die ihren Mann über alles liebte, sich seinen Vorhaben unterordnete, jedoch nicht verstehen konnte, warum dies alles mit ihr und ihrer Familie geschah. Sie hatte Angst vor dem Kommenden und der Ungewissheit, die die Zukunft mit sich brachte.

»Ich weiß nicht, was ich ihnen sagen soll. Ich weiß nicht, wie ich das Leben ertragen sollte, ohne dass Nepomuk an unserer Seite ist, dass er einfach da ist, für uns sorgt, seine schweren Hände auf die Köpfchen der Kinder legt, bevor sie einschlafen und mir Mut gibt. Wir haben unser jüngstes Kind verloren. Wahrscheinlich werde ich nie darüber hinwegkommen, aber mit Nepomuk an meiner Seite werde ich irgendwann damit leben lernen. Ich kann nicht anders. Ich muss mit ihm gehen.«

»Wenn du gehst, wird es vielleicht keine Rückkehr geben! Hast du dir das schon einmal überlegt?«

»Warum machst du es mir so schwer, Mutter?«

»Weil du und die Kinder – weil ihr mir fehlen werdet!«

»Dann kommt doch mit! Du und Vater!«

Mit großen traurigen Augen blickte die alte Frau in das Gesicht der Tochter.

Nach einer Weile meinte sie: »Einen alten Baum verpflanzt man nicht! Er würde im fremden Boden zugrunde gehen!«

Sie sah Maria an, doch plötzlich begann sie zu lächeln. Es war ein Lächeln, das aus der Weite und Erfahrung ihres bisherigen Lebens kam und das Maria auf einmal Mut und Erleichterung verschaffte.

Wortlos umarmte Maria die Mutter, drückte sie fest an sich und flüsterte: »Du verstehst mich. Unsere Zeit hier ist abgelaufen. Wir können aus ihr nichts mehr machen, aber drüben erwartet uns eine Zukunft. Ich bin sicher, dass wir uns bald etwas schaffen werden und dann werden wir euch zu uns hinüberholen.«

»Schlag dir das aus dem Sinn! Vater und ich werden hierbleiben, aber da du dich nun endgültig entschlossen hast zu gehen, nimm das mit auf deinen Weg.«

Die Mutter holte aus ihrer Kammer ein Säckchen aus Leinen, das prall gefüllt war mit dunklen Käferbohnen.

»Die Ernte war heuer besonders gut. Das hier soll die Saat für dein neues Leben sein.«

Damit drückte sie Maria das Säckchen in die Hand und um ihre Rührung zu verbergen, wandte sie sich ab, schaute durch das Stubenfenster hinaus auf die Wiesen, die im Sommerlicht schimmerten und dachte an die Unwiderruflichkeit dieses Augenblicks.

Als Nepomuk am nächsten Nachmittag mit müden Schritten den Hügel herauf sich der Keusche näherte, sah er den kleinen Leiterwagen vor der Haustür stehen, hörte das Plappern und Lachen seiner beiden Kinder, das ihm der warme Sommerwind entgegentrug und dachte an ein Leben, das weniger gebeugt und schmerzgeknechtet verlaufen sollte, als das gegenwärtige es momentan tat.

Er hatte die Ausreisepapiere für sich und seine Familie in Maribor bekommen und trug sie wie einen Schatz in seiner Brusttasche. Man hatte ihn in den Amtsstuben in Maribor nicht gerade freundlich empfangen, ihn mit Fragen überhäuft und Erklärungen verlangt, die er schriftlich auf den dafür vorgesehenen Papierbögen darlegen musste. Nepomuk, der des Schreibens zwar kundig, aber gänzlich ungeübt in dieser Tätigkeit war, hatte Mühe gehabt, die Worte auf die Zeilen zu setzen.

Schließlich waren dann doch alle nötigen Papiere ausgefüllt gewesen und er hatte mit der Geduld des Entschlossenen endlos lange vor den Amtsstuben gewartet, um die nötigen Stempel zu erhalten und als sich der Tag geneigt hatte, war er im Besitz der Ausreisedokumente gewesen.

Müde und hungrig hatte er den Rückweg angetreten und bevor ihn die Nacht überraschte, hatte er Zuflucht in einem verlassenen Heustadel gefunden. Im duftenden Heu hatte er es sich bequem gemacht, Most und Brot aus seinem Rucksack geholt und sich gestärkt, bis er in einen unruhigen Schlaf gefallen war.

Der Gedanke, möglichst schnell bei seiner Familie zu sein, ließ ihn im frühen Morgengrauen erwachen und über taunasse Wiesen laufen und entlang wogender Weizenfelder, die sich an die Hügel schmiegten, setzte er seinen Weg fort.

Mit jedem Schritt, mit dem er sich nun dem kleinen Haus näherte, wurde ihm bewusster, dass es kein Zurück mehr gab. Er war im eigentlichen Sinn nicht angekommen, sondern er hatte den ersten Schritt gesetzt, sich mit seiner Familie auf den Weg in eine andere, neue Zukunft zu machen und auf einmal überkam ihn Angst und schnürte ihm die Kehle zu.

Doch vor dem Haus standen Maria und seine beiden Kinder. Sie sahen ihm erwartungsvoll entgegen und als ihm seine kleine Tochter entgegenlief, verfing sich das Licht der Nachmittagssonne in ihrem blonden Haar und das Mädchen wirkte so zerbrechlich und gleichsam lebendig in der Leichtigkeit seiner Bewegungen, dass Nepomuk beide Arme öffnete, damit Johanna in diese hineinlaufen und sich geborgen fühlen konnte.

»Vater! Vater! Endlich bist du da!«

Hand in Hand gingen sie das letzte Stück des Weges und die Vertrautheit, die zwischen Vater und Tochter herrschte, rückte in Nepomuks Bewusstsein und wuchs, indem ihm klar wurde, dass seine äußere Gestalt, seine Unsicherheit und Müdigkeit seiner Umgebung nicht so erschien wie den eigenen Augen. Menschen nimmt man nicht wahr wie die Blumen, Wiesen und Felder, sondern man sieht sie in der Erwartung, in der bestimmten Art der Begegnung des Augenblicks und die Einbildungskraft formt sie dann in jener Weise, dass sie zu den eigenen Wünschen passen.

Johanna sah den Vater, der für sie, die Mutter und den Bruder den weiten Weg auf sich genommen hatte, damit sie von hier fortgehen und ein besseres, schöneres neues Leben beginnen konnten. Und für sie war er stark, mutig unverwechselbar und etwas Besonderes.

Die kommenden Tage waren erfüllt mit Unruhe und rastloser Tätigkeit.

Maria und Nepomuk packten den Hausrat auf den Ochsenwagen, verstauten die wenigen Habseligkeiten, die sie in die fremde neue Heimat mitnehmen wollten und nahmen Abschied.

Als der Nachbar mit den beiden Ochsen kam, die sie vor den Wagen spannten, der sie über die Murbrücke hinüber nach Mureck bringen sollte, war ihnen allen bewusst, dass nun der Moment gekommen war, der in seiner Endgültigkeit bestimmend für die Familie Jordan wurde.

Vater und Mutter saßen auf der Hausbank, als wäre es ein Feierabend wie jeder andere nach getanem Tagwerk und schauten mit ungläubigen Blicken auf das Bild, das sich ihnen bot.

Die Ochsen scharrten unruhig mit den Hufen und glotzten mit großen Augen zu den geschäftig hin- und herlaufenden Menschen, schlugen wild mit den Schwänzen, um die Fliegen zu vertreiben und harrten voll Ungeduld auf das Schnalzen der Peitsche, um sich in Bewegung setzen zu können.

Johanna und Franz hatten ihre besten Schuhe – Lederschuhe! – angezogen, denn der Weg würde weit sein und es war ungewiss, wo sie fürs Erste Unterkunft finden würden.

Maria hatte zuletzt noch das Leinensäckchen mit den Bohnen auf dem kleinen Leiterwagen festgebunden und war ein letztes Mal durchs Haus gegangen.

Dann kam der Abschied.

Wortlos umarmten sie die Alten, die zurückblieben, und trotz aller Hoffnung und aller guten Vorsätze, einander wiederzusehen riss sie der Strom der Gedanken, Bilder und Gefühle mit sich fort und schwemmte die wenigen gesagten Worte des Abschieds hinweg.

Der Ochsenkarren setzte sich in Bewegung. Franz und Johanna saßen ganz oben auf den Bündeln und Kartons, zwischen Hausrat und Leinensäcken.

Maria ging hinterher und zog den kleinen Leiterwagen mit den Lebensmitteln, die die Mutter eingepackt hatte und ließ sich von Nepomuk beim Ziehen des hölzernen Wägelchens helfen.

Sie gingen, ohne sich noch einmal umzudrehen.

»Schaut nicht zurück!«, hatte Maria ihnen gesagt. »Wenn ihr zurückschaut, dann werdet ihr die Heimat nie wieder sehen.«

Nepomuk glaubte nicht an solche Weissagungen, aber seiner Maria zuliebe straffte er seine Schultern, hob den Kopf und sah in die Ferne, in der sich blaue Hügel im Morgendunst abzeichneten.

Nach einem kurzen Fußmarsch standen sie vor dem geschlossenen Grenzbalken.

Nepomuk dachte, als er den Grenzbeamten seine Papiere vorlegte, mit welcher Selbstverständlichkeit sie vor dem Krieg über die Brücke gegangen waren. Niemals hatte irgendjemand im Entferntesten daran gedacht, dass sich hier einmal die Trennlinie zweier Staaten abzeichnen würde.

Und jetzt stand er mit seiner Familie davor. Noch war der Grenzbalken geschlossen. Noch konnten sie umkehren.

Der Nachbar, der ihnen das Ochsengespann geliehen hatte, sprach fließend Slowenisch, verhandelte mit den Grenzbeamten wegen der Ochsen und des Gespanns und erklärte ihnen, dass er noch am selben Tag zurückkehren werde.

Die Beamten betrachteten die Reisenden mit stummem Gesichtsausdruck, gingen mehrmals um das Ochsengespann herum, erkundeten den Inhalt des kleinen Leiterwagens und musterten Marias ängstliches stilles Gesicht mit der genießerischer Eitelkeit der Machtausübenden.

Dann nahmen sie die Papiere und verschwanden für einige Zeit in der kleinen Holzhütte, die als Zollbüro diente.

Johanna begann zu greinen und Franz, der seine kleine Schwester zu beruhigen versuchte, wäre beinahe vom Ochsengespann gefallen.

Nepomuk, der bisher Ruhe bewahrt hatte, begann nervös zu werden. Er schalt seine beiden Kinder und fragte sich, was denn nun so lange dauerte. Er hatte die Ausreisepapiere, man wollte ihn und seine Familie in diesem Land nicht mehr, also warum sollte man die Ausreise hinauszögern wollen?

Endlich kamen die beiden Beamten, die eine wichtige Miene zur Schau trugen, zurück, überreichten Nepomuk die Papiere und öffneten den Grenzbalken. Der Kutscher schnalzte mit der Zunge und die Ochsen setzten sich in Bewegung.

Über die hölzerne Brücke rumpelte das Gespann, gefolgt vom Quietschen der Räder des Leiterwägelchens und den schweren Schritten jener, die ihre Heimat nun für immer verließen.

»Habe ich es für meine Familie getan? Oder aus purer Eitelkeit, um als nationalitätsbewusster und tapferer Mann dazustehen?«, fragte sich Nepomuk, während das dumpfe Dröhnen der Wagenräder auf den Holzbohlen der Brücke in seinen Ohren nachhallte.

»Ich habe es auch für mich, aber in erster Linie habe ich es für meine Familie, für meine Kinder getan. Es war im Sinne der Moral. Wie könnte ich es verantworten, dass meine Kinder in einem Land aufwachsen, das sie nie als das Ihre anerkennen können. Wir sind Österreicher und daher müssen wir dorthin gehen, wo unsere Wurzeln sind.«

Das Leben sollte für ihn und seine Familie stimmig sein und daher war er bereit gewesen, das Wagnis einzugehen und die Grenze zu überschreiten. Dass im Überschreiten der Grenze eine unglaubliche Symbolkraft für ihn und seine Nachkommen liegen werde, das konnte Nepomuk in diesem Augenblick weder ahnen noch voraussehen.

Er war offen für alles Neue und hoffte, seine Familie würde genauso empfinden wie er selbst. Denn was jetzt für den Augenblick galt, warum sollte es nicht auch für alle kommenden Augenblicke zur Wirklichkeit werden?

Sein Blick fiel auf Maria, die mit den Kindern an der Hand an seiner Seite einem neuen Leben entgegenschritt. Sie hatten dem alten Leben den Rücken zugekehrt und befanden sich auf dem Weg nach Drüben.

Auf einmal strahlte Marias Gesicht, als öffnete es sich im Sonnenlicht und blickte voll Hoffnung und Erwartung den Ereignissen entgegen.

Meine Entscheidung war richtig gewesen, dachte Nepomuk und er und seine Familie betraten österreichisches Hoheitsgebiet.

Es war der 29. August 1921.

INS NEUE LEBEN

Die Steiermark, seit Jahrhunderten im Herzen der Monarchie Österreich-Ungarn liegend, war ein Grenzland geworden, das nicht mehr einem großen Donaureich, sondern der kleinen Republik Österreich angehörte.

Wirtschaftliche Planungen, die auf den großen Absatzmarkt der Monarchie zugeschnitten gewesen waren, mussten nun reduziert werden. Die Menschen dieses Landes mussten sich einschränken und sich nach den neuen Gegebenheiten richten. Der steirischen Wirtschaft gelang es trotz der großen Schwierigkeiten, die die Nachkriegsjahre mit sich brachten, die Produktion wieder in Schwung zu bringen. Viel mehr noch!

Die landwirtschaftlichen Erträge konnten gesteigert werden und trugen in größerem Maße als je zuvor zur Versorgung des Landes bei, auch wenn man berücksichtigte, dass man von einer Selbstversorgung oder gar von Überschüssen weit entfernt war.

Fleißige Hände wurden gebraucht, Landarbeiter waren willkommen und darin lag die Möglichkeit der Familie Jordan, irgendwo bei einem Bauern Unterkunft und Arbeit zu bekommen.

Trotzdem gestaltete sich die Nachkriegszeit als eine politisch unruhige Zeit. Die Soldaten kehrten von der Front zurück und es herrschte Arbeitslosigkeit vor allem in den Städten.

Als Kaiser Karl nach einem vergeblichen Putschversuch in Ungarn in die Schweiz zurückfuhr, kam es in Bruck an der Mur zu stürmischen Demonstrationen der Arbeiterschaft. Kohlenknappheit und Lebensmittelnot bereiteten den Menschen Sorgen und die Inflation machte Fortschritte. Die Bauern lieferten weniger Waren in die Ballungszentren und es gab immer wieder Krawalle, ausgelöst durch die voranschreitende Teuerung.

Das Jahr 1921 war daher nicht der ideale Zeitpunkt für eine Umsiedelung nach Österreich gewesen, doch Nepomuk Jordan, ein politisch zwar interessierter, aber aus Mangel an Kommunikation uninformierter Mensch, sah seine und die Situation seiner Familie isoliert vom politischen Geschehen jenes Landes, das nun ihre neue Heimat werden sollte.

Am späten Nachmittag erreichten sie den Hof eines großen Bauern in der Nähe von Mureck.

»Ich muss vor Einbruch der Dunkelheit wieder zur Grenze zurückfahren«, hatte der Nachbar gemeint und sein Ochsengespann direkt auf das große Hoftor zugelenkt.

Der Bauernhof, der aus einem schmucken, weiß getünchten Haupthaus und einigen mit Schindeln gedeckten Nebengebäuden bestand, stand inmitten wogender Weizenfelder, die in der Abendsonne wie pures Gold leuchteten.

Johanna und Franz, die von der langen Reise ermüdet waren, sahen die Eltern mit erwartungsvollen Blicken an und fragten: »Sind wir nun angekommen?«

»Für's Erste, ja!«, meinte der Nachbar und sprang vom Wagen.

Da standen sie nun: Maria, Nepomuk und die beiden Kinder mit erwartungsvollen Gesichtern und hängenden Schultern.

Ehe der Nachbar an die schwere Holztür des Bauernhauses klopfen konnte, kam ihnen ein etwas fettleibiger Mann mittleren Alters, bekleidet mit einer dunklen Hose und einem grünen Wams über dem weißen Leinenhemd entgegen und starrte die Ankömmlinge an.

»Ja, Grüß Gott! Wer seid denn ihr? Ich habe heute keine Gäste erwartet?«, sagte er mit tiefer Stimme und wischte sich mit dem weißen Hemdsärmel die Fettspuren der soeben eingenommenen Mahlzeit von den Lippen.

»Grüß Gott schön, Bauer! Die Familie da, die kommt von drüben. Sie haben einen weiten Weg hinter sich und täten um Unterkunft für eine Nacht bitten. Und ich muss abladen, weil ich muss heute noch zurück.«

Der Bauer stand breitbeinig und wichtig mitten im Hof, betrachtete das beladene Ochsenfuhrwerk, dann wieder die Fremden, zwirbelte mit den Fingern seinen Schnauzbart und ging dann geradewegs auf Nepomuk zu.

»Also von drüber kommt ihr?«, meinte er eher feststellend als fragend.

Nepomuk, der sich nun gefasst hatte, antwortete mit fester Stimme: »Wir kommen aus Süssenberg – jetzt Sladki Vrh. Das sind Maria, meine Frau, Franz und Hannerl, unsere beiden Kinder.«

Da platzte Franz plötzlich heraus: »Jetzt sind wir nur noch zwei, denn der Muki liegt auf dem Friedhof in Süssenberg drüben.«

Vielleicht war es die helle Kinderstimme, in der die Trauer um den verlorenen Bruder spürbar war, vielleicht aber rührten den großen wichtigen Bauern aber auch die Tränen, die plötzlich über das schöne und müde Gesicht von Maria kullerten und den Straßenstaub auf ihren Wangen in ungleiche Streifen teilte.

»Also, so ist das!«

Und nach einer kurzen Nachdenkpause brummte der Bauer: »Für heute Nacht könnt ihr in der Scheune schlafen und morgen werden wir weitersehen.« Dann rief er nach Josef, seinem Knecht, damit dieser beim Abladen der Habseligkeiten den Fremden ein wenig zur Hand ginge.

»Und du!«, sagte der Bauer zu Franz und unter seinem hoch gezwirbelten Bart schien der Anflug eines Lächelns zu huschen, »kommst mit deiner Schwester in die Stube. Eine warme Milch und ein Stück Brot könnt ihr sicher gut vertragen!«

Während Nepomuk und Maria mit dem Knecht den Ochsenkarren entluden und die Sachen in der Scheune unterstellten, saßen Franz und Johanna in der holzgetäfelten Stube des Bauern, den neugierigen Blicken der Knechte und Mägde ausgesetzt, die gerade beim Abendessen waren, und ließen sich von der Bäuerin, einer rundlichen Frau mit um den Kopf geschlungenen, braunen Zöpfen und herbem Gesichtsausdruck, zwei Blechhäferl mit warmer Milch und zwei über den ganzen Laib geschnittenen Scheiben Brot vorsetzen.

Franz trank zwar die Milch, ließ aber das Brot unberührt auf dem Tisch liegen.

»Iss Bub, dass du stark und kräftig wirst!«, meinte der Bauer mit verschmitzten Lächeln.

»Danke, Bauer, aber das Brot … darf ich es für Mutter und Vater mitnehmen? Sie hatten heute auch noch nichts und sind den ganzen langen Weg gegangen, während Hannerl und ich oben auf dem Ochsenkarren haben sitzen dürfen.«

Franz sah bei diesen Worten dem Bauern geradewegs ins Gesicht und dieser räusperte sich und meinte zu einem der anwesenden Knechte: »Jakl, hol die Leut rein! Beim Brunnhofbauer soll niemand mit leerem Magen schlafen gehen. So haben wir es bis jetzt gehalten und so soll es auch in Zukunft sein!«

Der Knecht stand auf und verließ die Stube.

»Und nun iss, Bub! Es ist genug für alle da!« Damit strich er dem Franz mit seiner großen Hand über den Schopf und fragte: »Wie alt bist du denn?«

»Im November werde ich neun«, antwortete Franz und stopfte sich einen großen Bissen Brot in den Mund.

Als die beiden Kinder sich später im Heu eng aneinandergeschmiegt, satt und müde zur Ruhe begeben hatten, waren Nepomuk und Maria noch in der Stube bei den Bauersleuten und Franz dachte, dass der erste Tag in der neuen Heimat eigentlich gar nicht so schlecht gewesen war.

Doch schon der nächste Tag sollte Franz und dem Rest der Familie zeigen, dass man als Auswanderer von drüben weder als Gast noch als neuer Bürger, der wenig oder gar keinen Besitz vorweisen konnte, willkommen geheißen wurde.

Als sich der blassblaue Himmel mit dem Licht der aufgehenden Sonne färbte, begann der Hof zu erwachen und alsbald herrschte träge Betriebsamkeit. Das Korn musste eingebracht werden, daher waren die Schnitter bereits im Morgengrauen mit ihren Sensen losgezogen. Hannerl hatte die Stimmen und die hin- und hereilenden Schritte dumpf wahrgenommen, doch es war dunkel und im Heu war es angenehm warm und weich gewesen, daher hatte sie sich noch tiefer in ihrem duftenden Lager eingegraben.

Die Hausknechte standen am Brunnen und während einer von ihnen den schweren Pumpenschlegel bediente, steckten die anderen ihre Köpfe unter den dicken Wasserstrahl, schüttelten sich unter der Kälte des Wasserstrahls und begaben sich mit langsamen Schritten zum Stallgebäude.

Nepomuk, der aus der Scheune gekommen war und in die ersten Strahlen der Morgensonne blinzelte, wurde vom Bauern gleich aufgefordert, mit Hand anzulegen, denn erst nach getaner Stallarbeit durfte er auf ein Frühstück hoffen.

»Und deine Maria soll meiner Frau in der Küche helfen!«, fügte er hinzu und fragte dann nach den Kindern.

»Die schlafen noch!«, meinte Nepomuk.

»Bei uns beginnt das Tagwerk mit dem Aufgang der Sonne. Das ist wohl bei euch drüben nicht anders gewesen, stimmt's?«, sagte der Bauer mit nicht gerade unfreundlichem, aber sehr bestimmtem Tonfall.

»Bei euch drüben«, hallte es in Nepomuks Kopf nach. Von hier konnte man in der Ferne die Hügel sehen, die sich hinter der Kartonfabrik erstreckten und irgendwo dort befand sich die kleine Keusche, die ihr Zuhause gewesen war. Die Landschaft hatte sich nicht verändert und doch war sie anders, denn Nepomuk befand sich nun auf der anderen Seite und ein rot-weiß-roter Grenzbalken hatte ihn und seine Familie von ihrem bisherigen Leben abgeschnitten. Er sah dem Bauern nach, der sich streckte und gähnte, blickte zur humpelnden Großmutter, die mit einem vollen Milcheimer aus dem Kuhstall kam und prägte sich jede Einzelheit ein, damit er den Beginn seiner neuen Zukunft nicht verpasste.

Er rief nach seinen beiden Kindern.

Schlaftrunken und mit kleinen, getrockneten Gräsern in den Haaren standen die zwei im Hof, blickten verwundert auf die neue Umgebung, die sich in ihr Bewusstsein noch nicht eingeprägt hatte, als ihnen eine der Mägde einen Eimer mit Maiskörnern in die Hand drückte und sie aufforderte, ihr zu folgen, denn hinter dem Schweinestall sei der Hühnerhof und die beiden Kinder sollten sich dort nützlich machen und das Geflügel füttern.

So waren alle Mitglieder der Familie Jordan schnell in die morgendlichen Tätigkeiten eingebunden und fanden sich später mit den anderen am Gesindetisch sitzend wieder, um aus der großen Schüssel gemeinsam mit den Knechten und Mägden Milchrahmsuppe mit gelbem Sterz zu löffeln. Hannerl und Franz saßen am Tisch des Bauern, an der anderen Seite der Stube, und die Bäuerin hatte ihnen eine kleine Schüssel mit Milch und zwei Löffeln hingestellt. Dann schnitt sie vom großen Laib eine dicke Schnitte Brot ab, riss sie in kleine Brocken und gab eine Handvoll davon in das Milchschüsselchen.

»Wir danken auch schön!«, sagte Franz, der spürte, dass die Bäuerin mit ihrer Dankbarkeit rechnete.

Hannerl piepste ihr Dankeschön wie das Echo ihres großen Bruders nach und dann ließen sie es sich schmecken. Später sollten sie Anna, die einzige Tochter der Bauersleute, kennenlernen und damit auch ihre ersten Erfahrungen machen, die die unbarmherzige Hierarchie, die auf dem Bauernhof herrschte, mit sich brachte. Schon in der Kleidung unterschied sich Annerl, die nur um ein Jahr jünger als Franz war, von den anderen Menschen hier auf dem Hof. Während die Mägde barfuß und die Knechte in einfachen Holzpantoffeln umherliefen, steckten an Annas zarten Füßchen lederne Sandalen. Ihre dunkelbraunen Löckchen waren mit bunten Haarschleifen, die in Hannerl Erstaunen und Entzücken zugleich hervorriefen, zusammengehalten und wippten bei jedem Schritt, den das Mädchen machte. Nach dem Frühstück holte der Bauer Nepomuk und Maria zu sich in die Herrenstube, um mit ihnen über ihr weiteres Verbleiben auf dem Hof zu sprechen. Die Kinder waren mit Ännchen, wie sie liebevoll von ihrem Vater genannt wurde, nach draußen gegangen.

»Das ist meine Minka!«, sagte Ännchen und streichelte die schwarz-weiß gefleckte Katze, die in der Sonne auf den Stufen vor dem Eingang zusammengerollt lag.

Johanna streckte ihre Hand aus und wollte das Kätzchen auch streicheln, doch gleich wurde sie von Ännchen mit den Worten »Das ist meine Katze! Nicht deine!« weggeschubst.

»Aber meine Schwester wollte sie doch nur streicheln. Sie nimmt dir das Kätzchen nicht weg!«, meinte Franz und schüttelte den Kopf.

»Oh, du kannst ja sogar sprechen!«, meinte Ännchen hochnäsig. »Sprecht ihr denn Deutsch da drüben, wo du herkommst?«

»Da drüben, wo ich herkomme, sprechen viele Deutsch, denn wir haben auch einmal zu Österreich gehört. Das hat mir mein Vater erklärt.« Franz funkelte das Mädchen böse an.

»Ja, aber jetzt gehört ihr nicht mehr zu uns! Jetzt seid ihr bei den Tschutschen!«

»Nein, das stimmt nicht! Wir sind da!«

»Pah, ihr seid nichts und ihr habt nichts!«, näselte Ännchen, drehte sich um und ging mit hoch erhobenem Kopf zurück ins Haus.

Johanna hatte sich mit weinerlichem Gesicht auf die Stufen gesetzt, an denen noch die Wärme der Katze, die sich schleunigst aus dem Staub gemacht hatte, haftete, und ihr Bruder hatte sich eng an sie gedrückt und den Arm um die Schultern seiner Schwester gelegt.

»Das darfst du nicht ernst nehmen! Sie hat das bestimmt nicht so gemeint!«

»Aber warum hat sie es dann gesagt?«, wollte Johanna wissen.

Die Antwort darauf musste ihr der große Bruder schuldig bleiben.

DA UND DRÜBEN

Familie Jordan war sich mit dem Bauern einig geworden. Gerade jetzt zur Erntezeit wurden Hilfskräfte gebraucht, und so war das Verbleiben der »Familie von drüben«, wie sie von den Knechten und Mägden genannt wurde, für die nächste Zeit auf dem Brunnenhof gesichert.

Im Gesindehaus wurde ihnen eine Kammer zugeteilt, die zwar für eine Familie mit zwei Kindern mehr als bescheiden war, aber Nepomuk und Maria fügten sich in die engen Verhältnisse widerspruchslos ein, da sie froh waren, gleich am ersten Bauernhof eine Bleibe gefunden zu haben.

In diesen Spätsommertagen ahnten sie nicht, dass sie mehr als fünf Jahre lang dem Bauern und seiner Familie für Unterkunft und Verpflegung von Sonnenaufgang bis zum Sonnenuntergang tagaus tagein bis an die Grenze des Leistbaren an sechs Tagen in der Woche dienen würden.

Nur der sonntägliche Kirchgang in der reich geschmückten Kirche von Mureck sollte ihnen Abwechslung und Erholung bringen und es geschah nicht selten, dass Maria bei den Worten des Pfarrers in den harten Kirchenbänken einschlief und erschreckt hochfuhr, wenn das tosende Spiel der Orgel erklang.

Im Herbst 1921 begann für Johanna das Leben in der Schule.

Früh am Morgen, nachdem sie die Hühner gefüttert, die kleinen Hasenställe gereinigt und die Ziege, die ihnen der Bauer in einem Anflug von barmherziger Großzügigkeit geschenkt hatte, gemolken hatte, ging sie mit Franz und Ännchen zur Dorfschule.

Johanna war wissbegierig, folgsam, still und unerfahren, sie folgte dem Unterricht mit glänzenden Augen, denn sie war mit der besonderen Gabe einer wachsamen Beobachtung ausgestattet. Es entging ihr nicht die geringste Kleinigkeit, die sich in der Schulstube ereignete, und mit der Wachsamkeit einer scheuen Katze, registrierte sie, was in ihrer unmittelbaren Umgebung geschah, folgte mit kritischer Neugier den Worten ihres Lehrers, der nicht nur sie, sondern alle Kinder des Dorfes in einem Klassenraum gemeinsam unterrichtete.

Die Kinder der Bürger, Kaufleute und Großbauern saßen in den vorderen Bankreihen, dann folgten die Kinder der Keuschler und in der letzten Reihe saßen Franz, Johanna – die Kinder von »drüben« – und der blasse, dünne, rothaarige Luis, der als Pflegekind bei einem Kleinbauern außerhalb von Mureck wohnte.

Luis war ein stilles Kind und lebte in einer besonderen Form der Stille, denn seit ihm sein Pflegevater ein paar Ohrfeigen verpasst hatte, weil er auf dem Nachhauseweg von der Schule getrödelt und mit den anderen Kindern gespielt hatte, war er auf einem Ohr taub.

Johanna fühlte sich vom ersten Schultag an zu diesem stillen Jungen hingezogen und war sehr erfreut, als ihr der Lehrer neben dem Rothaarigen ihren Platz zuteilte. Sie konnte zwar über die Köpfe der größeren Bauernkinder nicht zur Tafel sehen, weil sie mit ihren sieben Jahren als eine der jüngsten Schülerinnen zu klein war, aber Luis hatte ihr wenige Tage nach Schulbeginn wortlos zwei dicke Bücher auf die hölzerne Bank gelegt und Johanna hatte sich daraufgesetzt und damit an Größe gewonnen.

Mit der Dauer des Schulbesuchs schien es, als würde Johanna zu einem eigenen neuen Leben erwachen, und alsbald saß sie nicht nur auf den Büchern, sondern begann sich für deren Inhalt zu interessieren und entdeckte, wie sie die gelesenen Geschichten in eine neue und befreiende Dimension der Fantasie entführten und ihr eine Traumwelt erschlossen, die sie die karge Wirklichkeit ihrer Kindheit leichter erleben ließen.

Einem sonnigen, ertragreichen Herbst folgten graue Regentage, die den Hof im Schlamm versinken ließen. Es begann kalt zu werden und durch die undichten Fenster der kleinen unbeheizten Kammer, die die Familie Jordan bewohnte, drang der eisige Wind, der den ersten Schnee über die Felder blies und brachte Maria, Nepomuk und die Kinder zum Frösteln.

»Nach der Schule gehen wir heute durch den Wald heim und werden Moos holen«, hatte Franz am frühen Morgen gemeint, als er mit rot gefrorenen Händen den Schweinemist auf dem Misthaufen verteilte.

»Und dann drücken wir es in die Fensterfugen und dann …«

»… bleibt der Wind draußen«, ergänzte Johanna die Worte ihres Bruders.

Der Vater hatte nur genickt.

Nepomuk war in den letzten Wochen sehr still geworden. Als er die alte Heimat verlassen hatte, glaubte er fest daran, dass sie in der neuen Umgebung bald ein eigenes Zuhause haben würden, aber mit jedem Tag, der mit Mühsal und Arbeit verstrich, verlor er ein Stück seines Optimismus und gleichzeitig ein Stück seines Selbstwertgefühls.

»Wir dürfen nicht aufgeben!«, erklärte Maria ihrem Mann, von dem sie wieder ein Kind erwartete, es aber bisher nicht gewagt hatte, sich irgendjemandem mitzuteilen.

Sie hatte die Wolken, die sich über seiner zerfurchten Stirn gebildet hatten, wahrgenommen und versuchte seine Gedanken zu glätten.

»Im Frühjahr werde ich den Bauern fragen, ob er uns das kleine Stück Garten hinter dem Hühnerstall überlässt.«

»Und was willst du damit? Hast du nicht schon genug Arbeit hier auf dem Hof?«, meinte Nepomuk mit Stirnrunzeln.

Maria konnte es ihrem Mann nicht erklären, aber sie wollte sich auf das besinnen, was sie eigentlich erstrebte. In ihrem Bewusstsein empfand sie die begrenzte und ablaufende Zeit als Kraftquelle, um sich eigenen Gewohnheiten und Erwartungen entgegenzustemmen und sich der Zukunft zu öffnen und nicht zu verschließen. Sie hatte sich in das gesellschaftliche Gefüge, das auf dem Hof herrschte, scheinbar eingefügt, indem sie den Bauern und seine Frau als die Mächtigen akzeptierte, aber sie verstand es stets, es so einzurichten, dass sie nicht die Rolle der Unterdrückten übernahm und daher in ihren Wünschen beim Bauern Gehör fand.

Als der Winter zu Ende war und die Wintersaat das erste Grün aus den braunen Schollen sprießen ließ, willigte der Bauer ein und Maria bekam den kleinen Garten hinter dem Hühnerstall.

Nun konnte sie endlich daran gehen, ihren lang gehegten Wunsch zu verwirklichen.

Sie holte das Leinensäckchen mit den Käferbohnen und steckte die dunkelvioletten, kleinen, trockenen Früchte in die frisch umgegrabene Erde.

Wie hatte die Mutter beim Abschied gemeint: Saatgut für die Zukunft.

Maria war voll Zuversicht und vielleicht ahnte sie, dass diese Saat entscheidend für eine Veränderung im Leben der Familie Jordan sein würde.

Bauer und Bäuerin hatten ihrem Tun mit Kopfschütteln, das ihr Unverständnis zum Ausdruck bringen sollte, zugesehen, aber da Maria sich in ihrem Garten nach dem vollbrachten Tagwerk auf dem Hof beschäftigte, ließen sie sie gewähren.

Die dunkelvioletten Bohnen waren dem Bauern fremd. Diese Früchte wurden hier nicht gesät.

Als Franz und Johanna aus dem Wald lange dünne Fichtenstangen anschleppten, um sie neben die aufgehenden breitblättrigen Pflänzchen in den Boden zu rammen, ernteten auch sie von Knechten und Mägden nur ein mitleidiges Kopfschütteln.

Marias Körper war rund geworden und Nepomuk, der anfangs dachte, die Ursache der Rundungen lägen in der guten und ausreichenden Ernährung des Bauernhofes, wurde eines Abends von Maria mit der Wahrheit konfrontiert.

»Noch ein Kind?«, hatte Nepomuk in einem Anflug von Freude und zweifelhafter Hoffnung geflüstert und seine Hand auf Marias Bauch gelegt. »Wir haben doch jetzt schon kaum Platz für uns vier! Es wird verdammt eng werden!«

»Ewig bleiben wir ja nicht hier und irgendwann haben wir etwas Eigenes!«, hatte Maria tröstend gemeint und dann wurde nicht mehr über die erneute Schwangerschaft gesprochen.

Die Bäuerin, der Marias Zustand schon lange vor den anderen Hausbewohnern nicht verborgen geblieben war, holte sie eines Tages in die Stube und fragte geradeheraus: »Wann rechnest du mit der Niederkunft?«

Maria war ein wenig verlegen, doch dann fasste sie Mut und meinte, dass es wohl um Ostern herum so weit sein müsste.

»Dann hast du ja nicht mehr viel Zeit. Auf dem Dachboden steht eine Wiege. Es ist die von unserem Ännchen. Wir werden sie wohl nicht mehr brauchen, denn Annas Geburt war schwer, zu schwer, und Gott hat mir zwar das Leben gelassen, aber ich kann keine Kinder mehr bekommen. Du kannst die Wiege haben und Nepomuk soll sie für euer Kleines herrichten.«

Maria war der sonst eher herben und distanzierten Frau, wie sie sich vor den Knechten und Mägden stets darstellte, sehr dankbar. Sie nickte nur und flüsterte ein »Vergelt's Gott«.

Von nun an war sie von der schweren Arbeit auf den Feldern und im Stall befreit und ging der Bäuerin in der Küche und in den Vorrats- und Wäschekammern zur Hand.

Abends saß sie im Schein des Petroleumlichts in der Kammer und nähte an einem Hemdchen. Den Stoff und das Garn dazu hatte sie ebenfalls von der Bäuerin bekommen.

Johanna freute sich über die Tatsache, ein Schwesterchen zu bekommen, wenngleich ihr Franz immer wieder zu erklären versuchte, dass es genauso gut ein Brüderchen werden könnte.

»Wenn es ein Mädchen wird, soll es Marianna heißen, nach deiner Mutter«, sagte Maria eines Abends, als Nepomuk sinnend am Fenster der kleinen Kammer gestanden war und in die pechschwarze Nacht, die das Gehöft umgab, starrte.

»Und wenn es ein Junge wird, dann soll er Nepomuk heißen«, sagte Nepomuk und presste plötzlich die Hand auf seinen Mund. Was hatte er eben gesagt? Den kleinen Nepomuk hatte es ja schon gegeben, aber Gott hatte nicht gewollt, dass er bei ihnen blieb. Er dachte das eben Gesagte zu Ende, wie er immer alle Dinge zu Ende dachte, ganz gleich wie dunkel die Konsequenzen auch sein mochten. Er hatte eben ohne es zu wollen eine Reise zurück in die Zeit gemacht, in jene Zeit, die vorher gewesen war, bevor sie durch den geöffneten Grenzbalken in eine ungewisse Zukunft gegangen waren. Und jetzt schien ihn mit diesem neuen Kind, das bald ein Teil seiner Familie sein würde, die Vergangenheit eingeholt zu haben.

»Verzeih!«, flüsterte er und wandte sich zu Maria um, die ihn mit großen entsetzten Augen anstarrte.

Eine Stille, die zu zerspringen drohte, erfüllte die kleine Kammer, in der eben noch Frieden und Erwartung auf das Kind gelegen hatte.

»Unser Muki wird stets in unseren Herzen unvergesslich bleiben, aber es wäre eine Sünde, unser erstes Kind, das hier in unserer neuen Heimat geboren wird, mit der Vergangenheit zu belasten, indem wir ihm diesen Namen geben.«

Und nach einer längeren Pause, in der ihre Hände fleißig Nadel und Faden durch den weißen Stoff führten, meinte sie: »Wenn es ein Junge wird, was hältst du von Johann? Johann, wie der Vater deines Vaters!«

Maria war eine starke Frau und Nepomuk bewunderte sie, ging zu ihr hin, schloss sie in die Arme und nickte.

Wie lange sie so dagestanden waren, wussten sie nicht, aber ein leises Kichern, das von der halb geöffneten Tür zu ihnen drang, ließ sie aus ihrer Umarmung erwachen.

Franz und Johanna, die niemals Zärtlichkeiten sahen oder erlebten, standen schüchtern an der Türschwelle und wagten ob des besonderen Anblicks, der sich ihnen beiden bot, nicht einzutreten.

»Na kommt nur!«, lachte nun Nepomuk und es war ein befreiendes Lachen, das die trügerischen Schatten, die eben noch im Raum gehaftet hatten, verdrängte.

In der Karwoche des Jahres 1922 wurde auf dem Brunnenhof die kleine Marianna geboren. Sie war ein zartes Kind mit einer überaus kräftigen Stimme und wurde bald der Liebling der Bauersleute.

Die Wiege stand in der Küche in unmittelbarer Nähe des gemauerten Herdes und wann immer es die Zeit zuließ, kümmerte sich die Bäuerin liebevoll um das Neugeborene, als wäre es ihr eigenes Kind. Anna, die das Tun der Mutter argwöhnisch beobachtete, begann eifersüchtig zu werden, und es geschah nicht selten, dass sie der Wiege einen kleinen Tritt verpasste.

Doch mit den Wochen und Monaten gewöhnte sich auch Ännchen an das kleine Mädchen, beachtete es nicht weiter und widmete sich mit ihrer ganzen Kraft und Zuneigung dem Pony, das ihr der Vater eines Tages vom Viehmarkt mitgebracht hatte.

Zwei Sommer waren inzwischen ins Land gezogen. Maria hatte reiche Ernte bei den Käferbohnen gemacht und die Kinder halfen ihr in jedem Herbst beim Auslösen der Bohnen aus den trockenen Schoten, steckten die glatten glänzenden Früchte in dünne Leinensäckchen und hängten sie auf die Holzsparren in der Tenne, damit sie gut trocknen konnten. Man ließ Maria und die Kinder gewähren und niemand beachtete die vielen Säckchen, die sich im Laufe der beiden Jahre auf dem Tennenholz angesammelt hatten.

Johanna war nun zehn Jahre alt geworden und sie und Ännchen besuchten das letzte Jahr die Grundschule.

Ännchen war keine gute Schülerin, sie war auch nicht besonders hübsch, aber sie erhob sich selbst zu etwas Besonderem und gestattete außer ihren Eltern niemandem, ihr mit selbstverständlicher Ebenbürtigkeit zu begegnen.

Johanna hatte gelernt, sich niemals ungefragt zu Ännchen auf die Stufen vor dem Haus zu setzen. Immer war sie es, die das Wort an die Bauerntochter richtete und danach still wartete, gehört zu werden und dann vielleicht ein Stück von dem Paradies, in dem diese lebte, zu erhaschen.

Und Ännchen besaß gerade jene Art von Autorität, um sich selbst ihrer Grenzen zu vergewissern und vielleicht auch, um sich selbst aus der herben Autorität des Vaters zu befreien, denn was der Vater ihr auftrug, ließ sie meistens von Johanna erledigen.

Das Füttern der Kaninchen und das Kehren der Stube war eigentlich Ännchens Arbeit, wurde aber stets von Johanna ausgeführt. Manchmal zeigte sich Ännchen großzügig und schenkte der kleinen Dienerin, wie sie diese im Stillen nannte, eine ihrer Haarschleifen, die Johanna voll Stolz beim nächsten Kirchgang trug.

Aber in einem Punkt war das kleine Mädchen von drüben der Bauerntochter überlegen, und das waren die schulischen Leistungen. Johanna lernte schnell und leicht, behielt Gehörtes mit der Gabe der Wissbegierigen im Gedächtnis und verstand es, Gelerntes miteinander zu verknüpfen und im passenden Augenblick anzuwenden. Immer wieder verblüffte sie mit ihrem in Bescheidenheit zur Schau getragenem Wissen ihren Lehrer, der eines Tages auf dem Brunnenhof erschien.

Der Bauer, der annahm, der Besuch des Lehrers galt ihm und seiner Frau, rief nach Ännchen, damit diese den Herrn Lehrer mit entsprechendem Respekt willkommen heißen konnte.

Als der Lehrer und der Bauer später unter dem Herrgottswinkel in der sauber gefegten Stube das zweite Gläschen selbst gebrannten Zwetschkenschnaps zu sich nahmen, meinte der Bauer: »Na, wie steht es mit unserer Anna? Ich nehme an, es ist alles bestens, Herr Lehrer?«

»Dem kann ich nicht so ganz zustimmen«, meinte dieser zögernd. »Doch ich bin nicht wegen Anna gekommen. Sie wird bestimmt einmal eine tüchtige Bäuerin, wenn es auch mit den schulischen Leistungen nicht so weit her ist!«

Der Bauer nahm die bauchige Schnapsflasche und füllte die kleinen Gläser erneut. Vielleicht wollte er ein wenig Zeit gewinnen, vielleicht brauchte er aber auch nur Zeit, um das Gehörte erst einmal zu verarbeiten.

Sie hoben die Gläser und der Bauer fragte: »Herr Lehrer, was hat Sie denn dann zu uns hergeführt, wenn es nicht unser Ännchen ist?«

Der Lehrer räusperte sich, leerte das Glas in einem Zug und begann: »Sie haben da noch zwei Kinder auf dem Hof, die beiden Jordan-Kinder, und eigentlich bin ich wegen dieser Kinder, beziehungsweise wegen des Mädchens da.«

»Hat das kleine Ding etwas angestellt?«, fragte nun der Bauer.

»Nein, ganz im Gegenteil! Die Johanna ist eine meiner besten Schülerinnen und da wollte ich fragen, ob es nicht möglich wäre, sie auf die Bürgerschule zu schicken. Sie ist fleißig und lernt sehr brav und aus ihr könnte mehr werden als nur eine einfache Magd.«

Der Bauer begann zu lachen.

»Ihr Wort in Ehren Herr Lehrer, aber bei uns auf dem Hof ist es nicht gut, wenn die Weiber zu gescheit werden. Dann arbeiten sie nämlich nicht mehr fleißig. Die Jordans sind mir verpflichtet. Die Eltern wie die Kinder. Sie arbeiten für Unterkunft und Verpflegung und daran soll sich nichts ändern. Und wenn das Mädel einmal erwachsen ist, wird es heiraten und Kinder kriegen, also wozu sollte der ganze Aufwand mit der Bürgerschule denn gut sein?«

Der Lehrer sah dem Bauern mit Betroffenheit ins Gesicht. Er verabscheute die Gedankengänge des Mannes, der gestärkt durch seine wirtschaftliche Situation auf die gnadenlosen Unterwerfung aller, die ihm auf dem Hof verpflichtet waren, zählte und mit der vollständigen Verkrüppelung des Geistes all jener, die ihm dienten, sein Tyrannendasein noch besser leben konnte. Sie waren es ja, die es ihm ermöglichten zu herrschen, weil er ihnen in ihrer Abhängigkeit den Mut und das Selbstvertrauen genommen hatte und sie daher nicht die Kraft fanden, gegen ihn aufzustehen.

»Das Leben ist ungerecht!«, sagte der Lehrer und erhob sich.

»Es wird immer Herren und Diener geben! Das ist der Lauf der Welt«, meinte der Bauer und stand ebenfalls auf.

»Ihrer Welt!«, fügte der Lehrer an und verließ die Stube. Er trat durch die schwere Eichentür hinaus auf den Hof.

Es war niemand zu sehen.

Obwohl er wusste, dass es zwecklos war und keinen Sinn machte, hätte er doch gerne mit den Jordans selbst gesprochen, doch die waren nirgends zu sehen. Der Hof schien wie ausgestorben zu sein, nur im Schatten unter dem großen Nussbaum saß ein kleines Mädchen mit nussbraunen Löckchen, hielt eine Stoffpuppe mit Knopfaugen im Arm und plapperte munter drauf los.

Als der Lehrer näher kam, lächelte ihm das Kind entgegen, erhob sich tollpatschig und streckte ihm seine Puppe entgegen: »Das ist die Mimi! Meine Mimi!«, sagte es.

»Und wer bist du?«, fragte nun der Lehrer, dem das kleine fröhliche Mädchen gefiel.

»Ich bin die Marianna und wenn ich groß bin, dann werde ich eine Prinzessin!«

»So, so, eine Prinzessin!«

Der Lehrer setzte seinen Hut auf, nickte dem kleinen Mädchen zu und dachte, was wären wir Menschen ohne unsere Geheimnisse, Wünsche und Träume.

Im Jahr 1926 verließ Johanna die Schule, um beim Bauern in den Dienst zu treten. Hatte sie bisher nur an den Nachmittagen und in den frühen Morgenstunden am Hof ihre Arbeit verrichtet, so lag nun genau wie bei ihren Eltern und dem älteren Bruder Franz ein Zehnstundentag vor ihr. Sie verabschiedete sich von ihrem Dasein der Kindheit, obwohl sie erst dreizehn Jahre alt war.

Ännchen war vierzehn Jahre alt geworden und man hatte sie nach Graz zu einer Tante in Obhut gegeben, wo sie alles lernen sollte, was eine spätere Hausfrau und Herrin des Brunnenhofes können sollte.

Franz, der zu einem kräftigen Jungen herangewachsen war, arbeitete wie sein Vater, dessen Schläfen grau zu werden begannen, auf dem Brunnenhof für Unterkunft und Verpflegung und begann zunehmend unzufrieden zu werden. Er wollte Geld verdienen und nicht nur dienen und dankbar sein. Er strebte nach Unabhängigkeit und eines Tages überraschte er seine Eltern mit dem Vorschlag, den Brunnenhof zu verlassen.

»Ich will nicht mein ganzes Leben lang der Knecht des Brunnenhofbauern sein. Hier habe ich doch keine Zukunft! Wir plagen uns tagaus tagein und was bekommen wir dafür? Nichts, gar nichts!«

»Sei nicht ungerecht!«, fuhr Nepomuk dazwischen. »Der Brunnenhofbauer hat uns aufgenommen, uns in der Zeit unserer größten Not ein Dach über dem Kopf und Arbeit gegeben.«

»Ja, Arbeit! Arbeit! Nichts als Arbeit! Schuften von früh bis spät! Sieben Tage in der Woche! Und wofür? Damit es dem Herrenbauern noch besser geht! Damit er und seine Familie noch mehr Geld in der kleinen Eisenkassa im Schrank in der Stube aufbewahren können. Ich habe den Bauern beobachtet, wie er gestern die Münzen gezählt hat. Münzen, die er mit unserer Hände Arbeit erworben hat. Und wir? Wir sehen und kriegen nichts davon!«

Franz hatte sich in Aufregung und Ärger hineingesteigert. Er redete und konnte sich selbst nicht mehr Einhalt gebieten, obwohl die Worte, kaum, dass sie verklungen waren, dem Vergessen bestimmt waren. Denn diejenigen, zu denen er sprach, konnten an seiner und der Situation der Familie Jordan kaum etwas ändern. Oder doch?

Nepomuk war still und nachdenklich geworden.

»Im Nachbarort suchen sie Mäher. Beim letzten Kirchgang habe ich die Männer vom Silberschneiderhof reden hören. Wenn wir zeitig genug in der Früh aufbrechen, die Sensen mitnehmen und uns als Mäher verdingen, dann könnten wir wenigstens ein bisserl Geld auf die Seite legen. Was meinst du dazu, Vater?«

»Schön und gut, aber wir haben keine Sensen. Und jeder Mäher muss seine Sense selbst mitbringen. Das ist der Brauch!«

»Wir nehmen die Sensen vom Bauern. Und wenn das Tagwerk hier auf dem Hof beginnt, dann sind wir längst zurück!«

»Dann sind wir ja längst zurück!«, wiederholte Nepomuk.

In Franz' Gesicht begann etwas hell zu werden. Der Vater schien sich ja doch noch nicht ganz aufgegeben zu haben!

»Ich bin dabei!«, meinte er. »Sprich dich mit dem Silberschneider ab! Es gilt, Franz!«

Die Stimmung hatte sich plötzlich verändert. Waren vorher noch Hoffnungslosigkeit und Lethargie vorherrschend gewesen, so schien auf einmal eine Bewegung in Richtung einer Veränderung im Leben der Familie Jordan stattzufinden.

Als Vater und Sohn am Beginn der folgenden Woche in der Dunkelheit des noch fernen Morgens sich mit leisen Schritten der Tenne näherten, um die Sensen zu holen und sich auf den Weg zum Silberschneiderhof begaben, der nur dreißig Gehminuten vom Brunnenhof entfernt lag, breitete sich die Stille wie ein schwarzer, schützender Mantel über den Hof und ließ die beiden unbehelligt ziehen.

Seite an Seite standen sie in der Kühle des sich ankündenden Morgens und mähten im Gleichmaß der Geschwindigkeit, die der erste Knecht vorgab. Es war still. Nur das schleifende Geräusch der Sensen, die ins taufeuchte Gras schnitten, abhoben und erneut tastend zum nächsten Schnitt ansetzten, erfüllte den allmählich grau werdenden Morgen. Als die Sonne sich glutrot hinter dem Hügel erhob, war die Wiese gemäht und das geschnittene Gras lag satt und grün auf den abgeschnittenen zurückbleibenden Halmen. Nepomuk und Franz holten sich vom Bauern, der mit ihrer Arbeit zufrieden gewesen war, den wohlverdienten Lohn und freuten sich, als der Bauer sie fragte, ob sie nicht auch an den nächsten Tagen kommen könnten.

Müde, jedoch von einer unaussprechlichen Zufriedenheit erfüllt, sagten die beiden zu, schulterten die Sensen und begaben sich zurück auf den Brunnenfeldhof.

Als sie in der Tenne die Sensen auf den dafür vorgesehen Platz hängten und sich am Brunnen Hände und Gesicht wuschen, kam ihnen der Bauer über den Hof entgegen und stellte mit Verwunderung fest, dass Vater und Sohn bereits auf den Beinen waren.

Maria hatte die beiden bereits mit Bangen erwartet, freute sich zwar über die Münzen, die sie in einer kleinen Schachtel ihrer Kammer aufbewahrte, reagierte aber doch mit Ängstlichkeit, als sie von der Absicht der beiden hörte, ihr Tun zu wiederholen.

»Und wenn der Bauer etwas bemerkt?«, wagte sie einzuwerfen.

»Was soll er denn schon bemerken?«

»Der schläft ja noch, wenn wir schon unterwegs sind«, lachte Franz.

»Und der schläft noch, wenn wir wieder heimkommen!«, ergänzte Nepomuk.

Einige Tage schien auch alles gut zu gehen, doch dann kam, was kommen musste, nicht erwartet oder vorgesehen, jedoch unausbleiblich war.

Mit den Tagen wurden Vater und Sohn sicherer und diese Sicherheit ließ sie leider unvorsichtig werden.

Es war der vorletzte Tag der Mahd beim Silberschneider. Diesmal hatte es ein wenig länger gedauert. Einer der Mäher war ausgefallen und daher mussten die anderen dessen Arbeit übernehmen. Die Sonne stand höher als sonst, als sich Nepomuk mit seinem Sohn auf den Rückweg zum Brunnenhof begab. Und dort wurden sie bereits erwartet!

Der Bauer stand breitbeinig im Hof und sah ihnen mit grimmigem Gesicht entgegen. Franz und Nepomuk waren darauf nicht gefasst gewesen und vom ersten Satz an, den der Bauer sprach, herrschte eine atemlose Stille auf dem Hof.

Wie Peitschenhiebe prasselten die Fragen des Brunnenhofbauern auf sie nieder und die beiden hatten die Augen geschlossen und schienen damit beschäftigt, in ihrem Inneren einen Schutzwall gegen das Trommelfeuer der Anschuldigungen aufzubauen.

Nun war das letzte Wort verklungen. Niemand rührte sich.

Vielleicht hätte ein Wort der Entschuldigung genügt, um abzuwehren, was nun folgte. Aber Vater und Sohn neigten nur den Kopf, fanden keine Worte, und da sie schwiegen, galt dies für den Bauern als Eingeständnis ihrer Schuld.

»Ihr verlasst noch heute den Hof!«, schrie der Bauer und alle auf dem Hof konnten es hören.

DAS ZWEITE GESPRÄCH

Die Stimme der alten Frau war immer leiser geworden.

Mit ihren knöchrigen Händen hielt sie die Teetasse umfasst, aus der mir der Duft von Lindenblüten entgegenströmte und blickte ins Leere.

Ich wagte es nicht, sie in ihren Gedanken zu stören und Verwirrung in die Bilder, die die Vergangenheit heraufbeschworen hatten, zu bringen.

Es war ihre Vergangenheit, die ich nur von außen begleiten durfte, die ich, ausgelöst durch ihre Worte, in meinen eigenen Bildern erleben und ein wenig begreifen konnte.

Nach einer Weile fuhr sie fort und meinte, wie hätten sie sich wohl verteidigen können? Es gab ja nichts, das für sie gesprochen hätte, also fügten sie sich in ihr Schicksal.

»Damals«, begann sie wieder, »haderten wir mit unserem Schicksal, weil wir nicht erkennen konnten, dass gerade diese Dinge und Begebenheiten, wie sie mein Vater und mein Bruder erlebt hatten, indem sie taten, was sie tun mussten, unser ganz besonderes Leben erst vollständig machten.«

Aber das Unglück besteht ja nicht darin, dass das Leben noch nicht seine innere Abgeschlossenheit hat, sondern es liegt in dem Bedauern, dass man wieder etwas zurücklassen musste, ein Stück Leben, von dem man annahm, dass es durch seine abgerundeten Erfahrungen sich bereits zu einem Gesamten geformt hatte.

»Ich war damals ein Kind, ein Mädchen an der Schwelle zum Erwachsenwerden und ich hatte Angst. Es waren nicht Enttäuschung, Schmerz oder Wut, sondern pure Angst.

Angst vor dem, was uns noch bevorstehen würde. Wieder erlebte ich die Grausamkeit des Lebens und das Fehlen der Heimat stürzte mich in Abgründe der Verlorenheit und Orientierungslosigkeit.

Es war eine sonderbare und erschütternde Erfahrung, die ich schon in jungen Jahren machen musste und als die Sonne unterging und wir mit dem kleinen beladenen Leiterwagen den Hof verließen und von den wenigen Menschen, die uns in den Jahren nahe gekommen waren, Abschied nahmen, wartete ich auf irgend etwas, auf ein Zeichen, auf ein Wort des Bauern, das uns zum Bleiben bewegt hätte, aber es geschah nichts. Und so zogen wir los!«

Sie sah mich an und lächelte.

»Und wohin seid ihr gegangen?«

»Am ersten Tag nirgendwohin! Wir sind aufs Geradewohl losmarschiert, den kleinen Leiterwagen, der mit unserem wenigen Hausrat hoch beladen war, hinter uns herziehend. Ich erinnere mich noch an das Weinen meiner kleinen Schwester, die nicht verstehen konnte, dass wir den Bauernhof verließen. Sie trug ihren Schulranzen auf dem Rücken, hielt die alte, von den vielen Umarmungen und Liebkosungen zerschlissene Stoffpuppe im Arm und jammerte leise vor sich hin. Es war eine warme Sommernacht und wir schliefen unter freien Himmel auf dem Feld.

Am nächsten Morgen fragten wir beim Silberschneider, ob er für uns Arbeit und Unterkunft hätte, doch dieser gab uns nur eine warme Milchsuppe und meinte, wir sollten weiter nach Wielitsch ziehen, denn dort wäre auf dem Berg eine Keusche frei, die einem großen Bauern in Ehrenhausen gehörte. Vielleicht könnten wir dort unterkommen.

Und das haben wir dann auch gemacht.«

DIE KÄFERBOHNEN

Das Ende der Österreichisch-Ungarischen Monarchie 1918 hatte die gewachsenen wirtschaftlichen Strukturen des einstigen großen Reiches voneinander getrennt und damit zerstört. Die Folgen für die Menschen im verbliebenen Rest der Monarchie, nämlich Österreich, waren verheerend.

Der Warenexport sank von achtundfünfzig Prozent im Jahre 1920 auf zweiunddreißig Prozent. Eine enorme Inflation ließ die Nahrungsmittelpreise ansteigen, die Löhne hingegen sanken. Hungerdemonstrationen und Plünderungen waren die Folge.

Für die erforderlichen Banknotenausgaben gab es keine Deckung durch Geld oder Devisen. Die niedrigen Einkommen erlaubten nur einen geringen Konsum und damit keine umfangreiche Produktion von Konsumgütern. Dies, verbunden mit einer allgemeinen pessimistischen Grundhaltung, ließ auch die Unternehmen bei Investitionen äußerst zurückhaltend agieren. Die Elektrizitätserzeugung musste von der Steinkohle auf die heimische Wasserkraft umgestellt werden. So baute die 1921 gegründete Steirische Wasserkraft- und Elektrizitäts-Aktiengesellschaft die Wasserkraftwerke an der Mur und auf der Pack aus, wodurch für die Elektroindustrie eine Phase des Aufschwungs eingeleitet wurde. Auch andere Industriezweige, wie die Glasindustrie oder der Maschinenbau, erlebten alsbald eine positive Entwicklung.

Man schrieb das Jahr 1926.

Dies war das wirtschaftliche und politische Umfeld der Familie Jordan, die in Richtung Wielitsch zog, wo sie für siebzig Tagwerke im Jahr die kleine Winzerkeusche, die aus zwei Räumen und einer Rauchkuchl bestand, bewohnen und den dazu gehörenden Garten bepflanzen durfte.

Das kleine Haus hatte ein mit Stroh gedecktes Dach, undichte Fenster und eine morsche Haustür, aber es war zum ersten Mal nach fünf Jahren, dass Maria und Nepomuk mit den Kindern allein in einem Haus wohnen konnten, wenngleich dieses Gebäude eher einer dem Verfall preisgegebenen Hütte ähnelte.

Die Tagwerke waren beim Gruberbauern, dem auch die kleine Keusche gehörte, im Dorf Ehrenhausen zu leisten und Johanna wurde von den Eltern zum Doktor nach Strass in den Dienst geschickt. Es fiel ihr schwer, gerade jetzt, wo sie ein neues Zuhause gefunden hatten, von ihrer Familie Abschied zu nehmen, doch sie konnte sich dem gebieterischen Wunsch ihres Vaters nicht widersetzen und trat den Dienst im Haus der Arztfamilie in Strass, einer kleinen Garnisonsstadt nahe der Grenze, an.

Wider Erwarten fand sich die junge Johanna auf ihrem neuen Arbeitsplatz sehr schnell zurecht. Ihre Hauptaufgaben bestanden im Reinigen der Holzböden, die sie mit einer Seifenlauge und einer groben Handbürste bearbeitete, bis das Holz blank und beinahe weiß schimmerte, dem Saubermachen der Ordination, dem Waschen der blutigen Tücher und der Betreuung der Ziegen, Schweine und des Hausgartens. Ihre Schlafstätte teilte sie mit der Hausmagd der Doktorfamilie in der kleinen Kammer unter dem Dach, die im Sommer zwar unangenehm heiß, jedoch im Winter wegen des an einer Wandseite durchgehenden Kamins angenehm warm war. Jeden Sonntag durfte sie ihre Familie in Wielitsch besuchen und zum ersten Mal in ihrem Leben erhielt sie für ihre Dienste bares Geld.

Johanna schien mit sich und dem neuen Leben zufrieden zu sein, wenngleich ihr die Trennung von Mutter und Vater weh tat und sie sich trotz der ruhigen und freundlichen Art, mit der sie vom Doktor und seiner Frau behandelt wurde, manchmal sehr verlassen und einsam vorkam.

Johannas Dienstleistungen im Haus des Arztes ermöglichten der Familie, das Wohnen in der alten Winzerkeusche ein wenig besser zu gestalten, da sie das wenige Geld, das sie verdiente, der Mutter gab. Diese verwaltete es, verwendete ein wenig davon für die Instandsetzung des kleinen Hauses, die von Nepomuk und Franz, der sich zu einem geschickten Handwerker entwickelt hatte, durchgeführt wurde, und legte den Rest in eine kleine Dose aus Porzellan, die sie in der Küchenkredenz verwahrte.

Diese Dose war eine Erinnerung an ihre Mutter, an eine Zeit, die, je mehr sie Marias Erinnerung angehörte, von ihr in zunehmendem Maße verherrlicht wurde. Damals war das Geld auch knapp gewesen und sie mussten sparsam leben, aber die Münzen und Banknoten im Lohnsäckchen der Kartonfabrik hatten Wert und Sicherheit verkörpert.

Doch nun lebten sie in einer Zeit, in der man mit Münzen oder Banknoten nicht viel bekommen konnte und die Geldscheine kaum mehr an Wert besaßen als das Papier, auf dem sie gedruckt waren.

Jahre waren vergangen, ohne dass Maria eine Nachricht von ihren Eltern erhalten hätte. Die Grenze bedeutete nicht nur eine Trennlinie zweier Staaten, sondern hatte sie auch vom Rest ihrer Familie abgeschnitten.

Manchmal, in unbeobachteten Momenten, stand sie in ihrem Garten hinter dem Haus, schaute versonnen in Richtung Süden, wo irgendwo zwischen den Wäldern das Flussbett der Mur verlief und die Grenzlinie der beiden Staaten bildete. Dann versuchte sie ein Bild der Mutter wachzurufen, sah das von feinen Linien durchzogene Gesicht der Frau, die das dunkle Kopftuch fest unter dem Kinn zusammengebunden hatte und damit die Falten des Halses verbarg. Maria konnte das weiße Haar sehen, das aus dem streng gebundenen Kopftuch hervorlugte, sah die Handbewegung, mit der die Mutter vereinzelte Strähnen aus dem Gesicht wischte und dachte mit solcher Innigkeit an die alte Frau, die ihr mehr fehlte als sie zugeben wollte, dass sie ihre Nähe zu fühlen schien.

Mit der zunehmenden Zeit der Trennung war die Mutter für sie mehr und mehr zu einer Ikone der Erinnerung geworden und wieder dachte sie an das Vermächtnis der Mutter: die Käferbohnen.

Und eines Tages zog Maria mit dem kleinen Leiterwagen, auf den sie die Leinensäcke mit den Käferbohnen geladen hatte, nach Spielfeld.

»Wohin willst du mit den Bohnen?«, fragte Nepomuk verwundert.

»An der Grenze gibt es einen Händler, der nimmt Saatgut und Gemüse. Und dort soll es alles geben, was man so zum Leben braucht. Ich muss Stoff und Garn besorgen. Marianna ist aus ihren Kleidern herausgewachsen und die alten Sachen von Johanna sind so zerschlissen, dass ich daraus nicht Neues für Marianna nähen kann.«

Marias Ton klang sehr bestimmt und Nepomuk ließ sie mit einem Kopfschütteln ziehen.

Der Weg führte Maria über sanfte Hügel, blühende Wiesen und kleine Gärten, die, so steil sie auch anmuteten, doch mit Reihen von Weinreben bepflanzt waren. Es waren dieser nicht viele, aber die gelben Trauben hingen schwer an den Reben. Bienen summten zwischen dem Weinlaub und der Wind raschelte in den hohen Pappeln, die ihren Weg säumten.

Maria setzte sich ins hohe Gras, schloss die Augen und lauschte dem Wind, der mit den langen Gräsern spielte.

Es ist wie ein Hauch von Ewigkeit, dachte sie und öffnete die Augen.

Als sie den schmalen Wiesenpfad abwärts stieg, den kleinen Leiterwagen geschickt hinter sich herziehend, sah sie von Weitem ein niedriges, lang gestrecktes Gebäude und nur wenige Meter davon entfernt den rot-weiß-roten Grenzbalken.

Es scheint wohl mein Schicksal zu sein, immer wieder an die Grenze zu stoßen, ganz gleich aus welcher Richtung ich komme, dachte Maria und ging schnellen Schrittes direkt auf das Gebäude zu, das, da es allein hier stand, mit dem Grenzbalken eine feste Gegenständlichkeit ergab.

Als sich Maria dem Geschäftshaus näherte, kam wie aus dem Nichts ein Grenzsoldat und stellte sich vor den Schranken, blickte Maria erwartungsvoll entgegen und ersetzte seinen Blick der offen zur Schau getragenen Neugier sogleich durch eine dienstbeflissene Miene.

Doch Maria schenkte ihm keine Beachtung, stellte den Leiterwagen vor dem Geschäft ab, nahm einen Sack mit Bohnen heraus, schulterte ihn und betrat das Innere des Ladens.

Der Laden war vollgefüllt mit Waren aller Art, die ungeordnet an den Wänden und auf langen Holztischen gestapelt waren.

»Grüß Gott!«, brummte ein kleiner Mann mit dunklen Knopfaugen, die mit einem einzigen Blick Maria kurz musterten und dann neugierig auf ihrem prall gefüllten Leinensack haften blieben.

Maria grüßte ihn freundlich, stellte den Sack auf einen freien Platz des Tisches, der wie eine Barriere zwischen ihnen beiden stand und meinte, die Neugier des Mannes mit Freude wahrnehmend, dass sie ihm Käferbohnen zum Kauf anbiete.

Dabei öffnete sie das Säckchen und die glänzenden violett-braunen Früchte rollten über den Tisch.

»Schauen aus wie Bohnen!«, murmelte er.

»Ja, das sind Käferbohnen!«, sagte Maria mit heller fester Stimme.

Der Händler schien diese dunkelviolette Bohnensorte nicht zu kennen, nahm eine Handvoll davon, drückte und drehte die einzelnen Bohnen, biss hinein und meinte: »Kräftige Frucht und feste Schale! Besser als die kleinen braunen Bohnen, die die Bauern in ihren Gärten vertrocknen lassen!«

Über Marias Gesicht huschte ein Lächeln, da sie um ihre Chance wusste, mit dem Mann einen Handel abschließen zu können. Da sie sein Interesse nicht zum Erlöschen bringen wollte, eilte sie hinaus und holte auch die übrigen Säcke mit den Käferbohnen.

Bald entwickelte sich ein Gespräch zwischen dem Händler und Maria und sie begannen, über den Preis zu feilschen.

»Ich habe ein paar Jahre gebraucht, um diese Menge ernten zu können. Diese Qualität zu erzeugen braucht viel Zeit, geschickte Hände und Geduld.«

Maria wollte nicht eher gehen, bis sie jenen Preis erreichte, den sie erwartet hatte.

Und der Mann, der ein gewitzter und kluger Händler war und wusste, dass er hier in dieser Region der Einzige war, der die Bevölkerung mit Waren versorgen konnte, sah in seiner Vorstellung schon, welch hohen Preis er beim Weiterverkauf dieser herrlichen und in diesem Teil des Landes weitestgehend unbekannten Früchte verlangen konnte.

Er dachte an die ausgeblichenen Wintertage, die die Länge der Nacht sichtbar in sich trugen, an den Frost, der der Landschaft scharfe Kanten verlieh und überlegte, dass während dieser Zeit die Vorräte in den Häusern rundum knapp zu werden begannen und gerade dann wollte er die Bohnen der fremden Frau, die er noch nie zuvor hier gesehen hatte, verkaufen und Gewinn machen.

Und so wurden sie handelseinig.

Maria erhielt zwar nur wenig von dem gewünschten Stoff und dem Garn, aber der Händler gab ihr etwas, dessen Wert und Bedeutung ihr erst viele Jahre später, wenn ihre Zeit bereits abzulaufen begann, bewusst werden würde.

Auf Marias Leiterwagen lagen, als sie sich mit hochrotem Gesicht und voll der Freude über den gelungenen Handel auf den Heimweg machte, zwanzig Weinstöcke.

»Der Boden ist gut für diese Frucht. Die Bauern haben es nur noch nicht erkannt, aber die ersten kleinen Weingärten sind schon im Entstehen und es werden mehr werden und eines Tages wirst du Winzerin werden.«

In Wahrheit verstand Maria nichts von Weinreben und Wein, doch der Mann war so überzeugend gewesen, hatte sie mit seiner überwältigenden Suggestion beinahe überschüttet und ihr versichert, er werde ihr auch in Zukunft jede Menge Bohnen abkaufen.

Der Heimweg schien für Maria wie im Traum zu verlaufen. Wie schwebend und von einer von innen heraus gelenkten Selbstverständlichkeit trugen sie ihre Füße über die Hügel, Felder und Wiesen zurück nach Wielitsch.

Nepomuk war froh, dass Maria endlich zu Hause war. Er hatte sich schon Sorgen gemacht und als er erblickte, was seine Frau für ihre Käferbohnen bekommen hatte, schaute er ungläubig zuerst auf die kleinen Weinreben, dann auf Marias strahlendes Gesicht. Da er sie liebte, schwieg er und hielt seine Worte der Enttäuschung ganz tief verborgen.

»Wenn wir Reben pflanzen, dann sollte es auf unserem eigenen Land, auf unserem eigenen Grund und Boden sein«, meinte Nepomuk, als ihm Maria erklärt hatte, was sie mit den jungen Weinstöcken vorhatte.

»Wir haben hier kein eigenes Land, nur den Acker rund um die Keusche. Hier werde ich die Rebstöcke pflanzen und irgendwann werden wir zum Bauern gehen und ihm dieses Grundstück abkaufen.«

Marias Worte waren bestimmt und ließen Nepomuk verstummen.

Als Johanna am Sonntag die Eltern besuchte und sie mit ihrer Mutter und dem Vater auf der kleinen Holzbank vor dem Haus saß und über die Wiesen im flimmernden Sonnenlicht schaute, griff sie in ihre Schürzentasche, holte ein Bündel Banknoten hervor und meinte: »Der Doktor hat mir die letzten vier Monatslöhne ausgezahlt und gemeint, ich soll das Geld in Grund und Boden investieren, denn auf Dauer gesehen wird es nichts mehr wert sein, aber der Wert von Grund und Boden wird bestehen bleiben.«

Die junge Johanna schaute ihre Eltern mit dem klaren Blick der jungen Frau an, die trotz ihrer Jugend und Unerfahrenheit genau zu wissen schien, was sie wollte und sich von ihrem Leben in auch noch so ungewisser Zukunft Fortschritt und Weiterkommen erhoffte und wünschte.

So saß sie nun zwischen ihren Eltern und wartete auf Antwort.

Diese kam auch sofort von Nepomuk, der meinte, das Geld sei ihres, das habe sie sich verdient und das sollte auch das Ihre bleiben.

Ganz anders die Mutter.

Sie nahm das Bündel Banknoten, zählte es und schaute Johanna mit festem Blick an. »Ich werde damit ein Stück Land kaufen und es auf deinen Namen in der Gemeinde Ehrenhausen eintragen lassen.«

Johanna nickte, reichte der Mutter beide Hände und einen Augenblick, als sie einander festhielten, war dies wie ein Pakt zwischen Mutter und Tochter und Nepomuk fühlte sich ausgeschlossen.

Er räusperte sich, stand auf und ging ins Haus.

Johanna und Maria blieben auf der Hausbank sitzen, schauten über die blühenden Wiesen, auf denen sich das Licht der Sommersonne wie schweres Gold gebreitet hatte und schwiegen in stillem Einverständnis.

Unweit der kleinen Keusche in der Nachbargemeinde wurde Maria mit einem Bauern handelseinig, der ihr ein unbebautes Grundstück auf einem Südhang verkaufte.

Wie Maria es versprochen hatte, wurde der Name ihrer Tochter Johanna Jordan als Besitzerin in die Grundbuchsakte eingetragen. Und es war ihnen allen nicht bewusst, dass sie damit den Grundstein für ein späteres Weingut gelegt hatten, das in der nächsten Generation der Familie Jordan nach vielen Stürmen des Lebens, Erfolgen und Misserfolgen, zu Ruhm und wirtschaftlichem Erfolg beitragen würde.

Maria pflanzte mit Nepomuks Hilfe die Weinstöcke, grub tiefe Löcher und steckte die Fichtenstangen, die sie auch für ihre Käferbohnen aus dem Wald zu holen pflegte, daneben.

»Wozu soll das denn gut sein?«, fragte Nepomuk, dem das Tun seiner Frau allmählich unheimlich zu werden begann.

»Die Reben sind zart, genau wie die Bohnen. Sie brauchen etwas zum Festhalten, eine Stütze, damit sie wachsen können. Genauso wie ich dich brauche als Halt in diesen schweren Zeiten.«

Nepomuk betrachtete seine Frau, die ihm viel stärker und widerstandsfähiger erschien als er selbst es war, und er nahm sie in seine Arme und drückte sie fest an sich.

»Wir geben einander Halt!«, meinte er und strich Maria über ihr Haar, das an den Schläfen bereits grau zu werden begann.

»Darin liegt ja unsere Stärke«, antwortete Maria und schmiegte sich ganz fest an ihn.

Im Herbst, als die ersten kalten Winde über die Hügel fegten, kam Nepomuk mit einer Ziege vom Tagwerk zurück. Er zog sie mit einem Strick hinter sich her und das Tier, das sich meckernd gegen den Willen des vor ihm Gehenden sträubte, der Richtung und Weg bestimmte, folgte widerwillig und störrisch.

»Für zwanzig Tagwerke zusätzlich hat sie mir der Bauer gegeben. Sie wird uns über den Winter mit Milch versorgen«, meinte Nepomuk und band die Ziege an einem Pflock in der Nähe der Hütte fest.

Maria betrachtete das um den Holzpflock tanzende Tier mit einigem Misstrauen und ging dann näher heran. Die Ziege nahm Kampfhaltung ein und blickte Maria mit starrem Blick entgegen. Das Kreischen eines Vogels, der seine Runden über die Hügel zog, lenkte das störrische Tier für einen Augenblick ab und Maria fasste es an der Schnur, die über den Hals der Ziege geschlungen war.

»Na, du störrische Geiß! Du wirst dich schon eingewöhnen bei uns! Und jetzt komm!«

Mit diesen Worten band Maria die Geiß los und führte sie in den kleinen Stall, der an die Hütte angebaut war. Sie schüttete einige Handvoll frisches Gras in die Krippe und schaute der Ziege zu, wie sie sich über das frische Grün hermachte.

Dann schloss die die Tür zum Stall und setzte sich zu Nepomuk auf die Hausbank.

Sie saßen im Licht der untergehenden Sonne und die spärliche Wärme dieses Herbsttages schien sich hinter den Hügeln zu verlieren und überließ die beiden in einem Gefühl der Abgeschiedenheit und des Friedens.

»Ich mache mir Sorgen um Franz. Er ist hier nicht zufrieden. Die Tagwerke beim Bauern geben ihm nicht das, was er sich wünscht. Er ist so ruhe- und rastlos geworden«, unterbrach Maria die Stille, die sie umgab.

»Wir leben in einer schwierigen Zeit«, warf Nepomuk ein, »und Wünsche? Es geht hier doch nicht um unsere Wünsche! Es geht ums Überleben! Wir haben endlich wieder einen Platz gefunden, den wir unsere Heimat nennen können und Franz hat Arbeit auf dem Bauernhof. Was will er denn noch?«

Maria schwieg eine Weile, dann meinte sie in ruhigem Ton: »Er will eine Zukunft. Er ist jung, er will leben!«

»Und das kann er hier bei uns nicht? Willst du mir das sagen? Sein Zuhause, die Arbeit auf dem Hof des Gruberbauern und täglich eine warme Mahlzeit, die ihn satt macht – das ist für unseren Sohn zu wenig zum Leben?«

Nepomuks Stimme war immer lauter geworden und Maria rückte ein Stück weg von ihrem Mann.

Konnte oder wollte er sie nicht verstehen?

Er war doch auch einmal jung gewesen, hatte seine Träume und Wünsche, Vorstellungen vom Leben gehabt! Dass sich so manches anders entwickelt hatte, daran war der Krieg schuld gewesen, denn dieser hatte ihm die Jugend genommen und Erinnerungen zurückgelassen, die Nepomuk tief in seinem Inneren verborgen zu haben schien. Nur manchmal, des Nachts, wenn er sich unruhig hin- und herwälzte, Worte murmelte, die Maria nicht verstehen konnte, holten sie ihn ein. Wenn er schweißgebadet hochfuhr, einen Augenblick lang nicht wusste, wo er sich befand und wirr um sich blickte, dann wusste Maria, dass qualvolle Erinnerungen an die Oberfläche gedrungen waren. Dieser unheilvolle Krieg, der ihnen alles genommen, was die Mitte ihres Lebens bedeutet hatte!

Doch der Krieg gehörte der Vergangenheit an und sie hatten wieder Fuß gefasst und begonnen, sich etwas Neues aufzubauen und Maria erwartete wieder ein Kind. In dem kleinen Haus würde es bald sehr eng werden und Franz war zu einem jungen Mann herangewachsen, der seinen eigenen Weg gehen und Erfahrungen machen musste, damit er entscheiden konnte, worin sein Lebensziel lag und welche Richtung er einschlagen wollte.

All diese Gedanken schwirrten Maria durch den Kopf und unbewusst legte sie die Hände auf ihren Bauch, so als wollte sie das Ungeborene vor den Stürmen des Lebens bewahren. Nepomuk war diese Geste nicht entgangen.

Er verstummte plötzlich und blickte Maria mit ungläubigen Augen an.

»Ja, es ist wahr!«, nickte sie und in ihren Augenwinkeln hatte sich eine einsame Träne verloren.

Marianna war nun sieben Jahre alt und Maria war fest davon überzeugt gewesen, dass ihre fruchtbaren Jahre vorbei wären, doch nun waren ihre Tage schon lange ausgeblieben und so wurde es für sie zur Gewissheit, dass sie wieder guter Hoffnung war. Anders als bei den vorangegangenen Schwangerschaften kämpfte sie morgens mit Übelkeit und Erbrechen, ermüdete rasch und fühlte die Belastung, die ihrem von Arbeit und Entbehrungen gezeichneten Körper neuerlich auferlegt wurde.

Man schrieb das Jahr 1929.

Maria, die mit ihren 39 Jahren noch fest anpacken konnte und wusste, was sie für sich und ihre Familie erreichen wollte, fühlte sich zum ersten Mal in ihrem Leben schwach und müde.

Als ein paar Tage später vor Einbruch der Dunkelheit Franz müde und mit langsamen Schritten den Hang zum Haus heraufstapfte, konnte Maria das sich anbannende Unheil, welches über die scheinbar friedliche Idylle der Keusche plötzlich hereinbrechen würde, nicht ahnen.

Nepomuk saß bereits mit Marianna am Tisch in der Stubenecke und sah Franz entgegen, als er die Stube betrat.

»Kommst gerade recht zum Essen!«, meinte Maria und hob den Kessel mit der dampfenden Milch vom Feuer.

»Lass mich das machen!«, sagte Nepomuk, stand auf und wollte seiner Frau zur Hilfe eilen.

Franz betrachtete die Szene mit hochgezogenen Stirnfalten, hängte seine Kappe an den Haken an der Tür und fragte misstrauisch: »Gibt es da etwas, was ich nicht weiß?«

»Mutter bekommt wieder ein Kind!«, rief Marianna und schaute ihren großen Bruder an. Es war ein Blick, in dem sich Erwartung und Freude mischten.

Franz hob langsam den Kopf, blickte erst in Richtung der Mutter, dann schaute er zu Nepomuk.

Eine Weile lastete das Schweigen im Raum. Marianna hielt sich mit einer hastigen Gebärde beide Hände vor den Mund, doch ihre voreilig herausgesprudelten Worte waren nicht mehr ungeschehen zu machen. Mit ängstlichen Augen blickte sie nun von einem zum anderen, da sie spürte, mit ihrer unbedachten Äußerung etwas unheilvoll Kommendes ausgelöst zu haben.

»Vater!«, rief Franz, »was tust du der Mutter an? Kannst du sie nicht in Ruhe lassen? Sind wir drei, Johanna, Marianna und ich, dir noch zu wenig? Es reicht doch kaum für uns! Wir schuften uns bei den großen Bauern ab, um überleben zu können und du …?«

»Franz! Bitte! Sei still!«, rief Maria und sah ihren Sohn mit von Entsetzen weit aufgerissenen Augen an.

Der sonst ruhige und besonnene Nepomuk war bei den Worten seines Sohnes hochrot geworden, sein Körper bebte und er sah in seinem Sohn plötzlich den Gegner, dem er mit überraschender Ruhe nun entgegentrat: »Schweig! Du bist nicht der Richter deiner Eltern und du hast nicht das Recht, über mein Tun zu urteilen. Ich liebe deine Mutter und wenn sich zwei Menschen lieben, dann …«

»Dann muss sie immer wieder schwanger werden, auch wenn ihre besten Jahre bereits vorbei sind«, ergänzte Franz den unvollendeten Satz des Vaters.

War es die Furcht vor den gesundheitlichen Schwierigkeiten, die die neuerliche Schwangerschaft hervorrufen könnte, oder die Rollenverteilung in der Hierarchie der Familie, an der es bisher niemand gewagt hatte, störend einzugreifen, die in Nepomuk eine nie gekannte Empörung auslösten.

Er war nicht einer von jenen Vätern, die die Rolle des Familienoberhauptes mit strenger Hand und kompromissloser Stärke lebten. Umso mehr erzürnten ihn die Worte seines Sohnes, weil er ihnen nichts entgegenzusetzen hatte, außer dem Recht, das ihm als Ehemann zustand.

Und bisher dachte er, dass auch Maria mit derselben Freude und Erwartung seine körperliche Nähe verlangte wie er die ihre. Nie hatte er sich die Frage gestellt, ob Marias Empfindungen den seinen glichen, denn über Liebe sprachen sie nicht und für Zärtlichkeiten war in der Kargheit ihres Daseins kaum Platz, dennoch hatten beide, Maria und er, nie den Glauben verloren an die Stimmigkeit des Lebens, um die es sich lohnte, zu kämpfen.

Unvermittelt und mit einer für alle Anwesenden Fremdheit in der Stimme sagte Nepomuk: »Du bist zu weit gegangen! Ich will, dass du gehst. Du kannst heute Nacht noch hier bleiben, aber morgen verlässt du dieses Haus.«

Maria war bei Nepomuks Worten blass geworden, Schwindel erfasste sie und sie drohte zu stürzen. Franz umfasste sie schnell an der Taille, stützte die Mutter und führte sie zur Ofenbank, wo sie sich schwer atmend niederließ. Mit dem Schürzenzipfel wischte sie sich die Tränen, die ihr über die Wangen kullerten, ab, legte dann beide Hände auf ihren Leib und dachte in jähem Schmerz, dass ihr noch ungeborener Sohn sie den Erstgeborenen verlieren ließ. Dass es ein Sohn würde, davon war Maria überzeugt.

Am nächsten Morgen verließ Franz die kleine Keusche, die für einige Jahre sein Elternhaus gewesen war. Es war noch dunkel, als er mit einem Rucksack über der Schulter leise die Tür öffnete und ihm die kalte Feuchtigkeit des Herbstmorgens entgegenströmte. Doch ehe er die Tür wieder schloss, fühlte er die Hand der Mutter an seiner Schulter. Er drehte sich um, sah im Halbdunkel die Silhouette des geliebten Gesichts und empfing aus ihren Händen das Kreuz auf seiner Stirn.

»Geh mit Gott«, sagte sie. »Es ist mir schwer ums Herz, dass ein Streit dein Weggehen ausgelöst hat, aber dass es dich schon seit geraumer Zeit drängt fortzugehen, das habe ich schon lange gespürt. Wie es aber auch kommen mag, die Tür deines Elternhauses steht dir offen. Vater war wütend, aber er hat es bestimmt nicht so gemeint.«

»Aber er hat es gesagt! Leb wohl, Mutter! Und gib Acht auf dich!«

Sie umarmten einander wortlos, dann schloss sich hinter Franz sachte dir Tür.

ÜBER DIE GRENZE

Franz ging im anbrechenden Morgen über den nassen Wiesenweg, der in Richtung Grenze führte.

Nebelschleier lagen wie von unsichtbarer Hand gesponnen auf den Gräsern, schlichen sich an den Feldrainen entlang und lösten sich im Licht des beginnenden Tages auf. Franz setzte entschlossen einen Schritt vor den anderen, versuchte den Schmerz des Abschieds zu unterdrücken und als er in der Ferne den Grenzbalken von Spielfeld sah, wusste er plötzlich, wohin ihn seine Beine tragen werden.

Er wollte zurückgehen, zurück zur Großmutter und zum Großvater, zurück zur Papierfabrik nach Süssenberg, das schon seit langen Sladki Vrh hieß, jedoch Arbeit zu vergeben hatte. Er wollte arbeiten und Geld verdienen.

Was Franz dabei übersah, war die Tatsache, dass sein schwer verdientes Geld täglich an Wert verlieren würde, doch daran dachte der junge Mann, der sich auf die Reise begeben hatte, um für sich die Welt und das Leben neu zu erobern, nicht.

Rubinrot stieg die Sonne hinter den Hügeln im Osten empor, als Franz vor dem Grenzbalken stand.

Verschlafen kam ein uniformierter Beamter heraus und verlangte von Franz die Papiere.

Franz besaß keine gültigen Reisedokumente und daher wies er seine Geburtsurkunde und den Meldenachweis der Gemeinde Ehrenhausen dem Beamten vor.

Dieser schaute erst ungläubig auf die beiden abgegriffenen Dokumente, dann auf Franz und schüttelte lachend den Kopf.

»Junger Mann, das reicht nicht für das Überschreiten der Grenze. Ohne gültige Übertrittsberechtigung geht nichts!«

Damit berührte er mit zwei Fingern seiner rechten Hand den Rand seiner Uniformmütze und gab Franz die Papiere zurück.

»Aber ich muss hinüber – auf die andere Seite!«, versuchte es Franz mit unsicherem Verhandlungsgeschick.

»Das kann schon sein, aber möglich ist das nur mit gültigen Reisepapieren!«

Die Stimme des Beamten war schärfer geworden und hatte seinen Kollegen, einen groß gewachsenen, grobschlächtigen Mann, aus der kleinen Grenzstation herausgelockt.

»Gibt es Probleme?«, fragte dieser und baute sich wichtig und großmächtig vor Franz auf.

Franz erkannte, dass hier nichts zu machen war, steckte seine Dokumente in die Innentasche seines Jankers und verabschiedete sich. Mit raschen Schritten ging er davon, um möglichst schnell aus dem Sichtfeld der Grenzbeamten zu kommen. Bald hatte er den Auwald erreicht, der die Mur wie ein grünes Band begleitete. Im Schutz der bereits herbstlich gefärbten Laubbäume ging er den Fluss entlang. Manchmal blieb er stehen und schaute auf die andere Seite, nach drüben in das andere Land, das in seiner Kindheit seine Heimat gewesen war und in das er nun wieder zurückkehren wollte. Er spürte, dass er aus seinem Leben etwas Neues machen wollte und obwohl ihm der Weg nach drüben noch verwehrt war, begriff er, dass er dabei war, eine große Befreiung zu erleben. Die Befreiung von der von den großen Bauern auferlegten Beschränkung, die darin bestand, bis zur Erschöpfung zu arbeiten. Er bestimmte nun selbst über sein Tun und die Freiheit lag auch in der Verantwortlichkeit für sein Handeln.

Am späten Nachmittag erreichte er die Nähe von Mureck, wo es seinen Erinnerungen nach früher einmal unweit der breiten Holzbrücke auch eine kleine Fähre auf der Mur gegeben hatte. Damals, als Kind, war er mit seiner Familie auf einem Ochsengespann über die Brücke gegangen, in der Hoffnung, in Österreich ein besseres Leben zu finden.

Nun versuchte er zurückzugehen, wieder in der Hoffnung, drüben im Königreich Kroatien-Serbien-Slowenien ein besseres Leben zu finden.

Sein Magen knurrte und er bedauerte, nichts Essbares in den Rucksack gepackt zu haben.

Langsam lichtete sich der Wald und Franz erreichte das Dorf. Dort wollte er in einem Wirtshaus eine Stärkung zu sich nehmen und auskundschaften, ob die kleine Fähre noch in Betrieb war.

Franz war ein Fremder und wurde als solcher von den wenigen Wirtshausbesuchern angestarrt. Anfangs verhielt er sich schweigsam und abwartend, aß trotz des großen Hungers bedächtig und nicht gierig die Bohnensuppe, die ihm die alte Wirtin vorgesetzt hatte, die mit schlurfenden Schritten in der Gaststube hin- und herging und neugierig den Gesprächen der Bauern lauschte.

Als Franz fertig gegessen und die letzten Tropfen der dicken Suppe mit dem Brot aus der Schüssel aufgetunkt hatte, setzte sich die Wirtin an seinen Tisch und fragte: »Ein junger Wanderbursch auf Stör? Einen Schneider könnten wir gut gebrauchen und bald kommt der Winter, dann wirst du einen warmen Platz zu schätzen wissen.«

»Ich bin leider kein Schneider und ich muss weiter. – Was macht's? Was bin ich schuldig?«

Franz legte die geforderte Münze auf den Tisch und erhob sich. »Ach, was ich noch fragen wollte! Die Fähre da hinten auf der Mur, gibt es die noch?«

Die Bauern blickten auf und unterbrachen ihr Gespräch.

»Die gibt es schon seit Jahren nicht mehr. Es hat sich nicht gelohnt, seit Süssenberg nun nicht mehr zu uns gehört«, meinte einer und nahm dann wieder einen tiefen Zug aus seiner Pfeife.

»Wenn du hinüber willst, musst du nach Spielfeld. Das ist der nächste Grenzübergang«, gab ihm ein anderer einen gut gemeinten Rat.

Von dort komme ich ja gerade, dachte Franz und bedankte sich für die Auskunft.

Dennoch ging er geradewegs ans Ufer, dorthin, wo früher die kleine Fähre die Menschen von da nach drüben gebracht hatte. Das Floß lag noch im Wasser, festgebunden an zwei morschen Holpfählen, die im Laufe der Jahre durch das vorbeifließende Wasser Algen angesetzt hatten, die sich wie grüne Bärte in der Strömung bewegten.

Franz setzte sich auf die Steine, die am Uferrand lagen, und dachte nach.

Auf legalem Weg hatte er so bald keine Möglichkeit hinüberzukommen, aber dieses Floß sah noch recht fahrtauglich aus. Damit könnte er es riskieren.

Das Seil, das in der Zeit des Fährbetriebs quer über die Mur gespannt gewesen war und beide Seiten somit verbunden und das Floß vor dem Abtreiben bewahrt hatte, war nicht mehr vorhanden und machte eine Überfahrt dadurch eigentlich unmöglich und gefährlich.

Doch Franz war erfüllt von dem Gedanken hinüberzukommen und erwog die Gefahren, überdachte Möglichkeiten und fasste schließlich den Entschluss, die Überfahrt mit dem alten Floß zu wagen. Aus dem Wald brach er von den jungen Bäumen lange Stangen ab, die ihm helfen sollten, die kleine hölzerne Plattform zu manövrieren.

Als die Dämmerung sich wie ein drohendes Ungeheuer durch den Auwald ans Flussufer schlich und Franz in jedem Knacksen und Knistern der Bäume einen heimlichen Beobachter seines Tuns befürchtete, band er das Floß los. Er warf seinen Rucksack auf die Holzbohlen, sprang hinterher und stieß sich mit den Holzstangen fest vom Ufer ab.

Schnell gewann das Floß an Fahrt und wurde von der Strömung der Mur in die Mitte und stromabwärts getrieben. Inzwischen war es dunkel geworden. Franz konnte nur noch die Umrisse der Bäume, die den Fluss säumten, erkennen und war vom Rauschen des Wassers, das in seinen Ohren dröhnte und seinen Mut anstachelte, umschlossen. Mit den Holzstangen versuchte er unter Aufbietung all seiner Kräfte, das Floß aus der Mitte des Flusses wegzutreiben.

Hinter dem Wald tauchten nun kleine Lichter auf.

Das Floß befand sich in der Mitte des Flusses und wurde von der Kraft des Wassers getrieben.

»Ich bin bereits am Dorf vorbei«, dachte Franz und arbeitete weiter mit der ganzen Kraft seines Körpers. Er war davon überzeugt, es zu schaffen und der Glaube daran verlieh ihm ungeahnte Kräfte. Dieser entscheidende Moment seines Lebens, in dem er nun seine gewohnte Richtung für immer geändert hatte, war erfüllt von der Dramatik des Kampfes mit dem Fluss.

Und Franz gewann!

Langsam rückte das andere Ufer näher und bald streifte das Floß das Buschwerk auf der anderen Seite der Mur. Franz war drüben.

Erschöpft kletterte er vom Floß, nahm seinen Rucksack und ließ sich ins Gebüsch fallen. Er hatte keine Ahnung, wie lange er in der Dunkelheit auf der bloßen Erde gelegen hatte. Die kriechende Kälte dieser Herbstnacht ließ ihn jäh erwachen. Er wusste nicht genau, wo er sich befand, aber eines war sicher, an Süssenberg war er längst vorbeigefahren, also musste er sich auf den Weg in Richtung Westen machen.

Als Franz die Uferböschung hochkletterte und den schmalen Uferwaldstreifen verlassen hatte, befand er sich auf einer staubigen, schmalen Landstraße.

Nirgends ein Licht! Die Gegend schien unbewohnt zu sein.

Obwohl Franz vor Müdigkeit kaum gehen konnte, zwang er sich zum Gehen. Ein einsamer Wanderer in der Dunkelheit der Landstraße auf dem Weg in ein neues Leben.

Er wusste nicht, wie lange er marschiert war, als plötzlich in der Ferne Lichter auftauchten. Am Schornstein, der sich wie eine schwarze Säule vom sternenhellen Nachthimmel abhob, erkannte er, dass vor ihm Süssenberg – Sladki Vrh – lag.

An den neuen Namen werde ich mich wohl oder übel gewöhnen müssen, dachte der junge Mann und fühlte ein unbekanntes Glücksgefühl tief in seinem Inneren.

Er umrundete das Dorf, da er befürchtete, irgendwelchen Grenzbeamten in die Hände zu fallen und stieg hinter den ersten Häusern den Weg zum Hügel hinauf, der zu seinem ehemaligen Elternhaus führte.

Was ihn wohl erwarten würde? Ob die Großeltern noch lebten?

Seit ihren Weggang vor neun Jahren hatten sie nie wieder etwas von den Zurückbleibenden der Familie gehört.

Als Franz auf dem Hügel angekommen war, sah er das kleine Haus im Mondlicht und alles mutete ihm so unwahrscheinlich und märchenhaft an, dass ihm die Tränen in die Augen traten.

Franz besaß keine Uhr, aber es musste weit nach Mitternacht sein und wahrscheinlich würde er seine Großeltern zu Tode erschrecken, wenn er um diese Zeit an ihre Tür klopfte. Daher ging er ums Haus herum, öffnete den kleinen Stall und wurde vom Gemecker der beiden Ziegen, die sich durch den Eindringling in ihrer Nachtruhe gestört fühlten, empfangen.

Erst jetzt spürte Franz, wie erschöpft er war und ließ sich ins Stroh fallen. Die Wärme der Tiere, die den kleinen Stall erfüllte, tat seinem geschundenen Körper wohl und bald fiel er in einen tiefen Schlaf.

Durch ein Geräusch wurde Franz geweckt und fuhr erschreckt hoch, da er im ersten Augenblick nicht wusste, wo er sich befand.

In der offenen Stalltür stand eine alte Frau mit gebeugtem Rücken und einem Gesicht, das beinahe so weiß war wie ihr Haar und Müdigkeit ausstrahlte, eine Müdigkeit, die mit noch anderen Dingen zu tun haben musste, als mit der frühen Morgenstunde. Franz stand vor seiner Großmutter, die ihn nicht zu erkennen schien.

»Großmutter!«, sagte er leise und kam auf sie zu.

Ein Lächeln huschte plötzlich über das Gesicht der Alten, die ihn mit ungläubigen Augen anschaute und dann flüsterte: »Franz? Bist du es wirklich?«

»Großmutter!«, wiederholte Franz und umarmte die alte Frau.

Fest drückte er sich an den schmalen Körper der Greisin, die ihn gar nicht mehr loslassen wollte.

»Die Ziegen müssen heute warten«, meinte sie und ging mit Franz ins Haus.

Dort fand der Junge alles so vor, wie er es in seinen Kindheitserinnerungen tief vergraben und aufbewahrt hatte. Nichts hatte sich verändert und doch, etwas fehlte!

An dem Haken an der Innenseite der Stubentür fehlte der ausgebeulte Filzhut des Großvaters.

Die Großmutter hatte Franz aufgefordert, sich an den Tisch zu setzen und ihr war der Blick, den Franz in Richtung Türhaken getan hatte, nicht entgangen.

»Ich bin schon seit zwei Jahren allein. Dein Großvater liegt draußen auf dem Friedhof, wie der Muki. Jeden Sonntag bin ich raufgegangen zur Heiligen Mutter nach Maria Schnee und habe gebetet, dass ich euch irgendwann wiedersehen kann und jetzt bist du gekommen. Die Heilige Mutter hat meine Gebete erhört«, sagte die alte Frau und schaute Franz mit innigem Blick an.

Dann stellte sie ihm eine Schale mit heißer Ziegenmilch hin, schnitt von dem großen Brotlaib eine dicke Schnitte ab und holte aus der Vorratskammer ein Stück Ziegenkäse. »Nimm und iss! Du hast bestimmt Hunger!«

Nachdem Franz sich gestärkt hatte, begann er zu erzählen, beantwortete viele Fragen der Großmutter und vermisste jedoch die letzte und noch einzig verbleibende Frage der alten Frau, warum und wie er zu ihr gekommen war.

Als Franz zu Ende erzählt hatte, blieb es still in der Stube. Hin und wieder warf er einen scheuen Blick auf die Großmutter.

»Und was wird nun weiter geschehen?«, fragte die alte Frau und betrachtete ihren großen Enkelsohn, dessen fein geschnittene Gesichtszüge von gewelltem dunklen Haar umrahmt waren, die schmalen Nase und die hoch stehenden dichten, dunklen Augenbrauen, die das Gesicht markant zeichneten.

»Ich dachte an die Papierfabrik. Bei uns drüben sagte man, dass sie Arbeiter suchen und ich denke mir, so schwer kann die Tätigkeit in der Fabrik nicht sein, dass ich sie nicht schaffen könnte.«

Die Großmutter wiegte den Kopf hin und her und murmelte dann: »Die Arbeit wird vielleicht nicht schwer sein, aber im Werk sprechen sie alle Slowenisch.«

Damit war es heraußen, was Franz insgeheim auch beunruhigt hatte, nämlich wie er sich in der alten Heimat wohl verständigen würde können.

»Ich habe meine Geburtsurkunde mit und werde mich noch heute im Gemeindeamt anmelden und danach werde ich in die Fabrik gehen. Irgendwie werde ich mit der neuen Sprache schon zurechtkommen. Ich möchte Geld verdienen, mein eigenes Geld, und nicht von der Gnade eines Herrenbauern abhängig sein.«

»Dann lerne gleich die erste Lektion: Das Gemeindeamt ist *mestna hjsa rotovz* und der Gemeindesekretär ist ein ehemaliger Österreicher. Er spricht Deutsch und ich denke, er wird dir helfen.«

Nach dem Frühstück hatte sich Franz ein wenig zurechtgemacht und begab sich voll Selbstvertrauen auf den Weg hinunter in den Ort.

Sladki Vrh hatte sich verändert. Viele neue Gebäude waren während der Abwesenheit der Familie Jordan gebaut worden, die Straßen waren gepflastert und die Kartonfabrik war vergrößert worden. Nur das Schulhaus stand nach wie vor grau und düster hinter der Fabrik und erinnerte Franz an vergangene Tage voll von Schmerz und Niederlagen.

Franz hatte Glück!

Dank seiner Geburtsurkunde, die ihn nach wie vor als Bürger des neuen Staates auswies, wurden ihm Papiere ausgestellt, die es ihm nun auch ermöglichten, auf legalem Wege die Grenze zu überschreiten. Als er sich später bei der Fabriksleitung vorstellte und um Arbeit fragte, wurde ihm mitgeteilt, dass er bereits am nächsten Tag anfangen könnte. Da Franz kein gelernter Facharbeiter war, musste er sich mit den einfachen und schweren Tätigkeiten, wie dem Abladen des Holzes und dem Verladen der großen Kartonpakete, zufriedengeben, aber Franz war ein junger Mann von achtzehn Jahren, der trotz der einseitigen Ernährung starke Muskeln und zudem einen unbeugsamen Arbeitswillen besaß.

Für die Großmutter begann eine Zeit der Freude.

Franz zog in die Kammer, die einst seine Eltern bewohnt hatten, und wo immer er konnte, half er der alten Frau bei der Bewältigung der täglichen Arbeiten. Franz besuchte regelmäßig einmal in der Woche den Slowenischkurs, der im Gebäude der alten Volksschule stattfand und von einer hübschen jungen Frau, die aus Ljubljana stammte, abgehalten wurde.

Wieder drückte er die Schulbank, nur diesmal unter ganz anderen Voraussetzungen. Er lernte, damit er den Weg des Hilfsarbeiters, dem man die Drecksarbeit in der Fabrik zuschob, bald verlassen und aufwärtsrücken konnte.

Und dies sollte schneller geschehen, als Franz es sich gedacht hatte. Er konnte sich recht bald gut auf Slowenisch verständigen. Der Vorarbeiter schätzte das, und auch die ruhige und freundliche Art des jungen Mannes aus Österreich; er beobachtete dessen Gewissenhaftigkeit, die er auch bei Tätigkeiten, die die anderen Arbeiter nur mürrisch verrichteten, nicht verlor.

Allmählich machte sich der nahende Winter bemerkbar. In den Nächten begann es zu frieren und die Erde wurde zu hartem Stein, in der Luft hing der Geruch des herannahenden Schnees und eines Morgens war alles um das kleine Haus herum in dichtes Weiß gehüllt.

Es waren die Tage vor Weihnachten und Franz sehnte sich nach der Mutter und seinen beiden Schwestern. Da er bescheiden lebte und alles, was er in der Kartonfabrik verdient hatte, gewissenhaft zur Seite gelegt hatte, besaß er bereits eine beträchtliche Summe Geld. Anfangs hatte er nicht gewusst, wie er sein Erspartes am besten anlegen sollte, doch immer öfter wurde in der Fabrik vom Kauf von Aktien gesprochen.

Man brauchte nur eine Anzahlung zu machen und das Geld vermehre sich beinahe wie von selbst. Franz war von dieser Idee begeistert und als er eines Tages im Kontor des Direktors erschien und sich nach dem Ankauf von Aktien erkundigte, wurde er mit freundlichem Lächeln empfangen und man bot ihm – dem einfachen Arbeiter, der nur bruchstückhaft Slowenisch sprach – sogar einen Stuhl an.

Der Direktor erklärte ihm, dass das Geld, das Franz in den Ankauf von Aktien investierte, zur Verbesserung der Produktion und zum Ankauf neuer Maschinen verwendet würde. Diese wiederum erhöhten die Produktion und damit den Umsatz der Kartonfabrik, was wieder zu einem finanziellen Gewinn führte, der sich in einer Wertsteigerung der Aktien äußern würde.

Er versicherte Franz, durch den Besitz von Aktien so etwas wie ein Miteigentümer der Fabrik zu werden und wenn er meinte, die Aktien verkaufen zu wollen, dann könne er dies nach einer gewissen Zeit bestimmt mit großem Gewinn tun.

Franz, der sich in seinen Zukunftsvisionen bereits als reicher Mann vor seine Eltern hintreten sah, setzte alles auf eine Karte. Er kaufte mit seinem gesamten gesparten Lohn Wertpapiere der Kartonfabrik und verpfändete die nächsten beiden Monatslöhne für einen weiteren Aktienankauf. Der Direktor schäumte beinahe über vor Freundlichkeit, als Franz das Geld auf den Schreibtisch legte und er ihm danach die unterzeichneten Wertpapiere überreichte.

Mit dem Ankauf dieser Aktien veränderte sich schlagartig die Arbeitssituation von Franz. Schon am nächsten Tag wurde er an einer der neuen Maschinen eingeschult und musste nicht mehr im eisigen Wind die schweren Holzstämme schleppen. Franz war nicht nur glücklich, sondern ein nie gekanntes Gefühl der Selbstzufriedenheit überkam ihn, und als er eines Abends der Großmutter erklärte, dass er nun so etwas wie ein Fabrikbesitzer sei, schaute diese ihn ungläubig an und brach danach in ein heiseres Kichern aus: »Die Fabrik besitzt dich, nicht du sie. Aber jeder muss seinen eigenen Weg gehen. Du bist da keine Ausnahme.«

An diese Worte würde sich Franz erst Jahre später mit erschreckender Klarheit erinnern, wenn er dem Unheil, das nicht nur ihn, sondern sämtliche Aktionäre betraf, mit aller Macht grausam ausgeliefert sein würde.

Die Großmutter sprach nicht mehr über die Wertpapiere und Franz verwahrte diese in einer kleinen Mappe aus Karton, auf der der Name der Fabrik stand, in der hintersten Ecke des Kleiderschrankes, in dem noch der Wintermantel und ein Janker seines Großvaters hingen. Er selbst lebte in den nächsten Monaten von den Vorräten der Großmutter, da er ja seinen gesamten Lohn bereits im Vorhinein für die Wertpapiere verpfändet hatte.

DIE ERSTEN REBSTÖCKE

Nachdem Franz das Elternhaus verlassen hatte, herrschte tagelanges Schweigen zwischen den Eheleuten. Marianna, die sich als Urheberin des unglücklichen Ereignisses fühlte, war verstört, lief mit verweintem Gesicht herum, verkroch sich abends in den hintersten Winkel der Stube und verweigerte die Mahlzeiten.

Das Kind wurde immer blasser und stiller und Maria, die dem Geschehen eine Weile zusah, fasste eines Tages einen energischen Entschluss, dem von Trostlosigkeit überschatteten Alltag der Familie endlich ein Ende zu setzen.

Wenn Nepomuk zu stolz oder zu feige war, den ersten Schritt zu tun, dann wollte sie ihm entgegentreten. Hatte der Vater seinen einzigen Sohn aus dem Haus getrieben, wollte er nun seine jüngste Tochter verlieren, indem er zuschaute, wie sie sich aus unbegründeter Schuld zu Tode hungerte?

Als sie am Morgen um den Tisch saßen und Maria die Schüssel mit dem gelben Sterz und der dampfenden Ziegenmilch auf den Tisch stellte, drückte sie Marianna den Holzlöffel in die kleine Hand und sagte: »Du stehst erst auf, wenn du etwas gegessen hast. Vorher nicht!«

»Aber ich muss doch in die Schule. Ich bekomme eine Strafe, wenn ich zu spät bin!«, muckte Marianna auf.

»Erst wird gegessen!«, beharrte Maria.

Nepomuk schwieg.

Marianna hielt den Löffel und schaute mit verbissenem Gesicht zu Boden. Sie rührte sich nicht, tauchte den Löffel nicht in die heiße Milch und ließ den Sterz unberührt.

Nepomuk begann zu essen.

Nachdem Maria einige Bissen zu sich genommen hatte, richtete sie den Blick auf das trotzige, unglückliche Kind ihr gegenüber, schlug mit dem Holzlöffel plötzlich energisch auf den Tisch und sagte in lautem, barschen Ton: »Wie lange soll das denn noch so weiter gehen? Siehst du denn nicht, dass deine Tochter verhungern wird, wenn du von ihr nicht die Schuld nimmst, die sie glaubt tragen zu müssen? Sag es ihr doch endlich, dass sie nicht schuldig ist am Fortgehen ihres Bruders. Sag es ihr jetzt! Vielleicht bedauerst du es einmal, wenn es zu spät dafür ist, dass du verabsäumt hast, die entscheidenden Worte zu sagen.

Sag ihr, dass es nicht ihre Schuld ist, dass Franz nicht mehr bei uns wohnt und sag ihr endlich, dass du sie liebst, dass sie ein Teil von uns ist, wie Franz, wie Johanna, wie das Ungeborene!«

Maria war außer Atem geraten.

Noch nie hatte sie in dieser Art und Weise mit ihrem Mann gesprochen.

Marianna hatte mit Tränen in den Augen aufgeschaut und ihren Blick direkt auf den Vater gerichtet.

Vielleicht war es der unschuldige Blick des Kindes, vielleicht aber auch die eindeutigen und harten Worte, die Maria zu ihm gesprochen hatte. Er sah in seiner Frau plötzlich die andere Seite ihres Wesens, jene Seite, die ihn seine eigene Schwäche wahrnehmen ließ, die er stets verdrängt hatte.

Es wurde ihm jäh bewusst, dass es in seiner Hand lag, das Bild seines eigenen Lebens zu entwerfen, und dass dieses Bild nicht einer launenhaften Willkür entsprang, sondern aus dem Kräftespiel seines Fühlens und Denkens und er allein dafür verantwortlich war.

Ein Ruck ging durch seinen Körper. Seine schwieligen Hände suchten die Finger des kleinen Mädchens ihm gegenüber und hielten sie fest, als er mit rauer Stimme sagte: »Deine Mutter hat recht! Es war alles meine Schuld. Ich habe es nicht ertragen, von meinem eigenen Sohn gemaßregelt zu werden. Ich habe überreagiert. Es tut mir leid, Marianna. Es ha nichts mit dir zu tun. Dich trifft keine Schuld!«, wiederholte er noch einmal.

»Und der Franz hätte uns wahrscheinlich ohnedies bald verlassen«, setzte nun Maria hinzu.

»Er ist jung und eine Sehnsucht nach Leben, nach einem anderen Leben, hätte ihn früher oder später fortgetrieben. Nun ist sein Weggehen eben früher und anders als erwartet gekommen. Er fehlt mir und unser neues Kind wird ihn nicht ersetzen können, weil keines meiner Kinder das andere ersetzen kann. Jedes ist uns wichtig und wertvoll, ganz besonders du, meine kleine Marianna!«, schloss Maria.

Wahrscheinlich denkt sie jetzt an den kleinen Bruder, der drüben in dem anderen Land auf dem Friedhof liegt und den ich nicht kennenlernen durfte, und von dem es nicht einmal ein Bild gibt, dachte Marianna und schwieg.

Sie schaute zuerst zum Vater, der noch immer ihre Hände hielt, dann zur Mutter.

Dann löste sie sich aus der Hand des Vaters, griff nach dem Holzlöffel und tauchte ihn in die Ziegenmilch, aus der der Dampf bereits entwichen war.

Maria seufzte und in ihrer innigen Gläubigkeit dankte sie tief im Inneren ihrem Gott.

Im November 1929 verpackte Maria die glänzenden getrockneten dunkelvioletten Käferbohnen in die dafür vorgesehenen Säcke aus grobem Leinen, verlud alles auf dem kleinen Leiterwagen und schickte sich an, wieder den Weg hinunter zur Grenze nach Spielfeld zu machen.

Nepomuk hatte sie beobachtet und gemeint, dass der Weg in ihrem Zustand vielleicht doch etwas zu beschwerlich wäre, doch Maria wehrte ab und meinte, dass der Winter vor der Tür stehe und die Vorräte aus dem eigenen Garten und dem kleinen Acker nicht ausreichen würden, die Eismonate ohne Hunger zu überstehen.

Gerade als sie losziehen wollte, ein dickes gestricktes Wolltuch über den Schultern, das Kopftuch im Genick verknotet, kam Johanna den Hügel zum Haus herauf.

»Der Doktor ist in die Stadt gefahren, um neue Medikamente zu besorgen und die gnädige Frau hat mir überraschend frei gegeben und da dachte ich, ich schau gleich bei euch vorbei!«, sagte Johanna mit von der Kälte geröteten Wangen und glänzenden Augen.

»Sie ist zu einer schönen jungen Frau herangewachsen«, dachte Maria und betrachtete mit mütterlichem Stolz ihre Tochter, deren lange, blonde Zöpfe wie geflochtenes Gold über die schmalen Schultern fielen.

So wie ich es sehen kann, werden es wohl auch die Burschen des Dorfes bald wahrnehmen, spann sie ihre Gedanken weiter. Und sie beschloss, was wahrscheinlich der Auftrag aller Mütter ist und den sie mehr oder minder verpflichtend wahrnehmen wollen, mit ihrer Tochter über deren Zukunft zu sprechen und sie gleichzeitig zur Vorsicht zu ermahnen.

Sie erinnerte sich an ihre Mutter, an die Worte, die diese mahnend an sie gerichtet hatte, an die Erwartungen, die die Gesellschaft an eine junge Frau stellte, die aus einer christlichen Familie stammte und ein ehrenwertes Leben führte.

Bis zu dem Tag, an dem sie nach dem Frühlingsfest mit Nepomuk zur Narzissenwiese gegangen war und sie sich mitten im Duft der gelb leuchtenden Blumen geliebt hatten, war sie voll der guten Vorsätze gewesen, ihre Jungfräulichkeit zu bewahren. Doch danach war sie von der Sehnsucht nach dem geliebten Mann gefangen und sie hatten einander immer öfter und stets heimlich getroffen und als ihre Tage ausgeblieben waren und sie ihre Körperrundungen vor der Mutter nicht mehr verbergen konnte, musste sie ihren Eltern gestehen, dass sie ein Kind erwartete.

Die Eltern waren damals bestürzt. Nepomuk war einer der vielen armen, jungen Männer gewesen, die sich ihren Unterhalt in der Kartonfabrik verdienten, die weder Land noch Hof besaßen und für eine Familie nicht sorgen konnten. Also war an Heirat überhaupt nicht zu denken und ein unehelich geborenes Kind bedeutete Schande.

Viel hatte sich in den moralischen Vorstellungen der Bevölkerung auf dem Land seit der Geburt von Franz nicht verändert, und wenngleich man in den Städten Charleston tanzte und die Röcke der Damen kürzer wurden, so wurde das Leben in den ländlichen Regionen von den Dogmen der Kirche bestimmt und man erwartete von den Bräuten, dass sie jungfräulich vor den Altar traten.

So verschlossen die Bauern abends ihre Häuser und achteten darauf, dass sich ihre Töchter in den Schlafkammern aufhielten, was wiederum dazu führte, dass so manch ein junger, liebeshungriger Mann des Nachts mit der Leiter zum Haus des begehrten Mädchens unterwegs war, diese still und heimlich an die Wand lehnte, um zum Fenster der Geliebten hochzusteigen, zu flüstern, zu kosen und schließlich in die Mädchenkammer, wenn diese nicht mit Gitterstäben zusätzlich vor Eindringlingen abgesichert war, zu gelangen.

Das Brauchtum des »Fensterlns« wurde trotz aller Vorsichtsmaßnahmen der Väter überall gelebt und blieb selten ohne Folgen, denn wenn die jungen Männer beim Aufstieg auf der an der Hauswand gelehnten Leiter oder sogar in der Kammer des Mädchens ertappt wurden, dann drohten ihnen nicht nur Schimpf und Schande, sondern meist auch eine Tracht Prügel vom Herrn des Hauses und ganz gewiss der Spott jener Burschen, die sich nicht so leicht bei diesen nächtlichen Unternehmungen ertappen ließen.

Johanna war nicht reich. Auch wenn sie einen kleinen Weingarten besaß und bei der Familie des Arztes in den Dienst ging, um das notwendige Geld für ihre Aussteuer zu verdienen, so gehörte sie dennoch nicht zu jenen begehrten jungen Frauen, die auf den großen Bauernhöfen lebten und von ihren Vätern mit dem Jungbauern eines anderen großen Hofes verheiratet wurden.

Die Frage der Liebe stellte sich bei diesen von den Vätern geschlossenen Ehen nicht. Waren sich die Väter einig und die jungen Leute einander nicht unsympathisch, dann wurde geheiratet und manchmal wuchs mit den Jahren die Zuneigung und ließ Liebe entstehen, und manchmal gewöhnte man sich einfach aneinander und der landwirtschaftliche Betrieb, der durch die Verehelichung an Größe zugenommen hatte, festigte die Verbindung des Paares.

Maria musste lange so sinnend und nachdenklich dagestanden haben, denn plötzlich sagte Johanna: »Mutter! Was ist denn los? Jetzt frage ich dich schon zum dritten Mal, wohin du mit dem Leiterwagen gehen willst?«

Maria blickte auf und ein Lächeln huschte über ihr Gesicht und zeichnete feine Linien um ihre Augen und die schön geschwungenen Lippen.

»Magst mich begleiten? Ich gehe mit den Käferbohnen zum Händler an die Grenze nach Spielfeld!«

Nepomuk war zum Tagwerk gegangen und Johanna, die eigentlich nicht vorgehabt hatte, bei dem kalten windigen Wetter einen so weiten Fußmarsch auf sich zu nehmen, willigte ein, da sie nicht allein im Haus bleiben, sondern der Mutter helfen wollte.

Die beiden Frauen zogen gemeinsam den kleinen hölzernen Leiterwagen, der mit den Bohnensäcken voll beladen war, hinter sich her und stapften anfangs schweigend durch das vom ersten Nachtfrost braun gewordene, nasse Gras. Als sie den Höhenrücken von Graßnitzberg erreicht hatten, hielten sie an und schauten hinüber über die Täler, aus denen der weiße Morgennebel wie fein gesponnener Schleier hochstieg und sich sanft über die abgeernteten Felder und braungelben Laubwälder legte und der Landschaft sanfte Konturen verlieh.

»Da unten ist die Grenze und dort ist der Laden des Händlers, dem ich meine Käferbohnen verkaufe. Sie sind jetzt mehr wert als gutes Geld. Sie sind, wie die Mutter damals gemeint hat, als ich von drüben weggegangen bin, die Saat für das neue Leben«, meinte Maria.

Johanna hielt ihre Hand wie ein Schild an die Stirn und schaute hinunter ins Tal, das sich im Licht der bleichen Morgensonne und den ziehenden Nebelschleiern dem Wechsel von Form und Farbe unterwarf.

»Hier heroben möchte ich einmal leben!«, meinte sie und ließ ihren Blick in die Ferne gleiten.

»Wovon willst du hier leben? Die Erde sieht nach Sand- und Kalkboden aus, das ist kein guter Weideplatz für Ziegen oder Schafe, und glaube mir, Gemüse kann hier auch nicht gedeihen.«

Maria betrachtete ihre Tochter mit einem Kopfschütteln. In Zeiten wie diesen sollte man sich doch nicht unerfüllbaren Träumen hingeben! Die Enttäuschung, die unweigerlich folgen musste, lag schon in dem Gedanken an das Unerfüllbare.

»Es ist nicht gut etwas zu wünschen, was ohnehin nie erreicht werden kann. Du wirst nur enttäuscht werden!«

»Aber wenn ich niemals etwas erwarte, erhoffe oder ersehne, dann werde ich auch nie die Wahrhaftigkeit meiner Vorstellungen erfahren. Also muss ich die eine oder andere Enttäuschung wohl in Kauf nehmen. Wenn ich keine Wünsche und kein Begehren an meine Zukunft habe, dann kann ich nur über meinen fehlenden Mut enttäuscht sein und damit grenze ich mich selbst ein und ziehe eine Grenzlinie zwischen meinem Tun, Fühlen und Hoffen. Eine Grenzlinie wie diese da unten, die uns und unser Leben bisher eingeengt hat.«

Maria blickte auf.

So hatte sie ihre Tochter noch nie sprechen hören.

»Du magst schon recht haben«, stimmte Maria ihrer Tochter zu, »aber gib Acht, dass du dich nicht in Träumereien verlierst!«

Maria ergriff wieder die kleine Deichsel des Leiterwagens und setzte sich in Bewegung.

»Mutter, warte! Da ist noch etwas, das ich dir sagen muss! Da drüben hinter dem Wäldchen auf dem Hügel ist eine Winzerei zu haben. Sie gehört dem Doktor und er kann sie nicht bewirtschaften, weil seine Patienten seine gesamte Zeit in Anspruch nehmen und er hat sie mir angeboten für siebzig Tagwerke zusätzlich. Es ist ein kleines Haus mit einem Weingarten. Wahrscheinlich müsste man die alten Rebstöcke ausgraben, weil sie kaputt sind, aber mit den Bohnen könnten wir …« – »… neue Rebstöcke pflanzen!«, ergänzte Maria.

Johanna hielt für einen Augenblick den Atem an, dann huschte ein Lächeln über ihr junges Gesicht und mit Erleichterung stellte sie fest, dass ihre Mutter sie verstanden und sie in ihr eine Verbündete für ihr Vorhaben gefunden hatte.

»Wir können ja auf dem Rückweg einmal vorbeischauen!«, sagte Maria und machte sich wieder auf den Weg.

Als sie die Grenze erreichten, war die Tagesmitte bereits überschritten.

Fuhrwerke, Fußgänger mit Rucksäcken oder Handkarren passierten nach der Kontrolle ihrer Papiere die geöffneten Grenzschranken. Jetzt im Spätherbst herrschte an der Grenze reger Betrieb. Jeder versuchte – da wie drüben – noch vor Einbruch des Winters Handel zu treiben und Gewinne zu erwirtschaften.

Maria ging den gewohnten Weg in das Gebäude des Landesproduktenhändlers, wie es in großen Buchstaben quer über die gesamte Front des lang gestreckten Gebäudes zu lesen war.

In der Mitte des Ladens brannte ein knisterndes Feuer im gusseisernen Ofen, dessen Ofenrohr sich quer durch den Laden zog und in einer runden Öffnung an der Außenwand seinen Ausgang hatte.

Im Schein der schummrigen Beleuchtung stand der Besitzer des Ladens, den Bleistift hinters Ohr geklemmt und zählte die Packungen mit Nägeln, die auf dem Brett des Regals in einer Reihe nebeneinander standen.

Als er Maria sah, huschte ein Lächeln über sein Gesicht und er unterbrach sofort seine Tätigkeit, schrieb schnell einige Zahlen auf einen Zettel und legte diesen in eine Lade. Dann eilte er auf die beiden Frauen zu und schaute Johanna mit erstauntem Blick an: »Die Käferbohnenfrau!

Ein herzliches Grüß Gott! Heute haben Sie eine schöne junge Frau mitgebracht!«

»Das ist meine Tochter!«, stellte Maria Johanna vor.

Eine große, mit Schwielen bedeckte Hand wurde Johanna entgegengestreckt und sie erwiderte den festen Händedruck. Dann luden sie die Säcke ab und der Händler legte sie auf die Waage.

Er öffnete einen Sack und ließ einen Teil der glänzenden, violetten Früchte auf seinen Ladentisch gleiten und prüfte mit leichtem Fingerdruck die Qualität der Bohnen.

»Ich bin davon überzeugt, dass der Rest genau so gut ist wie diese Bohnen da!«, sagte er lachend und nahm die Säcke und stellte sie hinter den Ladentisch. Während Maria und der Händler nun wie üblich über den Preis feilschten, sah sich Johanna im Laden um. In großen Fässern lag eingepökeltes Fleisch, dessen intensiver salziger Geruch sich mit dem Duft der aufgehängten getrockneten Kräuter vermengte und dem Raum eine würzige Note verlieh.

An der Wand lehnten Sensen, Heugabeln und Rechen aus Holz, geflochtene Weidenkörbe waren übereinander gestapelt in einer Ecke und die großen Jutesäcke am Ende des Ladens waren gefüllt mit Saatkartoffeln und Getreide.

Als der Händler Maria ausbezahlen wollte und Banknoten und Münzen auf den Ladentisch zählte, ging Johanna, die bisher zurückhaltend im Hintergrund geblieben war, dazwischen.

»Nein, wir möchten kein Geld! Wir möchten Rebstöcke, so wie das letzte Mal.«

»Aber, aber Dirndl! Was willst du denn jetzt im Spätherbst mit Rebstöcken? Die Zeit des Setzens ist vorbei. Da musst du schon aufs Frühjahr warten!«

»Das weiß ich auch!«, antwortete Johanna mit fester Stimme, »aber mitnehmen kann ich die Rebstöcke schon heute. Oder haben Sie keine?«

Der Händler kratzte sich hinterm Ohr, dann schaute er zu Maria und meinte lachend: »Ganz schön selbstsicher, dein Dirndl!«

Dann kam er hinter dem Ladentisch hervor, legte seinen Arm um Johannas Schulter und meinte: »Na, dann komm mit. Ich zeig dir was!«

Hinter dem Laden befand sich ein kleiner Holzschuppen, der versperrt war.

Umständlich öffnete der Mann die Tür und als sich Johannas Augen an die Dunkelheit gewöhnt hatten, sah sie in den niedrigen Kisten, die mit Erde gefüllt waren, fein gebündelte Rebstöcke.

»Du musst sie so lagern, wie ich es hier mache. Im Frühjahr kannst du sie aussetzen, aber achte darauf, dass sie während des Winters nicht austrocknen oder gar frieren, dann sterben sie ab. Diese hier sind Muskattrauben, eine hellgelbe, fruchtige Sorte, gut zum Essen und noch besser zum Keltern, aber du musst ihnen Zeit lassen. Die ersten drei Jahre werden die Rebstöcke kaum etwas tragen, aber dann … du wirst schon sehen!«

Johanna war vor Überraschung sprachlos und nickte nur.

Dann nahm der Händler ein Bündel Rebstöcke aus dem Erdreich, legte es Johanna in die Arme, bückte sich und holte weitere Bündel, die er in Johannas Armen auftürmte.

»Das sind einhundertzwanzig Stück! Mit den dreißig Stück vom letzten Mal könnt ihr schon ein paar Reihen anpflanzen.«

Maria war an der Scheunentür stehen geblieben und hatte dem Tun der beiden wortlos zugesehen. Der Händler holte aus seinem Laden einige große Stücke Wachspapier, hüllte die Rebstöcke damit ein und mit Johannas Hilfe legte er sie auf den Leiterwagen.

»Und für dich, Käferbohnenfrau, habe ich auch noch etwas!«, meinte er mit verschmitztem Lächeln und ging wieder in den Laden. Aus einem Regal holte er einen Ballen gebleichtes Leinen, rollte es auf dem Ladentisch auf und schnitt einige Meter davon ab.

»Für das Kleine! Wirst Windeln und Wäsche brauchen! Wann wird es kommen?«

Maria hielt beschämt die Hände auf ihren Bauch. In ihrem Alter noch schwanger zu sein, war unüblich und die weite Schürze und das Schultertuch sollten ihren Leibesumfang eigentlich verdecken, doch dem Händler schien er nicht verborgen geblieben zu sein.

»Nach Neujahr soll es so weit sein!«, antwortete Maria und bekam einen roten Kopf.

Der Händler verpackte den Stoff in braunes Packpapier und Johanna legte das Paket oben auf die Rebstöcke.

»Viel Glück, Käferbohnenfrau! Bis zur nächsten Ernte!«

Er sah den beiden lange nach, bis sie nach der letzten Biegung der Landstraße zwischen den Feldern verschwunden waren.

Mit den Käferbohnen der stillen Frau hatte er hervorragende Geschäfte gemacht und wenn die junge Frau schon kein Geld nehmen wollte, sollte es ihm auch recht gewesen sein, denn mit den Weinstöcken konnte er ohnedies nichts anfangen. Hier herunten in der Ebene konnten sie nicht gedeihen. Es fehlte ihnen der richtige Boden und sie bekamen nicht die ausreichende Wärme, so freute er sich, die Weinreben gegen die nährstoffreichen und guten Käferbohnen eingetauscht zu haben.

Die Reben hatten weniger Gewicht als die Säcke mit den Käferbohnen und Mutter und Tochter kamen rasch voran. Bald hatten sie die Höhe von Graßnitzberg erreicht. Im Tal begann es bereits dunkel zu werden und feine Nebelschleier schmiegten sich an die Berghänge.

»Da hinten muss es sein!«, meinte Johanna und ging schneller voran.

»Lauf nicht so schnell! Ich kann dir nicht folgen«, rief Maria und blieb stehen, um eine kurze Rast zu halten. Johanna hatte die höchste Kuppe erreicht und winkte ihrer Mutter, sich zu beeilen. Maria ließ den Leiterwagen stehen und stapfte durch das geknickte Gras aufwärts.

Da stand ein kleines, aus hellen Steinen erbautes Haus mit einem breit vorstehenden Dach, das mit roten Ziegeln gedeckt war, und leuchtete im Spätlicht der untergehenden Herbstsonne.

»Das ist es!«, rief Johanna und lief um das Häuschen herum.

»Es hat drei Zimmer und eine Rauchkuchl und gleich daneben angebaut ist das Presshaus und dahinter auf dem Hang muss der Weingarten sein.«

Johanna war ganz aufgeregt und verschwand mit hüpfenden Schritten hinter dem Haus. Maria blieb eine Weile davor stehen und atmete schwer. Der Aufstieg war für sie anstrengend gewesen. Vielleicht kommt das Kleine doch schon früher, dachte sie und sah sich um.

Hier ließe es sich schon wohnen, und wenn Nepomuk das Tagwerk beim Doktor übernimmt, dann bliebe genug Zeit, einen Weingarten anzulegen und zu bearbeiten. Und hinter dem Haus, gegen Westen gerichtet, könnte man einige Reihen Käferbohnen anpflanzen, sie wären windgeschützt und hätten viel Sonne zum Reifen.

Maria begann sich immer mehr mit dem Gedanken auseinanderzusetzen, die Träume ihrer Tochter Wirklichkeit werden zu lassen, und plötzlich spürte sie in sich das Gefühl einer nie da gewesenen Freiheit. Sie hatten die Möglichkeit zu wählen! In der neuen Heimat hatten sie zum ersten Mal die Freiheit, sich zu entscheiden und waren nicht gezwungen, sich zu fügen, sondern sie konnten wählen und es lag ganz allein an ihnen selbst, wohin der Weg sie führte.

Als Johanna von ihrem kleinen Erkundungsgang zurückkehrte, sah sie das Strahlen im Gesicht ihrer Mutter und erkannte in diesem Augenblick deren Zustimmung.

Auf dem Heimweg sprachen sie über die Möglichkeiten, wie sie das Angebot des Arztes möglichst schnell und vor allem vor Einbruch des Winters annehmen und den Umzug vornehmen konnten. Die Füße trugen sie auf einmal ganz leicht und im Gespräch vergaßen sie die Beschwerlichkeit des Weges, den kalten Wind und die hereinbrechende Dunkelheit.

Als sie bei der kleinen Keusche angekommen waren, sahen sie Rauch aus dem Schornstein aufsteigen.

Nepomuk war schon daheim.

»Nun gilt es noch den Vater zu überzeugen!«, meinte Johanna, während sie die Reben ablud und in die Scheune brachte.

»Das lass meine Sorge sein! Ich werde das schon machen!«, antwortete Maria und warf ihrer Tochter einen verschwörerischen Blick zu.

In der Stube war es gemütlich warm. Nepomuk hatte das Feuer unter dem Dreibein angezündet und in der schwarzen gusseisernen Pfanne, die darauf gestellt war, zischte und brutzelte es.

Ein feiner Duft von Gebratenem zog durch die Stube und Maria fragte erstaunt: »Haben wir heute einen Festtag?«

»Der Bauer hat geschlachtet und ich habe ein Stück vom Schweinebauch bekommen. Es ist gutes, fettes Fleisch und gibt Kraft und die braucht ihr zwei bestimmt!«, meinte er und betrachtete liebevoll den runden Körper seiner Frau.

Erst jetzt entdeckte er Johanna, kam ihr entgegen, nahm sie an den Schultern und meinte: »Schön, dass du auch wieder einmal bei uns bist! Du bleibst doch über Nacht bei uns, denn in der Dunkelheit wirst du ja nicht den weiten Weg hinunter nach Strass zum Arzthaus machen wollen.«

»Ich bleibe gerne, Vater, aber morgen muss ich sehr früh raus!«

»Morgen ist morgen!«, lächelte Nepomuk und nahm die Pfanne vom Dreibein, blies ins Feuer und legte noch einige Scheiter nach.

Nun kam Marianna mit schlafmüden Augen aus der Nebenkammer, strich sich mit beiden Händen die dunklen Locken aus der Stirn und meinte gähnend: »Hanni, wie schön, dass du uns besuchst!«

Sie schmiegte sich an die große Schwester, die ihr zärtlich über das dunkle gewellte Haar strich und fragte: »Lernst du wohl fleißig in der Schule?«

»Ich bin Klassenbeste und der Oberlehrer hat gemeint, dass ich unbedingt weiter zur Schule gehen soll.«

Im Raum herrschte plötzliches Schweigen.

»Das Schulgehen ist teuer und bald haben wir einen Esser mehr an unserem Tisch und überhaupt, wozu das Gerede von der Schule? Ihr Mädchen werdet alle einmal heiraten und Kinder bekommen, also wozu die Schule? Was ihr als Hausfrauen und Mütter können müsst, das lernt ihr nicht in der Schule!«, sagte Nepomuk und machte sich wieder an der Feuerstelle zu schaffen.

Johanna dachte an die Zeit, als sie beim Brunnhofbauern gelebt hatten, als sie mit Ännchen die Schulbank gedrückt hatte und auch vor der Entscheidung gestanden war, eine weitere Schule zu besuchen. Ihr war es verwehrt geblieben, aber Marianna …

Ihre jüngere Schwester sollte vor diesem Schicksal bewahrt bleiben, dachte Johanna und betrachtete das unschuldige Kindergesicht mit den großen dunklen Augen. Sie sollte nicht wie viele junge Mädchen zu einem Bauern in den Dienst gehen, von morgens bis abends im Haus, im Stall oder auf dem Feld für einen geringen Lohn jede Arbeit verrichten müssen und den Nachstellungen des Bauern ohne sich wehren zu können ausgeliefert sein.

Wie viele junge Frauen, die im Dienst eines Bauern standen, wurden von diesem schon ins Unglück gebracht! Zuerst noch versuchten sie sich zu wehren, doch irgendwann wurde der Bauer ihrer habhaft und aus der »Liebschaft« wurde eine ungewollte Schwangerschaft, die die Mägde durch das Abschnüren ihres Körpers möglichst lange zu verbergen suchten, was zur Folge hatte, dass sehr viele dieser Kinder mit körperlichen oder geistigen Schäden geboren wurden und dies der armen Magd neben der gesellschaftlichen Ächtung von der Kirche zusätzlich als Strafe Gottes für ihr unsittliches Tun eingeredet wurde.

Sie selbst hatte Glück gehabt. Der Doktor war ein Ehrenmann und seine Frau wusste gute Arbeit zu schätzen, war weder launenhaft noch herrschsüchtig und behandelte ihre Dienstboten mit Strenge und Güte gleichermaßen.

Marieli, wie sie ihre Schwester zu nennen pflegte, hat eine große Ähnlichkeit mit der Großmutter, dachte Johanna und ihre Gedanken schwebten weit weg, hinüber über die Grenze zu dem kleinem Haus, in dem sie ihre frühen Kinderjahre verbracht hatte.

Nepomuk stand inmitten der Stube. Über die Schule wurde nicht gesprochen.

»So und jetzt wird gegessen!«, rief Nepomuk und setzte sich an den Tisch.

Maria schnitt einige Scheiben vom Brotlaib herunter und Johanna nahm neben ihrer Schwester Platz. Sie aßen schweigend und mit Genuss und das Fett des Bratens tropfte auf die hölzerne Tischplatte. Das schwache Licht der Petroleumlampe verlieh der Stube etwas Anheimelndes und als sie sich satt gegessen hatten, war noch genug Fleisch für eine nächste Mahlzeit in der Pfanne vorhanden.

Aus dem kleinen Wandschränkchen unterm Herrgottswinkel holte Nepomuk eine winzige bauchige Flasche hervor und schenkte sich einen Obstler ein, während Mutter und Tochter die Feuerstelle mit frischem Holz belegten. Die Wärme fühlte sich behaglich an und Maria, die vom weiten Fußmarsch und dem guten Essen müde geworden war, setzte sich schwerfällig auf die Ofenbank und meinte bald, dass es nun Zeit sei, schlafen zu gehen.

In dieser Nacht dachte Johanna, eng an ihre kleine Schwester geschmiegt, noch lange an das Haus oben auf dem Hügel in Graßnitzberg, an Weinreben, die schwer mit goldgelben Trauben beladen waren und an den jungen Mann, der ihr in der vergangenen Woche im Arzthaus begegnet war und nach dem Doktor verlangt hatte, da sich sein Vater tief mit der Sense ins Bein geschnitten hatte und er dringend Verbandszeug und eine Flasche mit Jodtinktur benötigte. Der Arzt war nicht da gewesen, aber Johanna konnte ihm das Verlangte aushändigen und einen kurzen

Augenblick lang hatten sich ihre Hände berührt und es waren diese wenigen Sekunden gewesen, die sie wie eine kostbare Intimität erlebt hatte.

Am frühen Morgen brach Johanna gemeinsam mit dem Vater auf.

Er ging zum Tagwerk seines Bauern und Johanna lief flink über die mit Reif bedeckten Wiesen hinunter in die kleine Garnisonsstadt Strass zum Dienst im Arzthaus. Ein zweistündiger Fußmarsch stand ihr bevor.

Über das Winzerhaus und den dazugehörenden Weingarten wurde nicht geredet. Johanna hielt sich an die Abmachung, die sie mit ihrer Mutter getroffen hatte, obwohl sie für sich bereits die Entscheidung gefällt hatte, doch sie war noch zu jung, um ohne Einwilligung und Mithilfe der Eltern das neue Vorhaben verwirklichen zu können.

Eltern hinterlassen Spuren in ihren Kindern, die unauslöschlich sind und sich nicht tilgen lassen. Sie sind wie ein Text, der tief in die Persönlichkeit des Kindes geschrieben ist und der in den Augenblicken des Lebens, die Entscheidungen abverlangen, an die Oberfläche kommt, entschlüsselt und verstanden sein will, und obwohl Johanna nicht im Augenblick mit ihrem Vater über ihre Wünsche und Vorhaben sprechen konnte, so war sie sich sicher, mit der Unterstützung ihrer Mutter ihr Ziel erreichen zu können.

Als sie sich dem Arzthaus näherte, sah sie im Morgendunst die Silhouette eines Mannes und beim Näherkommen erkannte sie ihn.

»Die Praxis scheint noch geschlossen zu sein«, sagte er statt jeglicher Begrüßung. Er wirkte beunruhigt und seine Worte kamen gepresst und leise.

»Kommen Sie mit! Wir gehen durch den Wirtschaftseingang!«, sagte Johanna.

Der junge Mann folgte ihr durch den Garten hinter das Haus.

»Erlauben Sie, dass ich mich vorstelle: Mein Name ist Engelbert Adam und ich komme vom Adamhof in Weinburg. Der Zustand meines Vaters hat sich verschlechtert. Die Wunde heilt nicht und das Bein ist ganz geschwollen und dunkelrot angelaufen, daher hat mich die Mutter geschickt, den Doktor zu bitten, dass er zu uns auf den Hof kommen möge.«

»Weinburg?«, staunte Johanna, »da sind Sie ja schon bald nach Mitternacht losgezogen?«

»Nein, so früh nicht! Ich habe Pferd und Wagen genommen. Die stehen da hinten, am Zaun beim Obstgarten!«

Johanna nickte und meinte, er solle einen Augenblick warten, sie werde nachsehen, ob die Frau Doktor schon aufgestanden sei. Sie führte den jungen Mann in den Flur und ersuchte ihn zu warten. Dann ging sie in die große geräumige Küche, wo sich die Magd am Herd zu schaffen machte und es nach Kräutertee, Kaffeeersatz und frischer Milch duftete.

»Gut, dass du da bist! Die gnädige Frau wartet schon auf dich!«, meinte die Magd, während Johanna das Schultertuch ablegte und sich die Locken aus dem Gesicht strich.

Tatsächlich wartete die Frau des Arztes zu so früher Morgenstunde bereits auf sie, da sie Besorgungen in der nahen Bezirkshauptstadt zu machen hatte und Johanna genau auftrug, welche Arbeiten am Vormittag zu erledigen wären.

Als sie mit ihren Anweisungen geendet hatte, meinte sie: »Warum stehst noch herum, Hannerl? An die Arbeit!«

»Gnädige Frau«, begann Johanna, »da draußen ist ein junger Mann. Er kommt vom Adamhof aus Weinburg, sagt er, und sein Vater braucht dringend den Herrn Doktor.«

»Immer muss es dringend sein! Erst warten sie zu und probieren sämtliche Hausmittel aus und wenn nichts mehr hilft, dann soll mein Mann Wunder wirken!«, seufzte die Frau.

»Sag ihm, er soll im Warteraum Platz nehmen. Mein Mann wird gleich kommen!«

Johanna bedankte sich und eilte hinaus in den Flur.

Engelbert Adam stand noch dort und sah ihr mit erwartungsvollem Blick entgegen.

»Der Doktor wird gleich kommen. Sie sollen da drinnen so lange auf ihn warten«, sagte Johanna und führte den jungen Mann in den Warteraum.

»Arbeiten Sie hier?«, fragte dieser und musterte Johanna von oben bis unten.

Sie nickte, rückte die Wartestühle zurecht, öffnete die Fensterläden und sah sich um, ob es noch irgendeine Tätigkeit gäbe, die nach ihrer weiteren Anwesenheit verlangte.

»Haben Sie auch einen Namen?«, fragte nun Engelbert Adam und fasste nach Johannas Arm.

»Johanna Jordan und jetzt muss ich gehen. Es wartet viel Arbeit auf mich!«

Sie verließ den Raum und spürte, wie heftig ihr Herz klopfte.

Als sie später in den Zimmern des Arzthauses sauber machte, hörte sie wie der Doktor anspannen ließ und bald darauf dem kleinen Pferdewagen des Adamhofes auf der staubigen Landstraße nach Weinburg folgte.

An diesem Morgen ging sie verträumt und mit einem ihre Lippen umspielendem Lächeln ihren Tätigkeiten nach, gleichsam als schwebte sie durch diesen Tag.

Johanna hatte sich verliebt. Es war ihr noch nicht klar bewusst und es gab Barrieren, die sie gegen die innere Lawine des Begehrens und der Leidenschaft aufgebaut hatte, doch Engelbert Adam, der nun öfter ins Haus des Arztes kam, um Medizin für seinen Vater zu holen, ließ keine Gelegenheit aus, um mit ihr ein Zusammentreffen zu arrangieren, sie mit hungrigen Augen anzusehen und ein paar belanglose Worte zu sprechen. Es waren nur wenige Sätze, die sie miteinander wechseln konnten und sie waren nie allein, stets umgeben von den neugierigen Blicken der Mägde und des Hausknechts. Bald begannen die Mägde zu tuscheln und eines Tages rief sie die Frau des Arztes zu sich in den Salon: »Der junge Adambauer kommt jetzt beinahe regelmäßig zu uns in die Praxis und das, obwohl sein Vater längst genesen ist. Weißt du vielleicht eine Erklärung dafür?«

Johanna stand vor der Frau des Arztes, hielt den Blick gesenkt, die Hände unter ihrer Schürze verkrampft ineinander verschränkt und schluckte schwer. Sie wusste vor Verlegenheit nicht, was sie antworten sollte, daher wartete sie ab, was noch folgen würde.

»Mir scheint, er kommt deinetwegen!«, fuhr die Frau fort.

Johanna kämpfte um ihr inneres Gleichgewicht, das zwischen verleugneter Hoffnung und Ehrlichkeit pendelte.

Sie sah der Frau des Doktors gerade ins Gesicht und schwieg.

»Wie alt bist du jetzt?«, fragte diese und Johanna war nun gezwungen, Antwort zu geben.

»Nächste Woche werde ich achtzehn!«, murmelte sie und fragte sich, worauf die Frau hinaus wollte.

»Siebzehn!«, wiederholte die Doktorenfrau und nickte.

»Ich war achtzehn, als ich Ludwig geheiratet habe«, sinnierte sie und strich mit ihren schmalen weißen Händen eine nicht vorhandene Falte der Tischdecke glatt.

»Gib auf dich Acht, Mädchen! Viele von euch jungen Frauen denken ans Heiraten, nehmen sich aber die Freiheit, dem Mann das zu geben, was nur dem Ehegatten zusteht und stürzen sich damit ins Verderben.«

»Ich habe noch nie einem Mann etwas gewährt!«, sagte Johanna lauter, als sie es beabsichtigt hatte.

»Beruhige dich Mädchen! Die Adams sind anständige Leute und der junge Engelbert ist der jüngste der drei Adambrüder. Er wird nie den Hof bekommen und du wirst nie Bäuerin dort werden können, falls du je daran gedacht haben solltest.«

»Nein, daran habe ich nie gedacht! Ich will meinen eigenen Hof! Ich will Winzerin werden. Und wenn ich genug gespart habe, dann nehme ich das Angebot, das mir der Herr Doktor gemacht hat, nämlich die Winzerei in Graßnitzberg zu pachten, gerne an.«

»Sparen! Sparen! In der heutigen Zeit ist Sparen wohl das Dümmste, das du dir vornehmen kannst. Das Geld wird von Tag zu Tag weniger wert.

Und die Winzerei sollst du schon vorher pachten, bevor du für dein erspartes Geld nichts mehr bekommen kannst. Sie stammt von meinen Großeltern, die früher einmal einen großen Weingarten besessen haben, aber dann kam dieses Ungeziefer – die Reblaus – und hat alles zunichte gemacht. Sie hat sich in den Wurzeln der Rebstöcke festgesetzt und ein Weinstock nach dem anderen ist abgestorben. Es gab kein Mittel gegen diese Plage. Der Weinberg war zum Sterben verurteilt, meine Großeltern sind nach Strass gezogen und sind hier ansässig geworden. Seitdem steht das Haus am Weinberg leer.«

»Die Winzerei könnte ich pachten?«, fragte Johanna ungläubig.

»Unser Knecht verlässt uns zu Lichtmess. Ich habe gehört, dein Vater ist ein tüchtiger und handwerklich sehr geschickter Mann. Für siebzig Tagwerke im Jahr könnt ihr, deine Familie und du, die Winzerei haben und vielleicht wirst du wirklich einmal eine Winzerin. Nur wirst du dazu Rebstöcke brauchen!«, lächelte die Frau des Arztes.

»Hundertdreißig davon habe ich schon!«, platzte Johanna mit befreiendem Lachen heraus, denn das Gespräch hatte nun eine Wende angenommen, die sie nicht erwartet hatte.

Die Arztfrau schien überrascht.

»Es hat den Anschein, dass ich leider bald auf dich und deine Dienste verzichten werde müssen, aber das wusste ich eigentlich schon, als du hier bei uns angefangen hast. Die jungen Mädchen bleiben nicht lange bei uns im Haus, obwohl sie es hier im Haus gut haben«, meinte die Frau seufzend, »aber ich kann euch Mädchen ja verstehen. Ich war auch einmal jung und hatte meine Träume!«

Die Frau schwieg und über ihr Gesicht breitete sich ein Schatten, den Johanna nicht zu deuten wusste, aber sie ahnte, dass er mit der Kinderlosigkeit des Arztehepaares in Zusammenhang stehen musste.

Noch vor Weihnachten übersiedelte Familie Jordan in das Winzerhaus am Graßnitzberg.

Das Haus bot mehr Komfort als die Keusche in Wielitsch und Marianna, die ihre Freude unbeschwert und offen zur Schau trug, hüpfte ganz aufgeregt durch die beiden Zimmer und das Presshaus, guckte aus den kleinen Fenstern hinaus auf die mit Schnee bedeckten Wiesen und konnte sich nicht satt sehen an der Weite, die ihren Blick frei werden ließ.

DAS DRITTE GESPRÄCH

In der Wohnstube war es dunkel geworden. Wir schwiegen beide. Das Holz im Kachelofen knisterte und hinter den Fenstern zeichneten sich die dunklen Silhouetten kahler Bäume ab.

»Das war der Beginn! Der Beginn des Weingutes Adamhof! Natürlich wussten wir das damals nicht, denn die Zeiten waren, verursacht durch die Wirtschaftskrise, sehr schlecht. Geld hatte überhaupt keinen Wert mehr, aber ich besaß ja den kleinen Weingarten in Wielitsch und nun hatten wir auch genügend Rebstöcke, um in Graßnitzberg einen neuen Weinberg zu bepflanzen.

Im Winter wurde mein jüngster Bruder Benedikt geboren. Er kam einige Tage nach Weihnachten zur Welt und es war eine schwere Geburt und wir dachten schon, Mutter würde das neue Jahr nicht erleben. Aber sie war eine starke Frau und es war ihr eben noch nicht bestimmt gewesen, aus dieser Welt zu gehen. Benedikt war ein herziges Kind, den Kopf voll blonder Locken und mit einem Lachen, das wie das Glucksen eines Bächleins klang. Er war der Sonnenschein im Haus und wir alle haben ihn sehr verwöhnt. Und das ist irgendwie wohl bis heute so geblieben, da er auf unsere Hilfe und Fürsorge stets angewiesen war – aber dazu komme ich später.«

Der Blick der alten Frau wanderte wieder weit fort von hier und es schien mir, als nähme sie mich gar nicht wahr.

»Obwohl die Zeiten damals wirklich schlecht gewesen waren, ging es uns den Umständen entsprechend recht gut. Vater arbeitete als Tagwerker beim Doktor, die Mutter versorgte den Haushalt, den Küchengarten und die Ziegen und ich machte meine ersten Erfahrungen als Winzerin.

Die Hänge rund um das kleine Winzerhaus waren steil und sie sind es noch heute, doch jetzt gibt es Maschinen, die die Arbeit im Weingarten erleichtern, damals hatten wir nur unsere Hände und einen unbändigen Willen, der uns vorantrieb.«

In der Wohnstube war es nun beinahe finster und die Alte stand auf, strich sich die Schürze glatt und knipste das Licht an.

Der Zauber des Gesprächs war in der Helligkeit verschwunden und auch ich erhob mich, denn es war Zeit, mich zu verabschieden, doch eine Frage brannte mir auf der Zunge: »Und Ihr älterer Bruder – der Franz? Haben Sie je wieder etwas von ihm gehört?«

»Doch! Ja, das habe ich!«, nickte die Frau und ich sah Tränen in ihren Augen schimmern.

FRANZ

Der Erste Weltkrieg hatte eine völlig veränderte internationale politische Machtverteilung bewirkt.

Europa verlor seine jahrhundertlang währende globale Vormachtstellung an die Vereinigten Staaten von Nordamerika, deren Eintritt in den Ersten Weltkrieg zu dessen entscheidendem Ausgang geführt hatte.

Im Laufe dieses Weltkrieges konnte die amerikanische Wirtschaft ihre Produktionskapazität beträchtlich steigern und vergab Kredite in Milliardenhöhe an Frankreich, Großbritannien, Belgien und Italien, sodass die USA schließlich zum Gläubiger Europas avancierte.

Im ersten Jahrzehnt nach Kriegsende boomte die amerikanische Wirtschaft, da die riesigen Kriegsgewinne die verstärkte Einführung modernster Produktionsmethoden ermöglichten.

Der Wirtschaftsaufschwung in den Jahren 1920 bis 1930 war mit einem stetigen Ansteigen der Aktienkurse verbunden. Immer mehr Menschen beteiligten sich am Kauf von Aktien, für die man, wie es auch der junge Arbeiter Franz Jordan tat, nur eine Anzahlung leisten musste, da der Restbetrag von den Banken finanziert wurde, wobei diese die Aktien als Sicherheit zurückbehielten.

1928 und 1929 erreichte diese Entwicklung ihren Höhepunkt.

Durch die vorher stattgefundene Überproduktion sanken zuerst die Preise für Getreide.

Viele amerikanische Farmer gerieten in wirtschaftliche Schwierigkeiten. Zudem begann auch bei den Verbrauchsgütern der Absatz zu stocken. Dies führte zur Einschränkung der Produktion, zur Kurzarbeit und schließlich zu Entlassungen nicht nur in Amerika, sondern letztendlich auch in Europa.

Franz, der sich in Sladki Vrh sehr gut eingelebt hatte und dank der netten und hübschen Slowenischlehrerin, der er sehr zugetan war, allmählich auch die für ihn neue Sprache recht gut beherrschte, bekam von dieser Entwicklung lange Zeit nichts mit, und als auch ihm bewusst geworden war, dass der wirtschaftliche Aufschwung in einer Talfahrt geendet hatte, war es zu spät gewesen, um an sein Geld zu kommen.

Viele Aktienbesitzer befürchteten einen raschen Wertverlust ihrer Papiere und wollten diese so schnell wie möglich verkaufen, auch wenn dies unter dem tatsächlichen Wert der Aktien geschah. Es begann ein Sturzflug der Aktien. Innerhalb von wenigen Wochen fielen die Aktienkurse auf einen nie da gewesenen Tiefstand. Der Teufelskreis lag in der Tatsache der Handlungen der Menschen selbst, denn je mehr die Aktienkurse sanken, desto hektischer wollten immer mehr Aktionäre verkaufen.

Panik breitete sich aus!

Auch Franz verkaufte alle seine Papiere weit unter dem ursprünglichen Wert und musste letztendlich erkennen, dass er die vergangenen Monate zu einem Minimallohn gearbeitet hatte und dass ihm letztendlich so gut wie nichts geblieben war.

Die Folgen des Börsenkrachs und der Wirtschaftskrise waren katastrophal, denn durch die Produktionseinschränkungen kam es bald in beinahe allen Industriezweigen zu Massenentlassungen. Die weltweit engen wirtschaftlichen und finanziellen Verflechtungen führten dazu, dass sich die Krise von 1929 von den Vereinigten Staaten Amerikas rasch ausbreitete. Neben anderen europäischen Staaten waren Deutschland und Österreich davon schwer betroffen.

1929 brachen mehrere österreichische Banken, davon als wichtigste die Bodenkreditanstalt, zusammen.

Eine Kettenreaktion, wie Firmenzusammenbrüche, Arbeitslosigkeit und schwindende Kaufkraft setzte ein. Die Arbeitslosenzahl erreichte 1933 in Wien die Rekordhöhe von 480.000 Personen.

Die katastrophale Verschlechterung der wirtschaftlichen Lage zog sich wie eine Spirale durch die Bevölkerung und ermöglichte das rasche und stetige Anwachsen der »faschistischen Bewegung« und diese veränderte das politische Weltbild. Es entstanden Diktaturen. Namen wie Mussolini in Italien oder Hitler in Deutschland und Österreich würden sich bald wie tiefe Feuerzeichen in die Geschichte des 20. Jahrhunderts einbrennen.

Doch noch schien man von dieser politischen Entwicklung nichts wahrnehmen zu wollen, wenngleich der Groll über Entbehrungen der Ursprung zum Misslingen des eigenen Lebens wurde.

Franz haderte mit seinem Schicksal, ging zwar noch immer regelmäßig zur Arbeit in die Fabrik von Sladki Vrh, da er ja von dem Lohn, der in Banknoten und Münzen kaum nennenswert war, leben musste, und hätte er sich nicht verantwortlich für das Wohl seiner Großmutter gefühlt, hätte er Sladki Vrh wahrscheinlich schon früher den Rücken gekehrt.

Die Welt in diesem kleinen Ort an der Grenze zu Österreich begann für ihn eng zu werden und er versuchte Herz und Geist für Neues zu öffnen und war im Ungestüm und der Rastlosigkeit seiner Jugend aufgeschlossen und begeistert für neue Gedanken und Ideen. Immer öfter traf er sich nach Arbeitsschluss mit anderen Arbeitern aus der Kartonfabrik, um ihnen anfangs nur zuzuhören und später schließlich mitzureden. Was sie sagten, klang weder verächtlich noch anklagend, eher sprachen aus ihren Worten Neugierde und Veränderung und der Wunsch nach einer Führungspersönlichkeit, die den Menschen den Weg weisen und sie aus der wirtschaftlichen Not führen möge.

Ein junger Mann aus Zagreb machte besonders auf sich aufmerksam und ihm hörte nicht nur Franz mit stiller Bewunderung zu, sondern auch die anderen Männer schwiegen und lauschten, wenn dieser sprach.

Er hieß Joszéf Forgatty und stammte eigentlich aus Ungarn, sprach fließen Slowenisch, Ungarisch und Deutsch und war nur nach Sladki Vrh gekommen, um sich ein wenig Geld für die Weiterreise nach Amerika zu verdienen, doch nicht nur der geringe Verdienst, sondern die schleichend vorangehende politische Entwicklung hatte ihn – den Weltbürger, wie er sich selbst bezeichnete – veranlasst, länger zu bleiben.

Joszéf war groß schlank, hatte stechend schwarze Augen und einen kleinen schwarzen Spitzbart, den er hin und wieder während seiner Reden mit zwei Fingern glatt zu streichen pflegte.

»Wir dürfen die Großen und Mächtigen nicht noch größer und mächtiger werden lassen und unserem Niedergang tatenlos zusehen! Wir brauchen einen Führer, jemand, der ebenso Macht und Einfluss wie Verständnis für unsere Situation hat. Jemand, der Kraft und Energie besitzt und beides zum Wohle des Volkes einzusetzen versteht!«

Diese Worte waren stets der Beginn seiner Ansprachen, die er mit Vorliebe an den Samstagabenden in der in erster Linie mit Arbeitern gefüllten Gaststätte des Ortes hielt. Wenngleich ihn anfangs viele als verrückt oder weltfremd abtaten, so scharte sich alsbald eine kleine Gruppe treuer Anhänger um ihn, die sich von Tag zu Tag vergrößerte und einer der treuesten unter ihnen war Franz Jordan.

Die Großen und Mächtigen hatten bisher in der Person des Brunnhofbauern, des Vaters und schließlich auch in der Gestalt des Direktors der Kartonfabrik sein Leben maßgeblich beeinflusst und bestimmt. Es war nicht das gewesen, was sie ihm gesagt und bestimmt hatten, sondern vielmehr war es die Ehrfurcht gewesen, die sie ihm vor sich selbst und ihrem Tun und Denken eingeflößt hatten. Damals hatte er sich gefügt, da sein Denken in seiner Enge gar keinen Handlungsspielraum ermöglichte.

Er hatte sich der Willkür dieser Diktatur des Bauernhofes und der darin vorhandenen Gesellschaftsordnung unterworfen, da es für ihn und seine Familie gar keine andere Möglichkeit zu geben schien. Macht und Unterwerfung waren von frühester Kindheit an ein Bestandteil seines Lebens geworden – bis zu jenem Zeitpunkt, da er erkannte, dass in ihm Wachheit und Begabung schlummerten. Es war etwas in ihm aufgebrochen, das seine Gedanken beherrschte und nach Veränderung strebte. Er wollte vor sich selbst, aber in erster Linie vor seinem Vater bestehen und der Gedanke, dass er durch den Ankauf wertloser Aktien und den damit verbundenen großen finanziellen Verlust einem Irrtum erlegen und versagt hatte, war sehr schwer zu ertragen, daher suchte er nach einem Halt, nach jemandem, in dem er sein eigenes, jedoch unerreichbar scheinendes Idealbild finden konnte.

Erst später sollte er erkennen, worin die Willkür einer Diktatur bestand, doch dann würde es für ihn bereits zu spät sein. Er, der nichts anderes gelernt und nie anders gelebt hatte, als zu gehorchen, sich anzupassen und das Leben eben hinzunehmen, wie es war, suchte nach einem neuen Führer, einem Leitbild, dem er sich wieder bedingungslos hingeben konnte.

Und in den Stunden der Einsamkeit, wenn seine Großmutter bereits in ihrer Kammer schlief und er am Fenster saß und in die dunkle Nacht hinausschaute, den Lichtschein der Kartonfabrik unten im Tal ausmachen konnte, dann überfiel ihn das Heimweh wie unerträglicher Durst und er dachte an seine Mutter, die beiden Schwestern und das Land jenseits der Grenze, das er freiwillig und im Groll gegen den Vater verlassen hatte.

Stets hatte er vorgehabt zurückzukehren. Zurückzukehren als erfolgreicher Mann, der es geschafft hatte, als Aktionär einer Fabrik zu Reichtum zu gelangen!

Doch dieses Wunschbild war wie eine Seifenblase geplatzt und hatte für ihn eine Rückkehr zu seiner Familie unmöglich gemacht, denn als Verlierer konnte und wollte er seinem Vater nicht unter die Augen treten.

Er wäre nahe dran gewesen, sich selbst zu verlieren, wenn es nicht Marika, die Sprachenlehrerin, gegeben hätte.

Sie kam eines Abends zu ihm hinauf in das bescheidene Haus auf dem Hügel von Sladki Vrh, klopfte mit der Selbstverständlichkeit der Frau, die wusste, was sie wollte, an die Tür des kleinen Hauses und ignorierte die Überraschung des jungen Mannes, auf den sie schon lange ein Auge geworfen hatte.

»Willst du mir nicht einen Platz anbieten?«, fragte sie mit einem Lächeln, das Franz in eine andere Dimension des Daseins zu führen schien.

Er rückte ihr mit unsicherem Lächeln einen Stuhl zurecht, stellte zwei Gläser auf den Tisch und schenkte aus der bauchigen Korbflasche frischen Apfelmost ein.

»Was für eine Überraschung!«, meinte er und setzte das Glas an die Lippen, ohne die junge Frau mit den strahlenden blauen Augen, den feinen Gesichtszügen und den zu einem dicken Zopf geflochtenen dunkelbraunen Haaren aus den Augen zu verlieren.

Eine Weile saßen sie einander gegenüber und sprachen nicht. Das Schweigen, das zwischen ihnen lag, war weder bedrückend noch befremdend. Viel eher lag darin eine Übereinstimmung der beiden Menschen, die einander so fremd und doch so nahe waren.

»Vor zwei Jahren, als ich hierher nach Sladki Vrh gekommen bin, dachte ich, hier werde ich nicht lange bleiben. Nun sind doch zwei Jahre daraus geworden«, meinte sie lächelnd und hielt ihm ihr Glas hin, damit er erneut süßen Apfelmost eingießen konnte.

»Und jetzt?«, fragte Franz unsicher.

»Jetzt ist es an der Zeit zu gehen! Hier gibt es nichts, was ich noch tun könnte. Die Sprachkurse sind abgeschlossen. Es kommt keiner mehr zu mir in die Schulstube. Meine Zeit hier ist abgelaufen.«

»Ja!«, sagte Franz und griff nach der Hand der schönen Marika. »Das bedeutet, dass du von hier weggehen wirst?« Es war eher eine Frage denn eine Feststellung. »Und wohin?«

»Ich weiß es noch nicht genau, aber wahrscheinlich nach Zagreb!«

»Zagreb!«, wiederholte Franz und seine Worte hinterließen in dem kleinen Raum, in dem die Dämmerung Platz genommen hatte, einen schmerzhaften Klang.

»Ich bin gekommen, um dir auf Wiedersehen zu sagen. Du bedeutest mir viel, mehr vielleicht, als du ahnst, und deshalb wollte ich nicht grußlos gehen.«

»Ich bedeute dir viel, sagst du, aber dennoch scheint es nicht genug zu sein, dass du hier bleiben möchtest.«

Es hatte viel an Mut bedurft, ihr dies zu sagen, aber Franz war erleichtert, endlich einmal auszusprechen, was er dachte und fühlte.

»Es ist keine Sache der Bedeutung und Zustimmung«, wandte sie ein. »Hier habe ich keine Zukunft! In Zagreb kann ich als Übersetzerin bei einer Zeitung oder in einem Verlag – das ist ja mein eigentlicher Beruf – arbeiten. Vielleicht bleibe ich auch dort nicht lange und gehe irgendwohin ins Ausland. Ich weiß es noch nicht, aber eines weiß ich, die Welt ist in Bewegung und ich mit ihr.«

Franz betrachtete sie. Sie war so jung, so klug und schön, das blühende Leben selbst und er schob den Gedanken beiseite, dieser jungen Frau nicht mehr begegnen zu können.

»Und wenn ich mit dir käme?«

Nun waren die Worte gesagt, unwiederbringlich ausgesprochen, konnten nicht wieder rückgängig gemacht werden und er brauchte weder sich noch seine Gefühle zu verstecken.

Sie blickte überrascht auf.

»Franz! Franzischek! Wirklich? Das würdest du tun? Und die alte Frau – deine Großmutter?«

»Sie ist das Einzige, was mich hier noch hält, aber …« Er verstummte plötzlich.

Er spürte auf einmal Unsicherheit und Angst vor dem, was er dachte und vor dem, was unausgesprochen blieb.

Marikas Blick ruhte auf ihm und schien ihn noch mehr zu lähmen, über das zu sprechen, was ihn so sehr bewegte. Lange saßen sie einander schweigend gegenüber, dann rückte sie zu ihm auf die hölzerne Bank und fasste nach seiner Hand. Er erwiderte den Händedruck, spürte die kühle weiche Haut ihrer Handflächen und ließ sich von seinen Gefühlen leiten. Er umfasste ihre zierliche Gestalt, fühlte den Duft ihres Haares, strich mit seinen Fingern in unbeholfener Zärtlichkeit über ihre dunklen dichten Augenbrauen, abwärts an die Lippen und ihren Hals. Sie ließ die unerwarteten Zärtlichkeiten mit vorsichtiger Zurückhaltung über sich ergehen, fasste aber dann plötzlich seine Hand und führte sie an ihre Brust, die sich in erregtem Atmen hob und senkte.

Ihre geöffneten Lippen näherten sich seinem Gesicht und Franz, der sich gegen seine innere Lawine des Verlangens nicht länger stemmen konnte, öffnete ihre Bluse und vergrub seine Lippen in den weichen Hügeln ihrer Brüste.

Wie benommen hielten sie einander fest und Franz führte sie in seine Schlafkammer.

Die Großmutter, die längst im Bett gelegen war und noch nicht einschlafen konnte, hatte den überraschenden Besuch zwar wahrgenommen, wusste aber nicht, wer gekommen war, deshalb schlurfte sie zur Zimmertür, öffnete diese einen Spaltbreit und warf einen kleinen Blick in die schwach beleuchtete Wohnstube, um die Tür danach ganz schnell wieder zu schließen.

Sie hatte die junge Frau neben Franz gesehen und ihre alten Augen hatten auch wahrgenommen, was eigentlich nur das Herz sehen konnte.

Sie wusste, dass sie bald wieder allein sein würde in dem kleinen Haus auf dem Hügel.

Nach dieser Nacht packte Franz seine Sachen und verließ das Haus der Großmutter.

Für ihn brach ein neuer Lebensabschnitt an und der alten Frau brach er das Herz.

***

Zum ersten Mal in seinem Leben machte Franz die Erfahrung mit der pulsierenden Hektik einer großen Stadt, der Unbarmherzigkeit, der Arbeitssuchende ausgeliefert waren, und der Beengtheit des Wohnens.

Bei einem Cousin von Marika hatten sie in der ersten Zeit Unterschlupf gefunden.

Sie teilten sich ein Bett, das hinter einem Vorhang vom übrigen Teil der Einzimmerwohnung der Familie abgetrennt war und das ihnen außerhalb der Nachtstunden keinen Raum der Intimität oder der persönlichen Abgrenzung erlaubte. Franz, der bisher auf dem Land gelebt, die Weite der Landschaft und die Nähe zur Natur als selbstverständlichen Bestandteil seines Daseins erlebt hatte, fand die Beengtheit des Wohnens, den Lärm und das Tempo der Stadt einerseits verwirrend, andererseits einschränkend und gleichzeitig in besonderer Art und Weise auch faszinierend.

Nachdem er bei einem Kohlenhändler Arbeit gefunden und nach einigen Wochen den ersten Monatslohn auf den Tisch legen konnte, suchten er und Marika sich eine neue Bleibe. In einer kleinen Nebenstraße nahe dem Stadtzentrum hatten sie Zimmer, Kabinett und Küche in einer Erdgeschosswohnung zur Miete gefunden. Franz musste die Hausbesorgertätigkeiten übernehmen, die Straße vor dem dreistöckigen Wohnhaus fegen, das Stiegenhaus reinigen und die anfallenden Reparaturarbeiten erledigen. Nebenbei arbeitete er weiterhin bei dem Kohlenhändler, führte mit einem Handkarren Kohlen und Briketts aus, schaufelte diese in die Kellerabteile der jeweiligen Wohnungen und kehrte abends vom Kohlenstaub verschmutzt und müde nach Hause.

Doch er haderte nicht mit seinem Schicksal, denn er bekam in den Zeiten der wirtschaftlichen Unbeständigkeit seinen geregelten Lohn, mit dem er zwar keine großen Anschaffungen tätigen konnte, der aber gemeinsam mit dem, was Marika durch ihr Arbeit bei der Zeitung und den Übersetzungen verdiente, zu einem Leben ohne nennenswerte Einschränkungen reichte.

Und Marika war eine liebvolle und treue Gefährtin, die es verstand, die anfängliche Unbeholfenheit des jungen Mannes, die das neue Leben in ihm ausgelöst hatte, mit Zärtlichkeit und weiblicher Intuition zum Erlöschen zu bringen.

Franz hatte keinen Beruf erlernt, aber es zeigte sich recht bald, dass er ein sehr geschickter Handwerker war, denn wo immer etwas in dem Mietshaus, das er als Hausbesorger zu betreuen hatte, zu reparieren war, rief man nach Franzischek, der alles wieder in Gang bringen konnte. Dies brachte ihm im Laufe der Zeit einen bescheidenen Ruhm ein und immer öfter wurde er in einzelne Wohnungen gerufen, um dort einen tropfenden Wasserhahn und da ein verstopftes Abflussrohr zu reparieren.

Franzischek war stets zur Stelle, erledigte alle Arbeiten gewissenhaft und gewann durch seine stille, höfliche Art bald Zuneigung und Respekt der Hausbewohner, die ihn wiederum an ihre Bekannten und Freude weitervermittelten.

Franz war zurückhaltend in der Annäherung an Menschen seiner Umgebung und verbrachte die karge Freizeit am liebsten mit Marika. Dies mag wahrscheinlich auch der

Grund gewesen sein, dass sie trotz ihrer Jugend in all den Jahren, in denen sie in Zagreb ein recht gutes Leben führten, keinen Freundeskreis um sich aufgebaut hatten.

Marika hatte die wenigen Mitarbeiter der Redaktion ihrer Zeitung, mit denen sie hin und wieder nach erfolgreicher Tätigkeit einmal ausging und tiefsinnige Gespräche über das politische Tagesgeschehen und die Ereignisse in der Welt diskutierte, ansonsten vollzog sich ihr Leben im kleinen Kreis der Zweisamkeit, deren etwaige laute Vergnügungen einer zielstrebigen Sparsamkeit unterworfen waren.

Im höchsten Fach ihrer Küchenkredenz stand eine Kaffeedose aus rotem Blech, deren Deckel sich zwar schwer öffnen und schließen ließ, ihnen jedoch als Sparbüchse diente. Monat um Monat wurde sie von beiden mit ersparten Münzen und Banknoten gefüllt. Franz hatte kein Vertrauen mehr zu Banken und Wertpapieren. Wenn in der Dose genügend Ersparnisse wären, wollten sie heiraten, doch so weit sollte es nicht kommen.

Wäre nicht der trügerische Schatten einer unstillbaren Sehnsucht nach Bewegung und Veränderung auf ihn gefallen, hätte er mit Marika wahrscheinlich ein beschauliches Leben führen können. Franz war zwar nach außen hin Franzischek geworden, jedoch in seinem innersten Wesen war er der Franz geblieben, der nach mehr als nur bescheidener Zufriedenheit im Dasein der Hausbesorgerwohnung in einer der Seitenstraßen Zagrebs, die ihm tagtäglich die Beengtheit seines Daseins vor Augen führte, strebte.

Vielleicht hatte dieses Streben auch seine Ursache in der Tätigkeit von Marika, die stets nach Redaktionsschluss Franz mit den neuesten Nachrichten überschüttete, während sie mit geschickten, flinken Händen an dem kleinen Herd hantierte und bald ein köstliches Abendessen auf den

Tisch stellte. Franz liebte diese gemeinsamen Abende, saugte beinahe gierig jedes Wort und jeden Satz auf, den Marika über die Ereignisse der großen Welt zu berichten wusste.

Doch allmählich wurden diese Abende immer seltener und wenn Franz so manchen Abend allein in der Küche am Tisch vor dem kalten Herd saß, stellte er sich manchmal die Frage, wer er eigentlich war und wohin er wollte.

Er hatte erlebt, jemand zu sein, der bedeutsam gewesen war, jemand, der Aktien besessen und geglaubt hatte, auf eine glanzvolle Zukunft blicken zu können. In der bescheidenen Wohnung begann seine Zeit eine eigene zu werden, die er sehr oft alleine verbrachte, da Marika manchmal bis spätabends in der Redaktion ihrer Zeitung zu tun hatte.

Wenn sie dann nach Hause kam, schenkte sie ihm ein müdes Lächeln, berührte mit der ihr eigenen Sanftheit seine Wangen, schenkte ihm einen innigen Kuss und legte sich schlafen. Schmiegte sich Franz wenig später an ihre Seite und legte den Arm um ihre weichen Hüften, hauchte einen Kuss in ihren Nacken, wartete er vergeblich auf eine Reaktion.

Es blieben ihnen die Sonntage, die sie mit ausgedehnten Spaziergängen oder Wanderungen in der Umgebung der Stadt verbrachten, doch auch diese waren spärlich, da Franz immer öfter für Reparaturarbeiten zu verschiedenen Familien gebeten wurde, die er wegen seiner Tätigkeit beim Kohlenhändler nur am Wochenende durchführen konnte.

Und schließlich blieben ihm nur noch die Träume.

Marika hatte einmal ein Bild vom Hafen von Rijeka mitgebracht. Viele große Dampfschiffe waren zwischen weißen Segelbooten darauf zu sehen gewesen und dahinter lag das tiefblaue Meer.

»Wenn wir genug gespart haben, dann fahren wir ans Meer!«, hatte Franz eines Abends gemeint.

»Mit meinen Großeltern war ich einmal dort!«, antwortete Marika. »Es ist wunderschön! Du kannst das Meer riechen, wenn die feine Brise weht und den Geruch von Salz und Fischen ans Ufer bringt«, schwärmte sie weiter.

»Ich würde gerne mit dir ans Meer fahren«, sagte Franz und befestigte die Postkarte mit einem Reißnagel an der Tür der Küchenkredenz.

»Hier können wir das Meer immer sehen!«, lachte er und umarmte Marika.

»Mein kleiner Schwärmer!«, erwiderte sie und schmiegte sich an ihn.

Doch die Tage und Wochen und Monate gingen und verloren sich im Alltag.

Die bunte Karte begann zu verblassen und sie sprachen nicht mehr über die Reise ans Meer.

Allmählich, ohne dass sie sich dessen bewusst waren, entfernten sie sich voneinander und erkannten nicht, welche Grausamkeit aus ihrer Gedankenlosigkeit hervorging und wie sie durch das Ignorieren der Tatsache des einander Fremdwerdens einander Schmerz zufügten, ohne es zu wollen. Und als ihm Marika eines Tages eröffnete, ihre Zeitung habe ihr die Berichterstattung über die wirtschaftliche Krisensituation und die Auswirkungen auf das Leben in der Hauptstadt Belgrad angeboten, ließ Franzischek sie ohne Wenn und Aber ziehen und schenkte ihr zum Abschied ein Lächeln.

Es war das Jahr 1936 und Europa begann sich langsam von dem wirtschaftlichen Zusammenbruch zu erholen.

Wieder hatte Franzischek etwas verloren und wieder wünschte er die Zeit herbei, als er einfach nur der Franz gewesen war, dem man gesagt hatte, was zu tun und lassen war.

Als Marika gegangen war, schlenderte er ziellos durch die Straßen, setzte sich dann an das Ufer des Flusses und starrte auf das träge dahinfließende Wasser, als hoffte er, die gleitenden Wassermassen würden ihm einen Weg zeigen.

Als es dunkel geworden war, saß er noch immer dort und die Zeit, die er da mit sich allein und isoliert von den Geräuschen und Bewegungen seiner Umgebung verbracht hatte, hatte ihm vor Augen geführt, dass er eigentlich noch immer dort war, an jenem Ort hinter der Grenze in Österreich, dass er von dort gar nie wirklich weggegangen war, sondern immer noch von der Vergangenheit beeinflusst wurde. Die vielen Veränderungen, die sich durch die Gemeinsamkeiten mit Marika und das Leben in Zagreb ergeben hatten, schienen ihm plötzlich unwirklich wie ein Traum.

Als er sich mit steifen Gliedern und schweren Schultern von der Uferböschung des Flusses erhob und den Heimweg antrat, ließ er sich Zeit. Er machte einen Spaziergang durch sein Stadtviertel, durch die Gassen und an den Häusern vorbei, die ihm vertraut waren und nahm Abschied.

In den nachfolgenden Tagen packte er seine persönlichen Sachen in zwei Kartonkoffer, nahm das ersparte Geld aus der Kaffeedose, versperrte die Wohnung und ging zum Bahnhof. Dort löste er sich eine Fahrkarte und bestieg den Nachtzug in Richtung Rijeka.

JOHANNA

»Das sind die Aufzeichnungen meines Großvaters!«, sagte die Frau des Doktors und überreichte Johanna ein dickes Heft, das in grauen Karton gebunden war.

»Er hat alles aufgeschrieben, was mit dem Weinbau zu tun hat und welche Arbeiten er selbst und zu jeder Jahreszeit im Weingarten verrichtet hat. Vielleicht helfen dir diese Aufzeichnungen und du kannst etwas daraus lernen. Großvater hatte eine sehr schöne Handschrift, das wirst du spätestens beim Lesen dieser Unterlagen feststellen können. Und wenn damals nicht die Reblaus die gesamten Kulturen zerstört hätte, dann wäre er vielleicht Winzer geblieben. Vielleicht! Man weiß eben nie, was das Schicksal mit einem vorhat!«, seufzte die Frau.

»Oh! Danke, Frau Doktor! Ich bedanke mich vielmals!«, sagte Johanna und knickste unbeholfen.

»Ist schon gut, Mädchen!«, meinte die Frau, der so viel unterwürfiger Dank unangenehm war.

»Ich helfe gerne jungen Menschen, die fleißig sind und an ihren Vorhaben auch festhalten. Ich lasse dich ungern ziehen, aber nun habe ich gehört, dass du dort, wo Großvaters Weingarten gewesen ist, einen neuen Weinberg angelegt hast.«

»Es wäre eine große Ehre für mich, wenn Frau Doktor einmal zu uns nach Graßnitzberg hinaufkäme und sich selbst ein Bild machen könnte!«, antwortete Johanna scheu und senkte den Blick.

»Das wird sich bestimmt einmal einrichten lassen!«, meinte die Frau des Doktors und erhob sich schwerfällig aus ihrem Lehnstuhl, der mit grünem Plüsch bezogen und goldenen Quasten verziert war.

»Sie ist alt geworden, wie meine Mutter«, dachte Johanna und verabschiedete sich.

Das Winzerhaus auf dem Hügel leuchtete ihr mit der neu gestrichenen weißen Fassade strahlend entgegen, als sie um die letzte Wegbiegung schritt. Ihre Eltern und sie hatten in den vergangenen Monaten das kleine Haus hergerichtet, aber nicht nur die Außenfassade neu gestrichen, sondern auch im Inneren des Häuschens Veränderungen vorgenommen. Die beiden Zimmer waren zwar klein, aber Nepomuk hatte die Räume bis zur halben Zimmerhöhe mit Holz verkleidet und den Fußboden neu gestrichen. Unter dem Dach hatte er für Marianna und Johanna eine Kammer hergerichtet und diese dick mit Stroh und Holz verkleidet, damit die beiden Mädchen auch in den Winternächten nicht frieren mussten.

Der kleine Benedikt, der seinen zweiten Geburtstag gefeiert hatte und zu einem quirligen Kerlchen herangewachsen war, der von seinen beiden Schwester gehätschelt und verwöhnt wurde, schlief noch in der Kammer bei seinen Eltern.

Marianna hatte rund ums Haus Blumen gepflanzt, die während des Sommers in allen Farben im Sonnenschein leuchteten und ihren Duft verschwendeten. Es herrschte in dem kleinen Winzerhaus trotz der Einfachheit, die ihren Ursprung in der Armut der Familie Jordan hatte, ein beschauliches, harmonisches Miteinander.

Der einzige Schatten, der über dem Familienleben lag, war der Gesundheitszustand von Maria. Sie hatte sich nach Benedikts Geburt nicht mehr richtig erholt, war blass und ermüdete sehr rasch. Sie saß manchmal in Gedanken versunken auf der Hausbank in der Sonne und schaute hinüber zu den Hügeln von Slowenien, ihrer verlorenen Heimat.

»Mutter, woran denkst du denn?«, fragte Johanna eines Tages, als sie Maria in stiller Teilnahmslosigkeit in der Sonne sitzen sah, die abgearbeiteten Hände im Schoß gefaltet und den Blick in unsichtbare Ferne gerichtet.

Maria hob den Kopf und ihre Augen kehrten zurück und Johanna wusste, dass ihre Gedanken bei Franz gewesen waren. Seit seinem Weggang hatten sie nichts von ihm gehört und auch Johanna hätte gerne gewusst, wo ihr Bruder jetzt war und wie es ihm erging. Doch niemals wagte sie irgendeine Frage zu stellen, denn sein Name lag wie eine dunkle Wolke über der Familie.

Einzig die Käferbohnen schienen Marias Interesse am Leben wach zu halten. In dichten Reihen standen sie hinter dem Haus und brachten jeden Herbst eine reiche Ernte. In der Sonne auf Strohmatten trocknete Maria die dunkelvioletten Bohnen, ehe sie von Johanna und Marianna zum Landesproduktenhändler nach Spielfeld an die Grenze gebracht wurden.

Maria war der Weg zu beschwerlich geworden und für die beiden Mädchen bedeutete der Bohnenhandel eine willkommene Abwechslung im arbeitsreichen Alltagsleben.

Und eines Tages, als sie wieder mit dem kleinen hölzernen Leiterwagen unterwegs waren, ereignete sich etwas Besonderes. Als sie den Höhenrücken von Graßnitzberg hinter sich gelassen hatten und auf dem ausgetretenen Wiesenpfad talwärts wanderten, sahen sie in geringer Entfernung einen jungen Mann unter einem der Nussbäume stehen. Er schien geradewegs zu ihnen heraufzuschauen und als Marianna und Johanna nahe genug waren, erkannten sie ihn. Es war Engelbert, der junge Bauernsohn vom Adamhof.

Er hatte einen Korb neben sich stehen, der gefüllt war mit Rosenstöcken, deren Blüten in dunklem Rot zwischen dem Weidengeflecht hervorleuchteten.

Johanna und Marianna waren stehen geblieben. Johanna spürte, wie ihr die Röte übers Gesicht lief, als sie dem jungen Mann gegenüberstand.

»Gerade wollte ich zu dir!«, begrüßte sie Engelbert und streckte ihr die Hand entgegen.

Marianna spürte die Besonderheit dieses Augenblicks und war hinter ihrer Schwester in kurzem Abstand stehen geblieben.

»Zu mir?«, wiederholte Johanna, da ihr im Augenblick keine andere Begrüßung in den Sinn kam.

»Ich habe gehört, dass du Winzerin geworden bist und da dachte ich …«

Doch weiter kam er nicht, da ihn Johanna unterbrach: »Ich bin noch keine Winzerin. Wir – meine Familie und ich – haben Weinstöcke gepflanzt, aber natürlich tragen die Rebstöcke noch keine Trauben. Noch nicht! Der Händler meinte, wir müssen Geduld haben, denn erst nach dem zweiten Jahr werden wir die erste Ernte haben. Und dann sind es erst nur die Trauben und noch kein Wein. Es wäre vermessen von mir, mich als Winzerin zu bezeichnen, aber ich möchte schon gerne eine solche werden.«

Johanna war über ihre Mitteilsamkeit selbst überrascht.

»Der Weg zur Winzerin ist ein beschwerlicher, aber wenn du willst, würde ich dir dabei gerne helfen.«

Engelbert bückte sich und stellte den Korb vor sie auf die Erde.

Überrascht starrte Johanna auf die Rosenstöcke, die dunkelroten Blüten, die müde die duftenden Blätter bereits hängen ließen.

»Rosen!«, rief sie überrascht.

»Ja, Rosen! Du sollst sie jeweils am Anfang der Reihen deiner Weinstöcke setzen. Rosen sind zart im Wuchs und anfällig für Krankheiten. An ihnen kannst du früh erkennen, ob sie von Mehltau oder Ungeziefer befallen sind. Sind die Rosen krank, dann werden es auch die Weinreben bald sein, doch bevor es so weit wäre, könntest du bereits Vorsorge treffen. Die Rosen sind so etwas wie eine Kontrolle für die Gesundheit der Weinstöcke.«

»Was du alles weißt!«, wunderte sich Johanna.

Nun war auch Marianna näher getreten.

»Die Rosen sind schön!«, sagte sie und strich mit ihren schmalen, kleinen Händen über die dunklen Blütenköpfe, »aber sie brauchen Wasser.«

Nun standen die drei unschlüssig herum und wussten nicht, was sie weiter machen sollten, denn einerseits mussten sich Johanna und Marianna beeilen, um zum Händler nach Spielfeld zu kommen, andererseits brauchten die Rosenstöcke bald Erde und Wasser, sollten sie nicht gänzlich verderben.

Nun beugte sich Marianna über den Korb und hob ihn hoch.

Er sei nicht schwer, meinte sie und erklärte, sie wolle nach Hause zurückgehen, die Rosenstöcke, wie es Engelbert gemeint hatte, würde sie am Beginn der Weinstockreihen setzen und Johanna sollte alleine zur Grenze gehen, um die Käferbohnen gegen neue Rebstöcke einzutauschen.

»Dein kleiner Wagen ist schwer. Ich werde dich begleiten!«, bot Engelbert an und wiederum schoss Johanna die Röte ins Gesicht. Marianna, der dies nicht entgangen war, kicherte verhalten, hob sich den Korb an die Hüften und marschierte los.

Anfangs gingen Johanna und Engelbert schweigend nebeneinander her. Gemeinsam zogen sie den kleinen hölzernen Wagen und als sie am Ende des Hügels, der ihren Blick frei hinunter zur Grenze werden ließ, angekommen waren, blieb Engelbert stehen, blickte Johanna geradewegs ins Gesicht, nahm ihre Hand und zog sie an sich heran. Wenngleich sich Johanna anfangs noch gegen die Nähe des jungen Mannes zu wehren versuchte, so gab sie seinem Drängen nach, schmiegte sich an ihn und ließ es geschehen, als sich seine Lippen ihrem Mund näherten. Sie erwiderte den ersten Kuss ihres Lebens nicht, weil ihre Lippen noch unerfahren waren. Sie ließ es einfach geschehen und so ungewöhnlich diese Berührung für sie auch war, so schön erlebte sie diese Zärtlichkeit.

Als sie sich voneinander gelöst hatten, schaute Engelbert sie mit verliebtem Blick an und auf Johannas Wangen erblühten Rosen.

»Seit ich dich beim Doktor gesehen habe, gehst du mir nicht mehr aus dem Sinn. Du gefällst mir und ich könnte mir vorstellen, dass du und ich …«

Doch Johanna unterbrach ihn: »Wir müssen schauen, dass wir zum Händler nach Spielfeld kommen. Der Rückweg ist weit und seit Mutter nicht mehr so recht mitarbeiten kann, muss ich mich auch um den Haushalt kümmern. Und außerdem …«

Jetzt unterbrach Engelbert ihren Redefluss: »Und außerdem habe ich dich gern und möchte, dass du meine Frau wirst!«

Johanna sah ihm geradewegs ins Gesicht: »War das nun ein Heiratsantrag?«

Engelbert lachte und nickte. »Sie hat es verstanden!«, jubelte er, packte sie um die Hüften und wirbelte sie mehrmals im Kreis herum.

»Lass los!«, rief Johanna und ein befreiendes Lachen begleitete ihre Worte.

»Lass los? Bedeutet das nun ja oder nein?«

»Dein Antrag kam so überraschend! Gib mir Zeit! Ich mag dich auch, das weißt du jetzt, aber es gibt einiges, das zwischen uns steht. Ich bin keine reiche Bauerntochter. Meine Familie ist arm. Ich besitze zwar einen kleinen Weingarten und habe den Weinberg hinter unserem Haus von der Frau Doktor in Pacht genommen, aber das alles reicht gerade für uns – meine Familie und mich – zum Leben. Zu einem bescheidenen Leben. Ich mache mir da nichts vor. Du bist der Sohn des Adamhofbauern. Dein Vater wird eine wie mich nie als Schwiegertochter akzeptieren und für eine Liebschaft bin ich nicht zu haben.«

Johanna holte tief Luft und schwieg. Sie schaute zu Boden, hob dann den Blick und begegnete seinen Augen.

Engelbert lächelte und seine Selbstsicherheit irritierte sie. Hatte er sie nicht verstanden?

»So nun bin ich an der Reihe! Von einer Liebschaft war nie die Rede. Ich will dich zu meiner Frau machen und das mit dem Vater, das lass meine Sorge sein. Also, abgemacht? Überlege dir alles in Ruhe und ich werde mit dem Vater reden!«

Johanna blickte ihn mit strahlendem, jedoch ein wenig unsicherem Lächeln an und nickte. Dann gingen sie den Hügel hinunter zum Landesproduktenhändler an der Grenze.

***

Schon wenige Wochen später fuhr an einem spätsommerlichen Sonntagnachmittag ein Pferdegespann den Hügel von Graßnitzberg herauf und hielt vor dem kleinen Winzerhaus an.

Maria, die müde in der Sonne vor dem Haus gesessen war, hielt ihre Hand wie ein Schild vor die Augen, schaute den Ankommenden, die ihr fremd waren, entgegen und erhob sich schwerfällig und mit gebeugtem Rücken von der Hausbank.

Zwei Männer, der ältere in behäbiger Leibesfülle im stattlichen grauen Rock mit grünen Aufschlägen und einer silbernen Uhrkette am grünen Wams und glänzend schwarzen Stiefeln, stieg etwas umständlich vom Wagen. Er befestigte die Zügel am Zaunpfosten und näherte sich Maria mit gemächlichen Schritten. Während er auf sie zuging, fixierte er sie mit hinter den rötlichen Speckfalten seiner Wangen sitzenden Augen und verzog dabei keine Miene.

Der jüngere, auch er war Maria fremd, sprang locker vom Kutschbock, strich sich das dichte blonde Haar aus der Stirn und kam mit einem fröhlichen Lächeln auf den Lippen Maria entgegen.

»Wir kommen vom Adamhof aus Weinburg!«, begann der Jüngere und stellte sich und seinen Vater vor.

»Und was verschafft mir die Ehre?«, fragte Maria, die nach anfänglichem Erstaunen ihre Sprache wieder gefunden hatte.

»Wir möchten mit Euch und dem Hausherrn sprechen!«, begann nun der Adamhofbauer.

Maria bat sie in die Stube und die beiden Männer nahmen Platz.

In der Stubenecke in einem großen Weidenkorb schlief auf einem rot-weiß-karierten dicken Kissen der kleine Benedikt. Er hatte seinen Daumen tief in den Mund geschoben und atmete gleichmäßig. Ab und zu tönte ein Glucksen aus tiefster Kehle des Kleinen und im Schlaf erhellte ein Lächeln das rotbackige Kindergesicht.

Als Maria die Blicke des jüngeren Mannes, der das schlafende Kind betrachtete, bemerkte, meinte sie: »Unser Jüngster! Gerade einmal zwei Jahre alt. Er ist unser Sonnenschein!«

»Ist es Eures?«, fragte nun der Adamhofbauer und Maria nickte errötend und strich dem Kleinkind übers Köpfchen.

»Mein Mann, der Nepomuk, ist mit den Mädchen in den Weingarten runtergegangen, aber sie werden bald da sein«, sagte sie und stellte zwei Gläschen und eine bauchige Flasche aus grün gebranntem Ton vor sie hin.

»Vielleicht mögt Ihr einen Schnaps?«, fragte Maria und schaute die beiden etwas unsicher an, da sie die Bedeutung des Besuches von Vater und Sohn weder erahnte noch verstehen konnte.

Sie schenkte die beiden Gläschen bis an den Rand voll, setzte sich den beiden Männern gegenüber und harrte in Erwartung der Dinge, die nun folgen sollten. Vater und Sohn leerten die Gläser in einem Zug und lehnten sich an die Holzbank. Danach sprachen sie über das Wetter, die bevorstehende Ernte und ganz nebenbei erwähnte der Bauer, dass Engelbert der jüngste seiner drei Söhne sei und der Ältere bereits verheiratet und er sein erstes Enkelkind im Frühling erwarten würde.

Maria nickte zu all dem und schaute einmal zum Vater und einmal zum Sohn, der sich eher schweigsam im Hintergrund hielt. Sie stellte keine Fragen und wirkte fast ein wenig teilnahmslos. Das Greinen des kleinen Benedikt, der erwacht war und dem die beiden Männer Angst einzujagen schienen, ließ sie aufschrecken. Maria eilte an den Weidenkorb, hob ihren Jüngsten heraus und setzte ihn auf ihren Schoß. Der Kleine schmiegte sich ganz eng an sie, krallte seine dicken Fingerchen an ihrem Schürzenband fest und vergrub sein feuchtes Näschen in Marias Halsmulde.

»Er ist ein wenig scheu. Zu uns herauf kommt selten jemand«, erklärte Maria und füllte die Schnapsgläschen erneut.

Die Sonne ließ ihre Strahlen schräg in die Stube fallen, als endlich Nepomuk mit Marianna und Johanna an der Haustüre zu hören waren. Maria setzte den kleinen Benedikt ins Körbchen und ging aus der Stube.

»Ihr wart aber lange aus. Wir haben Besuch bekommen. Es sind zwei fremde Männer von drunten, von der Ebene«, wurden sie von Maria begrüßt.

Johanna und Marianna blickten einander vielsagend an und verschwanden in ihrer Schlafkammer.

Nepomuk trat in die Stube.

Der Adamhofbauer, dessen Gesicht nach dem vierten Gläschen Schnaps bereits rot leuchtete, und Engelbert waren aufgestanden und nach der allgemeinen Begrüßung verloren sie nicht viele Worte, sondern brachten gleich ihr Anliegen vor.

Der junge Adamhofsohn war mit seinem Vater gekommen, um um Johannas Hand anzuhalten und mit dem Vater den Ehevertrag auszuhandeln.

»Unsere Kinder sind sich schon einig geworden«, meinte der Bauer, »da wird es ja zwischen uns auch kein großes Hindernis geben.«

Für Engelbert, als den jüngsten der drei Söhne des Adamhofbauern, war auf dem Hof in Weinburg kein Platz. Der Tradition entsprechend wurde der Hof an den ältesten

Sohn übergeben, der für das Ausgedinge der Eltern Sorge zu tragen hatte und seinen beiden Brüdern die wirtschaftliche Möglichkeit bieten musste, sich anderswo niederzulassen. Der Hof wurde zwar gut bewirtschaftet, aber der Ertrag reichte nicht für drei Familien, daher war dem Vater die Wahl seines Sohnes, was die zukünftige Frau betraf, sehr recht gewesen.

Johanna hatte den Ruf, fleißig und zielstrebig zu sein, wenngleich sie auch keine Bauerntochter war, so besaß sie doch Grund und Boden und mit dem, was der junge Engelbert mit in die eheliche Verbindung bringen würde, ließ sich die Zukunft der beiden recht gut anraten.

Während die beiden Väter den Ehevertrag aushandelten, machte sich Engelbert auf die Suche nach Johanna. Marianna war inzwischen in die Stube gekommen, hatte den kleinen Bruder auf den Arm genommen und sich mit ihm auf die Hausbank gesetzt.

Als sich Engelbert zu ihr gesellte, meinte sie: »Hannerl kommt gleich! Sie macht sich wahrscheinlich schön für dich!«

Sie kicherte und guckte den jungen Mann keck an. Engelbert wollte etwas erwidern, doch da stand schon Johanna vor ihnen. Engelbert nahm sie an der Hand und mit einem leichten Nicken des Kopfes führte er seine Braut in Richtung des Weingartens. Marianna erhob sich seufzend.

Maria, der das Glück ihrer ältesten Tochter sehr am Herzen lag, eilte geschäftig in die Speisekammer, holte Schinken und Brot und rief nach Marianna, die im Keller frischen Most holen sollte und war gleichermaßen aufgeregt und glücklich.

Währenddessen spazierten Engelbert und Johanna Hand in Hand durch die Reihen des Weingartens und wie für jedes verliebte Paar zu allen Zeiten, schien für sie beide die Zeit stillzustehen.

Die Rosen am Beginn der Rebstockreihen leuchteten glutrot in der Spätsommersonne und die Trauben hingen schwer und goldgelb am Holz.

»In einigen Wochen werden wir zum ersten Mal lesen!«, sagte Johanna, brach eine goldgelbe Traube vom Stock und hielt sie Engelbert hin. Gemeinsam brachen sie die saftigen Beeren ab, probierten sie und der süße Saft blieb an ihren Fingern hängen.

»Das sind Muskattrauben!«, sagte nun Engelbert und kostete erneut.

»Hast du genügend Leute für die Weinlese?«

»Meine Familie! Das muss genügen! Vater wird als Buttenträger gehen!«

»Wenn du willst, übernehme ich die Aufgabe des Buttenträgers. Das ist bei diesem steilen Gelände eine harte Arbeit und dein Vater ist in die Jahre gekommen.«

Johanna lächelte und stimmte mit Freuden zu.

»Du wirst deinen ersten Wein herstellen und wahrscheinlich weißt du auch, wie man das macht!«, meinte nun Engelbert mit fragendem Unterton in der Stimme.

Johanna erzählte ihm nun von den Schriftstücken, die sie von der Frau des Arztes bekommen hatte und die sie genauestens gelesen und wie sie die schriftlichen Anweisungen befolgt hatte.

Schon im Jahr zuvor hatte sie das Presshaus hergerichtet, eine neue Spindel eingebaut und zwei neue Fässer gekauft.

»Was ich nicht aus dem Büchlein des alten Winzers lernen kann, werde ich mir wohl durch Erfahrung aneignen müssen«, meinte Johanna, als sie den Weg zurück zum Haus gingen.

Die Väter waren sich inzwischen einig geworden und in der Stube herrschte eine fröhliche Stimmung.

»Bist ein fesches Dirndl!«, stellte der Adamhofbauer fest und betrachtete Johanna.

»Wirst eine schöne Braut abgeben und ich hoffe, du wirst meinen Bertl glücklich machen!«

Johanna schaute verlegen von einem zum anderen, da kam ihr Vater auf sie zu und meinte: »Hättest uns ruhig vorher etwas sagen können. Es kam alles so überraschend, aber der Adamhofbauer und ich, wir sind uns einig geworden. Im Frühling soll die Hochzeit sein.«

Johanna strahlte und umarmte ihren Vater, dann die Mutter und reichte dem Bauern die Hand.

»Ich verspreche es! Ich werde dem Bertl eine gute und treue Frau sein«, gelobte sie und wusste in diesem Augenblick nicht, über welche Berge und durch welche Täler sie während ihrer Ehe zu gehen haben würde.

Doch im Augenblick zählte nur die Seligkeit, die sie erfüllte und sie wie ein warmer, heller Strom durchflutete.

Im April 1932, gleich nach dem Osterfest würden Engelbert Adam und Johanna Jordan heiraten.

Johanna war dann neunzehn Jahre alt. Sie war eine schöne und glückliche Braut, die voll Zuversicht, Hoffnung und Liebe in ihre gemeinsame Zukunft blickte und der um vier Jahre ältere Engelbert war stolz auf seine schöne junge Verlobte, obwohl die bevorstehende Hochzeit nicht von allen Mitgliedern seiner Familie gutgeheißen wurde. Die zukünftige Schwiegermutter hielt mit ihrer abschätzigen Meinung, was Johanna betraf, nicht hinter dem Berg und meinte, dass ihr jüngster Sohn unbedingt eine Frau von »drüben« nehmen musste. Sie zweifelte sogar daran, dass die Zukünftige überhaupt deutsch sprechen konnte und bedachte nicht, dass das, was sie als Drüben bezeichnete, noch vor wenigen Jahren ein Teil ihres eigenen Landes gewesen war.

So schnell gewöhnte man sich an die Veränderungen auf der Landkarte und noch schneller manifestierte sich eine abwertende Meinung im Volk, von der eigentlich niemand genau wusste, wo ihr Ursprung lag.

Vor allem Engelberts ältester Bruder, der dem Vertrag nach nun das zustehende Erbteil in Form eines Ackers und eines beträchtlichen Waldstückes an Engelbert abzugeben hatte, da dieser den ihm zustehenden Wert in Form von Bargeld abgelehnt hatte, brachte der Schwägerin Misstrauen und Abneigung entgegen.

War sie es doch gewesen, die seinen Bruder dazu überredet hatte, Grund und Boden anstelle von Geld zu nehmen und der Vater, der an der lieblichen Johanna mit den schweren goldenen Zöpfen so sehr Gefallen gefunden hatte, stimmte dem Wunsch seines jüngsten Sohnes zu.

»Aber Grund und Boden haben in dieser Zeit doch viel mehr Wert als Münzen und Banknoten«, versuchte der Jungbauer und Hoferbe einzuwenden.

»Eben deshalb!«, meinte der Vater, der Johannas Sinn für Wirtschaftlichkeit zu schätzen wusste.

»Es bleibt noch immer genug für uns selbst! Der Adamhof ist doch einer der größten Höfe hier in der Gegend und irgendwann werden die Zeiten wieder besser werden«, meinte er in bestimmtem Ton, der jeglichen Widerspruch bereits im Ansatz erstickte.

Dem Jungbauern blieb nichts anderes übrig, als sich zu fügen und er und seine Frau vermieden es, mit der Familie Jordan mehr als den notwendigen Kontakt zu pflegen.

Während der Wintermonate hatte Johanna gemeinsam mit ihrer Mutter an ihrer Aussteuer genäht, die Bettbezüge mit ihrem Monogramm bestickt, wie es auch die Bauerntöchter der großen Höfe in der Ebene taten und Nepomuk, der trotz des beginnenden Wohlstandes seiner Familie in seinem Wesen der einfache und stille Keuschler und Lohnarbeiter geblieben war, betrachtete das Tun der Frauen mit einem Kopfschütteln.

Besonders Marianna zeigte viel Geschick beim Nähen und Sticken. Sie führte die Nadel flink und verstand sich auf sparsames Zuschneiden der Leinenballen, die sie diesmal beim Händler in Spielfeld bestellt und mit barem Geld bezahlt hatten.

Noch im Herbst hatten sie mithilfe der Adamhofbrüder, die sich den Anordnungen des Vaters nicht zu widersetzten wagten, einen stattlichen Zubau an das Winzerhaus gemacht und Johanna hatte mit der Frau des Arztes einen Vertrag abgeschlossen, der sie zur Besitzerin des kleinen Weingutes machte.

Das Recht auf Besitz wurde im Grundbuch der Bezirkshauptstadt eingetragen und somit kam Johanna nicht mit leeren Händen als zukünftige Schwiegertochter in die Familie des Adamhofbauern.

Die erste Weinlese der Familie Jordan, die im Herbst vor der geplanten Hochzeit stattfand, ging recht gut vonstatten. Nepomuk war froh, dass der zukünftige Schwiegersohn die Tätigkeit des Buttenträgers übernommen hatte, denn auf der von den Morgennebeln feuchten Erde im steilen Gelände des Weinberges war das Tragen der bis zum Rand mit Trauben gefüllten Holzbutte eine schwere Arbeit. Engelbert stützte sich beim Gehen auf einen langen Buchenstock, auf den er nach jeder gefüllten Butte, die er in den Presskorb geleert hatte, eine Kerbe einschnitzte.

»Warum tust du das?«, fragte ihn Marianna, die besonders flink mit der Weinleseschere umzugehen verstand und jedes Mal, wenn Engelbert mit seiner Butte vorbeikam, einen mit gelben Trauben gefüllten Blecheimer vorzuweisen hatte.

»Damit wir am Ende der Weinlese wissen, wie viele Trauben geerntet wurden und wie viel Liter Wein zu erwarten sind.«

»Und wie viel wird es werden? Was meinst du?«

»Schön wäre es, wenn wir die beiden Fässer, die im Keller stehen, voll bekommen könnten!«, meinte Engelbert und stapfte mit der vollen Holzbutte bergauf.

Es war ein sonniger Herbsttag gewesen, der Presskorb war bis über den Rand mit Trauben gefüllt und in einem Holzbottich daneben lag eine Traubenmenge, die einem zweiten Presskorb zu füllen vermochte. Obwohl sie müde waren, denn das Arbeiten in dem steilen Gelände erforderte Ausdauer und Geschick, entledigten sie sich ihres Schuhwerks, wuschen beim Brunnen im Hof gründlich ihre Füße und stiegen mitten hinein in die saftige duftende Traubenpracht.

Marianna und Johanna hoben ihre Kleider bis übers Knie und stapften hintereinander immer um die Pressspindel herum, zerstampften die Trauben, lachten und sangen und steckten bald auch die anderen Familienmitglieder mit ihrer Fröhlichkeit an.

»Ich will auch!«, kreischte der kleine Benedikt und wurde von Engelbert hochgehoben und zu seinen beiden Schwestern in die Traubenmatsche gestellt. Der trübe Saft der zertretenen Trauben sammelte sich in dem großen Holzbehälter, auf dem der Presskorb stand und rieselte durch eine kleine Öffnung in einen zweiten Holzbottich.

Nepomuk schaufelte immer wieder neue Trauben in den Presskorb, bis alle geernteten Früchte Platz gefunden hatten.

»Nun könnt ihr mit dem Treten aufhören!«, meinte Nepomuk und wischte sich eine graue Haarsträhne aus dem Gesicht, »das waren alle!«

Marianna hob dem Vater ihren kleinen Bruder entgegen, sprang dann von der Presse und eilte zum Brunnen, um sich den süßen Saft von Beinen und Armen zu waschen. Auch Johanna kletterte aus dem Presskorb und sprang von der Presse direkt in Engelberts Arme.

»Du bist rundherum süß!«, rief dieser und küsste ihre vom Traubensaft süßen, klebrigen Lippen.

Nun legten Nepomuk und Engelbert die dafür vorgesehenen Holzbretter auf den Presskorb, beschwerten diese noch zusätzlich mit dicken Pfosten und begannen die Spindel zu drehen.

Dick und trüb quoll der Traubensaft aus den Sparren des Presskorbes, fand seinen Weg über die hölzerne Wanne und floss durch die Öffnung in den Bottich hinein.

»Für die ersten Stunden reicht es und später in der Nacht musst du die Spindel nachziehen!«, meinte Engelbert.

»Ich danke dir, Bertl! Bist schon ein tüchtiger Kerl. Ohne dich hätten wir es heute nicht zu Ende bringen können. Du und meine Johanna, ihr werdet es bestimmt zu etwas bringen!«

Engelbert sah seinem zukünftigen Schwiegervater lachend ins Gesicht und meinte: »Ja, das hoffen wir! Aber – es braucht Zeit!«

»Es braucht Zeit«, wiederholte Nepomuk, und plötzlich tauchte in seinem Gedankenbild das Gesicht der alten Frau, drüben, hinter der Grenze auf.

»Es braucht Zeit«, das waren auch einmal ihre Worte gewesen. Wie eigenartig, dieselben Worte aus dem Mund dieses jungen Mannes zu hören!

Und die Bedeutung des Augenblicks war ihnen allen nicht bewusst.

Erst viele Jahre später, wenn er seine erlesenen Sorten Wein vom Weingut Adam-Jordan bei einer internationalen Degustation zur Bewertung bringen sollte, würde sich Engelbert an diese Worte und an seine erste Weinlese erinnern.

Doch im Augenblick machten ihn die anerkennenden Worte des in die Jahre gekommenen und sonst eher zurückhaltenden und stillen Mannes verlegen und er war froh, als Johanna im Presshaus erschien und die beiden Männer zum Abendessen ins Haus holte.

In den folgenden Tagen sprudelte es in den Fässern des Jordan-Kellers und der Duft des gärenden Traubensaftes erfüllte nicht nur den ans Haus angebauten Keller, sondern umhüllte das strahlend weiße Winzerhaus und lockte so manchen Bauern der Umgebung zum neugierigen Betrachten und Nachschau halten heran. Nach Wochen wurde aus dem trüben stürmischen Wein ein helles goldfärbiges Getränk. Johanna befolgte die Anweisungen, die sie in dem kleinen Büchlein des Großvaters der Doktorenfrau vorfand, und produzierte ihren ersten Wein.

Und als der Winter vorüber war, die letzten Schneeflecken auf den Wiesen schmolzen und die Frühlingssonne mit ihrer ganzen Kraft das Land überflutete, hielten Johanna Jordan und Engelbert Adam Hochzeit.

Es war keine große Hochzeit, denn die Zeiten waren schlecht, wenngleich die Menschen der Landbevölkerung genug Arbeit und Brot hatten, so erzielten sie durch den Verkauf ihrer Produkte kaum Gewinn. Auch der Landesproduktenhändler von Spielfeld, bei dem Johanna im Herbst wieder die Käferbohnen der Mutter verkauft hatte, war froh, dass dies wieder im Tauschhandel durchgeführt wurde. Er verfügte zwar über Bargeld, doch dieses verlor beinahe täglich an Wert.

Johanna und Engelbert wurden in der barocken Kirche von St. Veit am Vogau getraut.

Der Bräutigam kam mit einer mit weißen Papierblumen und grünem Blattwerk geschmückten Kutsche vor dem Haus der Braut in Graßnitzberg vorgefahren und überreichte der strahlenden Johanna, die im hellblauen bodenlangen Trachtenkleid und den goldblonden um den Kopf geschlungenen Zöpfen ein Bild von Schönheit darbot, den Brautstrauß, der, der Jahreszeit entsprechend, aus weißen und gelben Narzissen bestand.

Marianna, die als stolze Brautjungfer auch in der geschmückten Kutsche Platz nehmen durfte, hatte vor Aufregung hochrote Backen, hielt sich in ihrem neuen Sonntagsstaat kerzengerade und hatte den Kopf höher gereckt, als es ihre Größe erlaubte.

»Du bist nicht die Braut!«, mahnte Maria, »ein bisschen mehr Bescheidenheit!«

Die Trauungszeremonie in der festlich geschmückten Kirche entlockten Maria wie Nepomuk Tränen der Freude und des Glücks und sogar der sonst quicklebendige Benedikt verhielt sich ganz ehrfürchtig und still.

Das anschließende Hochzeitsmahl wurde auf dem Adamhof in Weinburg abgehalten und entsprechend der Größe des Hofes und der Tradition des wohlhabenden Bauernstandes wurde viel und üppig aufgetragen.

Engelbert und Johanna nahmen Glückwünsche und Geschenke entgegen und die Art, wie sie sich ihren Gästen und der Familie präsentierten, ließ ihre große innere Vertrautheit erkennen.

Wenngleich sie nach außen hin in die allgemeine Fröhlichkeit einstimmten und zu den Klängen des Harmonikaspielers tanzten, so sehnten sie jedoch jenen Augenblick herbei, der ihnen ganz allein gehören und sie in ihrer körperlichen Nähe und Verbundenheit zu Mann und Frau werden lassen sollte.

Spät in der Nacht, als das Fest sein Ende gefunden hatte, machte sich die Familie Jordan auf den Weg nach Graßnitzberg. Da Maria und Nepomuk außer dem Ochsengespann kein Fuhrwerk besaßen, lieh ihnen der Adamhofbauer zwei seiner Kutschen, die sie in den nächsten Tagen zurückbringen sollten.

Maria hatte für ihre Tochter und den Ehemann das Brautzimmer vorbereitet.

Frische weiße, dick gefüllte Kissen lagen auf dem geschnitzten Bett, neben der Waschschüssel lagen frische Tücher und der große Wasserkrug war bis zum Rand gefüllt.

Als sich die Tür hinter dem frisch vermählten Paar geschlossen hatte, standen sich Johanna und Engelbert einen Augenblick lang verlegen gegenüber.

Da trat Johanna vor den großen Spiegel und begann ihren Brautkranz aus dem Haar zu lösen. Nach und nach streifte sie ein Kleidungsstück nach dem anderen ab, während Engelbert auf der Kante des Bettes saß und sie in stiller Bewunderung betrachtete.

Johanna, bekleidet im weißen Baumwollunterkleid, drehte sich zu ihm um und schaute ihn mit fragenden Augen an. Er kam auf sie zu, nahm ihr Gesicht in beide

Hände und küsste sie lange und zärtlich. Danach begann er ihre Zöpfe, die noch immer wie eine Krone auf ihrem Kopf ruhten, aufzulösen. Wie ein gold schimmernder Umhang fielen die schweren Haare über Johannas Schultern. Engelbert hob sie hoch und trug sie zum Bett.

»Bitte mach das Licht aus!«, flüsterte Johanna und während Engelbert die beiden Kerzen ausblies, entledigte sich Johanna ihres Unterkleides und schlüpfte unter das dicke Federbett.

Als sie wenige Minuten später die Hände ihres Mannes auf ihrer nackten Haut spürte, ließ sie es geschehen und in der Erwartung der höchsten Sinnesfreuden gab sie sich ihm hin. Sie hatte lange auf diesen Augenblick gewartet und ihn herbeigesehnt.

Engelbert war trotz seiner Erregung ein besonnener Liebhaber und ließ sich Zeit, damit auch seine Frau die Wonnen der Liebe erleben konnte.

Als sie am nächsten Tag die gemeinsame Wohnstube betraten, schaute ihnen Marianna erwartungsvoll entgegen. Zu gerne hätte sie gewusst, was ihre große Schwester in der Hochzeitsmacht erlebte hatte, und es schien ihr gewiss zu sein, dass es etwas Besonderes gewesen war, denn Johanna wie Engelbert hatten so ein seltsames neues Leuchten im Gesicht.

Danach gingen sie ans Tagwerk und betraten den Weg in einen neuen Lebensabschnitt.

Der Weingarten musste umgegraben und gejätet werden, die Reben waren zu schneiden und an den Holzpfosten hochzubinden und Engelbert fuhr eines Tages in die Bezirkshauptstadt, um Flaschen zu kaufen. Noch vor dem Sommer wollten sie ihren ersten Wein in Flaschen abfüllen und abends saßen sie in der Stube beim Schein der großen Petroleumlampe und zeichneten auf braunem Papier Entwürfe für ihre Etiketten.

Nepomuk saß meist schweigend in seiner Ecke beim Tisch, schaute dem jungen Paar zu und meinte eines Abends: »Die Zeiten sind schlecht. Wer wird euch den Wein abkaufen? Und wenn ihr jemanden findet, dann hat das Geld allenfalls nicht einmal den Wert der Glasflaschen!«

»Die Zeiten sind schlecht! Das stimmt schon, Schwiegervater! Aber gerade in schlechten Zeiten kommen die Menschen in den Wirtsstuben zusammen und reden und dabei trinken sie wohl das eine oder andere Glas Wein. Ich habe mit dem Dorfwirt einen Vertrag abgeschlossen. Wenn der Wein seinem Geschmack entspricht, dann nimmt er uns die Hälfte unserer ersten abgefüllten Flaschen ab und noch das kleine Fass dazu.«

Johanna sah von ihren Entwürfen auf. Bewunderung lag in ihren Blicken, mit denen sie Engelbert betrachtete, denn ihr Ehemann war voll Zuversicht und ließ sich von den negativen Äußerungen seines Schwiegervaters nicht beeinflussen.

Wenige Tage später begannen sie den Wein in Flaschen abzufüllen, steckten die Korken tief in den Flaschenhals und klebten die selbst entworfenen und von Marianna mit großer Sorgfalt gezeichneten Etiketten darauf. Als der Wirt wie vereinbart zu ihnen heraufkam, führten sie ihn voll Stolz in den Keller und Engelbert sog mit einem dünnen Gummischlauch eine Kostprobe aus dem Fass und füllte die kleinen Gläser damit.

Johanna beobachtete den Gast.

Dieser nahm einen Schluck, ließ ihn mit vorgeschobenen Lippen zwischen beiden Backen kreisen und meinte: »Ein wenig resch! Das Aroma der Trauben kommt zwar gut zum Tragen, aber er hat meines Erachtens zu viel Säure. Doch für den Anfang nicht so schlecht! Ihr werdet es schon noch lernen. Aber die Hälfte all der Flaschen von diesem Wein ist mir zu viel. Ein Teil davon wird es auch tun – so meine ich! Mal sehen, wie er in meiner Wirtsstube über die Theke geht!«

Johanna, die dem Wirt insgeheim recht geben musste, war enttäuscht.

Sie hatte das Werden des Weines genauestens beobachtet, hatte die Anweisungen des alten Winzers aus dem Buch ganz genau befolgt und wahrgenommen, doch irgendwo musste ihnen ein Fehler passiert sein. Dieses Getränk war nicht der Wein, den sie eigentlich herstellen wollte.

Engelbert nahm 25 Flaschen aus dem Regal, wickelte sie in Zeitungspapier und belud damit den Wagen des Wirtes.

Einige Wochen später holte der Wirt auch das kleine Fässchen und lud es auf seinen Ochsenwagen, doch bezahlte er Johanna und Engelbert nicht jene Summe, die sie erhofft hatten. Dennoch hatten sie in den Handel eingewilligt, da der Wirt sich als beständiger Käufer erweisen würde.

Manchmal kamen Nachbarn oder Bauern aus der Umgebung, ließen sich in ihre Tonkrüge vom Fass einige Liter des klaren Weines einfüllen, nachdem sie ihn ausgiebig im Keller verkostet hatten.

In der Umgebung wusste man schon bald, dass das junge Paar auf dem kleinen Weingut am Graßnitzberg Wein herstellte.

Dennoch ging der Weinverkauf schleppend voran und Johanna und Engelbert hatten nicht jene Einnahmen bekommen, die sie erwartet hatten, jedoch waren die Fässer während des Jahres leer geworden und Engelbert hatte neuerlich Flaschen in der Bezirkshauptstadt gekauft.

»Der zweite Weingarten zeigt bereits die ersten Knospen. Wir werden heuer bestimmt mehr Ertrag haben«, meinte er, als er die Holzkisten mit den Flaschen im Keller verstaute.

»Wir müssen die Qualität verbessern«, meinte Johanna und wusste eigentlich nicht, wie sie dies bewerkstelligen sollten.

Von morgens bis abends arbeiteten die jungen Eheleute Seite an Seite im Weingarten und kehrten nach getaner Arbeit bei Einbruch der Dunkelheit müde zurück nach Hause. Es hatte sich so ergeben, dass Maria den Haushalt führte, kochte, fegte und gemeinsam mit Marianna am Brunnen die Wäsche wusch. Doch Maria wurde mit den Wochen und Monaten immer schweigsamer und schien sich in eine Welt, die den anderen Familienmitgliedern verborgen blieb, zurückzuziehen. Sie wurde schmal und blass und ihr von der schweren Arbeit vieler Jahre gezeichneter krummer Rücken richtete sich nicht mehr auf. Unaufgefordert begann Marianna, einen Teil der Arbeit ihrer Mutter zu übernehmen und das sonst fröhliche und schöne Mädchen wurde auch immer stiller. Wenn sich am Abend die Familie um den Esstisch versammelt hatte, lag die Schweigsamkeit wie eine Last über ihnen.

Eines Abends fasste sich Johanna ein Herz und meinte: »Wenngleich unser erster Wein nicht jene Qualität erreichte, die wir uns erhofft hatten und die Einnahmen eher gering ausgefallen sind, so ist das doch noch lange kein Grund, dass wir aufgeben. Gemeinsam werden wir es schon schaffen!«

Die Mutter blickte auf und in ihrer Stimme lagen Trauer und Wehmut: »Das ist es nicht. Ihr zwei seid jung, ihr werdet euren Weg schon gehen, aber ich – ich bin müde geworden. Das Leben hat mich müde gemacht.«

Nepomuk hob den Kopf und meinte mit ruhiger Stimme: »Wir sind alt geworden! Aber da sind die Jungen, sie sind tüchtig und fleißig. Wir brauchen keine Angst zu haben, Maria! Zuerst, als sie Kinder waren, haben wir für sie gesorgt und jetzt tun sie es für uns. Und wir helfen eben mit, wo wir noch können. Und das ist recht so!«

Johanna und Engelbert sahen einander an. »So ist es der Brauch und so wird es auch bleiben, Schwiegervater!«, fügte Engelbert hinzu.

Am nächsten Tag spannte er den kleinen Pferdewagen, den sie seit dem Frühling besaßen, an und fuhr nach Mureck, da er gehört hatte, dass die Magd des Brunnhofbauern schwanger geworden war und daher den Hof verlassen musste. Dass der Vater des noch ungeborenen Kindes der Brunnhofbauer selber war, wurde vor vorgehaltener Hand in Mureck und den Dörfern der Umgebung erzählt, doch die Schande des ehrlosen Verhaltens blieb ausschließlich an der jungen Magd haften.

Am Spätnachmittag hielt das kleine Gespann vor dem Winzerhaus in Graßnitzberg und Anna, die Magd an deren gewölbten Körper die Schwangerschaft bereits erkennbar war, stieg schwerfällig vom Wagen.

Johanna kam ihr entgegen, reichte ihr die Hand und hieß sie willkommen.

»Bis zur Niederkunft sollst du der Mutter im Haus an die Hand gehen!«, meinte sie als sie die gute Stube betraten und die junge Frau zögernd an der Türschwelle stehen geblieben war.

»Na, komm doch herein!«, forderte Johanna sie auf.

Unschlüssig kam die Magd näher und begegnete den misstrauischen Blicken der im Raum Anwesenden.

Maria sah kurz auf, doch in ihrem Gesicht war nicht zu erkennen, was sie dachte oder fühlte.

Nepomuk blickte seine Tochter an, dann meinte er, die Augen auf seinen Schwiegersohn gerichtet: »Sind wir nun Herrenbauern geworden, weil eine Magd ins Haus gekommen ist?«

»Die Mutter kann nicht mehr alle Arbeiten übernehmen und Anna wird ihr an die Hand gehen«, antwortete Johanna und in ihrer Stimme lag jener Ton, der keinen Widerspruch duldete.

»Mir soll es recht sein!«, murrte Nepomuk und setzte sich an den Tisch.

»Schön, dass du bei uns bist!«, meinte nun Marianna und reichte der neuen Mitbewohnerin lächelnd die Hand. »Die Johanna wird dir zeigen, wo dein Platz am Tisch ist und schlafen wirst du in meiner Kammer. Wir werden uns bestimmt gut vertragen!«

Diese wohl gemeinten, ehrlichen und fröhlichen Worte von Marianna hatten den Bann gebrochen und Anna bedankte sich, legte ihr Bündel in die Ecke der Stube und nahm den ihr zugewiesenen Platz am Tisch der Familie Adam-Jordan ein.

Das Essen verlief schweigend.

Nachdem die Schüsseln leer waren, sprach Nepomuk, als der Älteste, das Dankgebet und danach ging jeder wieder an seine Arbeit. Maria blieb still auf der Bank beim Tisch sitzen und blickte ins Leere, während Anna sich an der Spüle und am Herd nützlich machte.

Maria griff zeitweise an die Tasche ihrer blauen Baumwollschürze und fühlte den Brief, den der Postbote am Vormittag, während Engelbert unterwegs nach Mureck gewesen war, gebracht hatte. Sie hörte das Knistern des Papiers und konnte und wollte den Inhalt der Mitteilung, die sie aus Sladki Vrh erhalten hatte, nicht begreifen.

Man hatte ihr in kurzen Worten den Tod ihrer Mutter mitgeteilt und sie weiters davon benachrichtigt, dass man die sterblichen Überreste in einem Armengrab am Rande des Friedhofs von Sladki Vrh beerdigt hatte.

»Die Mutter! Und der Vater?«, dachte Maria. Von ihm war nichts in dem Brief zu lesen gewesen.

Immer wieder hatte sie sich vorgenommen, sich die notwendigen Papiere für die Reise über die Grenze zu besorgen, doch dann gab es immer größere oder kleinere Ereignisse, die in ihrer Denkweise vorrangig waren und die Jahre waren vergangen. Sie war hier geblieben und hatte die kleine Reise hinüber auf die andere Seite immer wieder aufgeschoben. Einen flüchtigen Augenblick dachte sie an das Vergangene, ihre Jugend und das unbeschwerte Glücklichsein der ersten Begegnung mit Nepomuk. Dann spürte sie ein Brennen in den Augen, das ihre Tränen ankündigte, und sie schaute weit über die Grenzen hinweg und in ihren Blick mischten sich Ungläubigkeit und Dankbarkeit. Eine lautlose Dankbarkeit, der sie nur einen kurzen Augenblick gewährte, denn sie hatte vor langer Zeit aufgegeben, von anderen etwas zu erwarten, wofür es sich lohnte dankbar zu sein. Zu sehr belasteten sie die Jahre, die sie, um zu überleben, als Magd gedient hatte und sich der Herrschaft des reichen Bauern unterordnen hatte müssen.

Nun wollte sie wenigstens den Vater besuchen, zumindest er sollte nicht einsam seinen Lebensabend verbringen müssen. Maria konnte ja weder ahnen noch wissen, dass ihr Vater schon lange vor der Mutter seinen Lebensweg beendet hatte und ihre Mutter, nachdem auch Franz mit Marika weggegangen war, Lebensmut und Daseinsfreude verloren hatte.

MARIANNA

Mit dem Postbus waren sie nach Mureck gefahren.

Die letzten Kilometer nach dem Grenzübergang, über die Brücke und weiter nach Sladki Vrh, wollten sie zu Fuß zurücklegen. Marianna trug einen Rucksack über den Schultern, in den sie Speck, Brot, zwei Flaschen Wein und dicke, im vergangenen Winter von Hand gestrickte Socken eingepackt hatten.

Dies sollte der Vater, Mariannas Großvater, den sie noch nie gesehen hatte und von dem sie nichts wusste, bekommen. Es sollte ein Geschenk – eine Gabe – darstellen, bevor sie für ihn die notwendigen Papiere für das Verlassen des Landes besorgen wollten, um zu ihnen nach Österreich zu kommen. Der Grenzübergang an dieser Stelle zwischen Österreich und Jugoslawien war wenig frequentiert, daher hatten die Beamten auf beiden Seiten Zeit und jeder Grenzgänger schien ihnen eine willkommene Abwechslung zu sein. Es dauerte, bis sie diesseits und jenseits die Stempel für das berechtigte Überschreiten der Grenze in ihren Ausweispapieren erhielten und Marianna und ihre Mutter mussten sich in Geduld üben.

Als sie in der Mitte der Brücke standen und auf den träge dahin fließenden Fluss schauten, meinte Maria zu ihrer Tochter: »Die Mur, schmutzig wie eh und je, ist die natürliche Grenze zwischen da und drüben. In all den vielen Jahren hat sie sich nicht verändert. Sie scheint verloren in der Zeit und unberührbar für die Menschen zu sein. Ich war eine junge Frau, als ich das letzte Mal auf dieser Brücke gestanden bin – jung und voll Hoffnung auf eine bessere Zukunft habe ich meine Heimat verlassen. Und jetzt?«

»Jetzt besuchst du deine alte Heimat wieder!«, versuchte Marianna ihre Mutter aus deren trüben Gedanken zu locken.

»Und was werden wir vorfinden?«

»Lass uns weitergehen, dann werden wir es wissen!«, meinte Marianna und schritt voran. Die Mutter folgte ihr.

Eine geraume Zeit marschierten sie über einen unebenen Waldweg, machten Rast auf einer Lichtung und erreichten schließlich die Straße, die nach Sladki Vrh führte.

In der Ferne sahen sie die Dächer des weitläufigen Fabrikgebäudes und Wehmut überkam Maria. Es war Mittag und der kleine Ort schien wie ausgestorben zu sein. Die Menschen arbeiteten in der Fabrik, die Kinder waren in der Schule und die Alten daheim in ihren Häusern oder auf den Feldern und in den Gärten. Die Sommerblumen blühten wie einst in üppiger Pracht vor dem Arzthaus und aus den offenen Fenstern des Schulgebäudes klang der Gesang vieler Kinderstimmen, der ihnen zu unbekannten Klängen fremde Worte an ihre Ohren wehte.

Marianna war stehen geblieben und lauschte.

Als das Lied zu Ende war, hatte sie das Bedürfnis etwas zu tun, etwas Symbolisches und begann zu applaudieren. Der Sommerwind trug das Klatschen ihrer Hände bis an die Fenster des Schulhauses, denn ein Kind steckte plötzlich den Kopf heraus, wurde jedoch jäh von dem Arm eines nicht weiter sichtbaren Körpers zurückgezogen.

Hinter dem Dorf stieg der Weg an und als sie über die Wiese bergauf schritten, sahen sie die kleine Keusche im Sonnenlicht. Die hölzernen Fensterläden waren geschlossen, doch aus dem Schornstein stieg Rauch. Jemand musste zu Hause sein. Marias Schritte wurden schneller und ihr Atem keuchte. Sie war erfüllt von Erwartung und Ungewissheit in gleichem Maße. Ihr Herz pochte wild und ihre Hände strichen unruhig über den weiten, schwingenden Rock, der sich beim Aufwärtsgehen um ihre Beine schlang.

Als sie vor dem Häuschen standen, wagten sie vorerst nicht anzuklopfen, doch dann trat Maria näher, pochte an die Holztür und ohne eine Antwort abzuwarten, drückte sie die Klinke nieder.

Im Flur war es dunkel.

»Vater! Vater! Ich bin's, die Maria!«, rief sie, um den alten Mann nicht zu erschrecken.

»Dober dan!«, rief plötzlich eine helle Frauenstimme hinter ihnen. »Oni so …? *(Sie sind …?)*«

»Ich, ich …«, begann Maria zu stottern.

»Ich bin Maria Jordan. Meine Mutter hat hier gewohnt und ich wollte …«

Da kam von der Hinterseite des Hauses ein mittelgroßer Mann um die dreißig mit schweren, dunklen Lederstiefeln, einen blauen Arbeitsschurz um die Hüften geschlungen, auf sie zu und nahm die Schirmmütze ab. Dichte dunkle Locken umrahmten sein von der Sonne gebräuntes Gesicht und beinahe schwarze Augen schauten ihnen misstrauisch entgegen.

Maria war einen Schritt zurückgewichen und Marianna schaute mit vor Sprachlosigkeit offenem Mund auf die breitschultrige Gestalt des hochgewachsenen jungen Mannes.

»To je moj móz! *(Das ist mein Mann!)*«, sagte die Frau.

Maria und Marianna konnten die Worte nicht verstehen, doch Marianna glaubte den Sinn zu erkennen und sagte daher schüchtern, indem sie auf Maria zeigte: »Meine Mutter, moja mama!«

Da lächelte die fremde Frau und Marianna versuchte sich weiter zu verständigen: »Ich bin die Tochter – jaz sem hci!«

»Du Austrije!«, lachte nun der Mann und deutete ihnen, ins Haus zu kommen.

Maria und Marianna folgten dem Mann ins Innere des Hauses.

Die Frau nahm einen Tonkrug vom Wandbord und verließ den Raum, während sich Maria und Marianna an den Tisch setzten.

In der Wohnstube ihres ehemaligen Elternhauses hatte sich kaum etwas verändert. Die alten Holzmöbel standen an ihrem Platz, nur die offene Feuerstelle – die sogenannte Rauchkuchl – war durch einen gemauerten Herd, auf dem ein großer Topf stand, ersetzt worden.

Die Dielen des Fußbodens waren sauber gescheuert und in der Ecke stand statt des alten Bettes, in dem der Vater gerne ein Mittagsschläfchen abgehalten hatte, ein kleines Sofa, auf dem viele bunte, bestickte Kissen lagen.

Da kam die junge Frau wieder, stellte den Tonkrug vor sie hin, holte zwei Gläser und meinte: »Trinken! Viel heiß heute!«

Mit dem süßen Apfelmost löschten Mutter und Tochter ihren Durst und unterdrückten vorerst die Frage, die brennend auf ihren Lippen lag.

Endlich fragte Maria: »Mein Vater? Ich komme, um meinen Vater zu besuchen.«

Die beiden sahen sie verständnislos an.

»Oce!«, sagte nun Marianna und deutete auf ihre Mutter.

»Oh! Ne!«, antwortete die Frau und blickte mit ernstem Gesicht zu ihrem Mann.

»Alter Mann gestorben. Schon lange tot!«, meinte dieser mit Bedauern in der Stimme, da ihm nun klar geworden war, warum diese ältere Frau mit dem schönen jungen Mädchen zu ihnen herauf gekommen war.

Ungläubig schaute ihn Maria an. Wie glühende Lava brannten sich diese wenigen Worte in ihr Herz. Vater und Mutter – beide waren gestorben – und von keinem der beiden hatte sie Abschied nehmen können.

Marianna hatte sich als Erste wieder gefasst. Sie wollte gehen, denn es gab keinen Grund mehr, sich noch länger in diesem Haus aufzuhalten, in dem sie von der Wucht, mit der sie diese Worte getroffen hatten, niedergedrückt worden waren und in dem ihre Mutter von der Vergangenheit eingeholt worden zu sein schien.

Sie stellte den Rucksack auf den Tisch, zog die Schnur aus den Ösen und packte, was für den unbekannten Großvater bestimmt gewesen war, aus. Der Speck verbreitete sofort den herben Duft der Kräuter und des Rauches im bescheidenen Raum und das frische Brot, um das Marianna in ein weißes Tuch geschlungen hatte, legte sie in die Mitte des Tisches.

Sie lächelte, sah die beiden Fremden an, deutete mit der Hand auf die mitgebrachten Speisen und sagte: »Prosim! *(Bitte!)*«

»Oh! Hvala lepa *(Danke schön)*!«, meinten die beiden wie aus einem Munde.

Marianna hängte sich den nun leicht gewordenen Rucksack um die Schultern und reichte den beiden die Hand, dann bot sie ihrer Mutter den Arm, die sich, willenlos geworden, führen ließ und beide verließen das Haus.

Der Mann und die Frau folgten ihnen bis an die Tür und sahen ihnen nach, wie sie den schmalen Wiesenweg abwärts gingen.

»Nasvidenje! *(Auf Wiedersehen!)*«, rief der Mann und hob seinen Arm.

Marianna wandte sich um, hob den Arm winkend zum Gruß und rief: »Zbogom. *(Lebewohl!)*«

Den Weg zum Friedhof von Sladki Vrh gingen sie schweigend nebeneinander her. Jeder war mit sich und seinen Gedanken allein.

Maria brach plötzlich das Schweigen. »Seit wann kannst du Slowenisch?«

»Ich kann es ja nicht wirklich. Das sind nur ein paar Worte und die habe ich von den Kindern auf der anderen Seite.«

»Von der anderen Seite? Welche andere Seite ?«

»Die andere Seite der Grenze. Sie ist doch bei uns in Graßnitzberg irgendwo dort oben im Wald. Keiner von uns weiß genau, wo sie verläuft, die Kinder von drüben genauso wenig wie ich, und wenn wir Pilze sammelten, dann ist es schon hin und wieder vorgekommen, dass wir einander begegnet sind. Und dann haben wir versucht miteinander zu reden. Am Anfang war es schwierig und irgendwie auch komisch, aber mit der Zeit habe ich das eine oder andere Wort verstanden.«

»Mit der Zeit? Sag einmal, gehst du öfter einfach über die Grenze? Weißt du denn nicht, wie gefährlich das ist? Wenn dich ein Grenzgendarm dabei erwischt, dann kommst du hinter Gitter!«, empörte sich die Mutter.

»Ach, die Grenze! Die ist irgendwo zwischen den Bäumen, den Wiesen und den Büschen. Es schaut ja hier bei uns genauso aus wie drüben und Grenzgendarmen habe ich bisher erst einmal gesehen. Da habe ich mich gleich versteckt und gewartet, bis sie weg waren. Es ist eine grüne Grenze, die können doch nicht auf jeden Baum und jedes Gebüsch aufpassen.

Und irgendwann wird es vielleicht die Grenze gar nicht mehr geben. Dann wird jeder einfach in das andere Land gehen können.«

Maria sah ihre Tochter mit einem seltsamen Ausdruck in den Augen an und schwieg.

Die Worte ihrer Tochter hatten sie berührt und sie konnte nicht ahnen, dass sich die Vision des Mädchens einmal in ferner Zukunft realisieren würde.

Sie hatten den Friedhof erreicht.

Schlichte Kreuze aus Holz und Kreuze aus geschmiedeten Eisen mit Schnörkeln und Verzierungen kennzeichneten die Grabstätten. Langsam ging Maria durch die Grabreihen und blieb an einem kleinen Grab mit einem verwitterten Holzkreuz, auf dem eine beinahe schon verblasste Inschrift den Namen »Muki Jordan 1915-1919« zeigte, stehen.

»Er war dein Bruder!«, sagte Maria und Tränen benetzten ihre Wangen.

Still standen die beiden vor dem Kindergrab.

Mein Bruder, dachte Marianna tief bewegt, mein Bruder, den ich nie kennenlernen durfte und der aus dem Leben geschieden war, ehe es für ihn noch richtig begonnen hatte.

Dann kniete sie nieder und begann mit bloßen Händen das Gras und Unkraut, das die kleine Grabstätte überwucherte, auszureißen. Maria stand wie zur Säule erstarrt daneben und schien das Tun ihrer Tochter gar nicht wahrzunehmen.

»Hinter der Friedhofsmauer ist eine Blumenwiese«, sagte Marianna. »Ich pflücke einen Strauß für den kleinen Bruder.«

Leichtfüßig eilte sie zwischen den Gräbern hindurch und verschwand hinter der Mauer aus grauen, festen Steinen. Bald sah Maria sie inmitten der Wiese stehen und eine Blume nach der anderen pflücken und diese zu einem kleinen Strauß binden. Mit geröteten Wangen kam Marianna alsbald zurück und legte das bunte duftende Sommerblumengebinde auf das Grab.

Eine Weile standen sie beide noch still davor, dann wandte sich die Mutter zum Gehen und Marianna folgte ihr.

Sie mussten nicht lange suchen.

Die Armengräber befanden sich ein wenig abseits hinter den mit Grabsteinen und schmiedeeisernen Kreuzen versehenen Grabhügeln. Diese Gräber waren weder geschmückt, noch brannte ein Kerze auf den Erdhügeln. Lediglich schlichte Holzkreuze wiesen darauf hin, wer hier seine letzte Ruhestätte gefunden hatte.

Man hatte Marias Mutter gleich neben dem Vater beerdigt.

»Sie haben ihre Ruhe in fremder Erde gefunden«, sagte Maria mit Schmerz in der Stimme.

»Aber«, versuchte Marianna einzuwenden, »hier war doch ihre Heimat. Die Erde ist ihnen nicht fremd.«

»Das verstehst du nicht, Kind«, meinte Maria traurig. »Man hat ihnen ihre Sprache und somit auch die Heimat genommen. Damals hätten sie mit uns mitgehen sollen, aber sie wollten nicht. Sie waren zu alt und hatten keine Kraft, in der Ungewissheit neu zu beginnen. So sind sie hier geblieben. Allein!«

»Und in all den Jahren, habt ihr nie wieder etwas von ihnen gehört?«, wagte Marianna scheu zu fragen.

»Nein! Nie! Wir lebten auf der einen Seite der Grenzlinie und sie auf der anderen. So war das eben!«

So hatte Marianna das noch nie gesehen und sie erschrak ein wenig, weil die Worte ihrer Mutter hier auf dem Friedhof und an den Gräbern jener Menschen, die ein Teil ihrer Familie gewesen waren, besonderes Gewicht erhielten.

So war das eben! Diese Worte kamen ihr zu plump, zu einfach vor. Was hätten ihre Eltern riskiert, wenn sie nicht endlos gewartet, sondern versucht hätten, den Kontakt mit den Eltern, ihren Großeltern aufzunehmen?

War es Sturheit gewesen, weil man sie »drüben« nicht gewollt hatte, oder einfach die Unfähigkeit, etwas zu tun – denn Gelegenheiten und Möglichkeiten hätte es gegeben.

Als würde die Mutter Mariannas Gedanken wahrnehmen, meinte sie: »Das kannst du nicht verstehen, doch vielleicht hast du recht. Vielleicht waren Nepomuk und ich blind uns selbst gegenüber und akzeptierten unser Leben einfach so, wie es eben war und noch immer ist.«

Sie wussten nicht, wie viel Zeit sie auf dem Friedhof verbracht hatten, denn langsam begannen die Schatten der Bäume länger zu werden und Maria und Marianna mussten sich auf den Heimweg machen. Obwohl der Rucksack leer geworden war, drückte sie die Last des Erlebten, die sich zur Gedankenlast geformt hatte, schwerer als das am Morgen Mitgebrachte, das in der kleinen Keusche des netten fremden Paares zurückgeblieben war.

In der Dunkelheit überschritten sie die Grenzbrücke in Mureck, und da es an diesem Abend keinen Postbus mehr nach Spielfeld gab, beschlossen Mutter und Tochter, in einem Gasthof die Nacht zu verbringen.

Der Wirt betrachtete die beiden Fremden mit Neugier, denn es kam nicht oft vor, dass er die Möglichkeit hatte, Gäste zu beherbergen. Als sie später in der Wirtsstube saßen und ihren Hunger mit Kraut und Geselchtem, das ihnen die Wirtin vorgesetzt hatte, stärkten, kam der Wirt an ihren Tisch und begann sie neugierig, aber geschickt, auszuhorchen. Maria beantwortete seine Fragen mit der Kargheit einer Frau, die – noch immer gefangen in ihrer Gefühlswelt, ausgelöst durch die Erlebnisse des Tages – keine Veranlassung sah, die Neugierde dieses fremden Mannes zu stillen.

Als sie gegessen hatten, nahm der Wirt die leeren Teller und ehe er wieder an den Tisch zurückkehren konnte, waren die beiden aufgestanden, um ihr Zimmer aufzusuchen.

Marianna, die eigentlich noch gerne ein wenig in der Gaststube verweilt wäre, folgte ihrer Mutter und wünschte dem Wirtspaar eine gute Nacht.

Das Zimmer war einfach ausgestattet. Zwei große Betten mit einem wuchtigen, geschnitzten Kopfteil standen nebeneinander und nahmen die gesamte Breite des Raumes ein. In der Ecke stand ein kleiner Waschtisch mit einer Waschschüssel aus Email, einer Seifenschale und einem mit kaltem Wasser gefüllten Krug.

Marianna nahm das Stück Seife, roch erst daran und füllte einen Teil des Wassers in die Waschschüssel. Gründlich wusch sie sich die Hände, löste die schweren dunklen Zöpfe und ihr Haar fiel wie ein dunkler Wasserfall über ihren Rücken. Aus dem Rucksack holte sie einen Kamm aus Horn und bearbeitete ihr schweres Haar damit, während Maria sich ebenfalls die Hände und das Gesicht wusch und sich dann entkleidete.

Mutter und Tochter schlüpften unter die leichten Decken, löschten das Licht und lauschten auf die Geräusche dieses fremden Ortes. Hin und wieder wurden Türen zugeschlagen, man hörte in der Ferne das Bellen eines Hundes und Schritte auf der geteerten Straße vor dem Gasthof.

Während Marianna schnell einen tiefen ruhigen Schlaf gefunden hatte, lag Maria noch lange wach an der Seite ihrer Tochter.

DAS VIERTE GESPRÄCH

»Die Mutter war ganz verändert, als sie von Sladki Vrh zurückgekommen war. Sie ist immer schweigsamer geworden. Und eines Tages ging sie vor das Haus, stellte sich an die Hauswand, lehnte ihren Arm mit dem Kopf ans Mauerwerk und blieb so stehen. Wir sprachen sie an, wollten sie zurück ins Haus bringen, aber sie stand einfach nur so da und rührte sich nicht von der Stelle. Das ging tagaus, tagein so.

Jeden Tag stand sie auf, wusch sich, kleidete sich an, nahm einige Bissen vom Frühstück zu sich und stellte sich mit dem Gesicht, das sie auf ihren Arm legte an die Hauswand und wandte uns den Rücken zu. Sie stützte den Kopf auf einen Arm und verharrte stundenlang in dieser Position.

Wir versuchten sie anzusprechen, doch sie reagierte auf nichts. Sie stand zwar da und war in unserer Nähe, jedoch weit von uns weg. Sie verschloss sich immer mehr und ließ das Leben an sich vorüberziehen.

Irgendwann begannen wir uns daran zu gewöhnen, dass sie am Morgen nach der Einnahme ihres Frühstücks, das nach wie vor aus Polenta mit Milch bestand, die Stube verließ und ihren Platz an der Hauswand einnahm und der Welt im wahrsten Sinn des Wortes den Rücken zukehrte.

Glücklicherweise hatten wir die Anna, die – wenige Wochen nachdem sie zu uns gekommen war – einem kleinen Jungen das Leben geschenkt und sich nach der Geburt rasch erholt hatte und mit voller Tatkraft die Arbeiten im und rund um das Haus verrichtete.«

»Und Ihre Schwester? Marianna?«

»Ja, die Marianna! Die war etwas ganz Besonderes! Sie war der Sonnenschein in unserem Haus und war erfüllt von einer unbändigen Lebensfreude. Sie hatte so viele Begabungen, aber eine, die uns allen lange verborgen geblieben war, war ihre Fähigkeit, sich mit unbekümmerter Leichtigkeit eine fremde Sprache anzueignen. Als Marianna vierzehn geworden war und die Bürgerschule mit gutem Erfolg abgeschlossen hatte, schickten wir sie auf die Lehrerinnenbildungsanstalt nach Graz. Dann kam der Zweite Weltkrieg und als sich die Grenzen wieder einmal veränderten, besuchte Marianna die Schule in Maribor, eigentlich müsste es richtiger heißen: in Marburg.«

»Maribor? Marburg?«, staunte ich.

Die alte Frau nickte und ihre Augen begannen plötzlich wachsam und hell zu werden. »Als Adolf Hitler im April 1941 Jugoslawien erobert hatte, verschoben sich die Grenzen. Was einst drüben gewesen war, gehörte wieder hierher. Die Orte bekamen zum größten Teil wieder ihre ursprünglichen Namen zurück. Die Lehrerinnenbildungsanstalt in Marburg war eine Schule mit ausgezeichnetem Ruf und viele Lehrerinnen und Lehrer, die nach dem Zweiten Weltkrieg in Österreich unterrichteten, hatten ihre Lehrbefähigungsprüfungen in Marburg abgelegt.«

»Also ihre Schwester wurde Lehrerin. Wo hat sie denn unterrichtet?«

Die alte Frau schwieg eine Weile. Mit wehmütigem Blick sah sie mich an und meinte dann leise: »Es war Krieg. Ein bitterer, alles vernichtender Krieg. Meine Schwester wurde gleich nach dem Abschluss der Lehrerinnenbildungsanstalt in einem Schnellkursus als Krankenschwester ausgebildet und arbeitete in einem Lazarett in Ptuj. Dort lernte sie den Baron kennen. Er war um einige Jahre älter als sie, aber sie hatte sich sofort in ihn verliebt und jedes Mal, wenn sie zu uns nach Hause auf Urlaub kam, erzählte sie nur von ihm. Es war eine ganz sonderbare Liebe, aber lassen Sie mich von Anfang erzählen.«

KRIEG

Obwohl sich Marianna nichts sehnlicher gewünscht hatte, als endlich in einer Schule unterrichten zu dürfen, sollte sich dieser Wunsch nie erfüllen.

Sie war eine der Besten ihres Jahrgangs gewesen und erhoffte sich daher eine Stelle als Grundschullehrerin in einer der Schulen der näheren Umgebung ihres Elternhauses. Doch es sollte anders kommen.

Nach dem Anschluss Österreichs an Deutschland begann Hitler, seine Macht auf ganz Europa auszuweiten. Grenzen, die einmal da gewesen waren, verschwanden und Hitler begann eine neue Gesellschaftsordnung aufzubauen. Von der Bevölkerung wurde der Nachweis einer einwandfreien arischen Herkunft, der sogenannte Ariernachweis, verlangt. Den Menschen wurde in zündenden Reden, die aus den kleinen Volksempfängern – wie man damals die Rundfunkgeräte nannte und die beinahe in jedem Haushalt vorzufinden waren – tagtäglich zu vernehmen waren, eine neue Ideologie vermittelt, der sich viele beugten und nur wenige entzogen. Alles war in Aufbruch- und Umbruchstimmung. Das nach dem Ersten Weltkrieg gedemütigte Deutschland beanspruchte wieder eine Führungsrolle.

1938, wenige Wochen vor Ausbruch des Zweiten Weltkrieges, gebar Johanna ihren ersten Sohn, den sie nach seinem Vater und dem Großvater Engelbert Nepomuk nannte. Das Weingut hatte sich inzwischen vergrößert, der Wein hatte an Qualität gewonnen, denn die beiden Eheleute, die unermüdlich vom Morgengrauen bis zum Abend arbeiteten, hatten nach den Anfängen der ersten Weinproduktion dazugelernt.

Zu den Lesezeiten kamen Mädchen aus der Stadt, die sogenannten Erntehelferinnen, die zwar von der Arbeit im Weinberg wenig verstanden, sich aber mit Freude belehren ließen und nicht nur Lachen und Frohsinn in das Winzerhaus brachten, sondern auch von den unermesslichen Fortschritten, die der Führer gebracht hatte, nicht genug zu erzählen und berichten wussten, sodass so mancher Abend, der nach getaner Arbeit eigentlich der Muße dienen sollte, in einer intensiven politischen Diskussion sein Ende fand.

Engelbert, der, da man die Arbeit des Bauern in diesen schwierigen Zeiten mehr denn je benötigte, noch nicht als Soldat an der Front dienen musste, konnte mit der neuen Ideologie nichts Rechtes anfangen und widersprach den jungen Frauen, die man ihnen ungefragt als Helferinnen geschickt hatte, und erhitzte sich an so manchen Abenden in einer heftigen, politischen Auseinandersetzung mit ihnen.

Johanna, die zum zweiten Kind schwanger war, teilte zwar die Ansichten ihres Mannes, hielt sich aber mit ihrer Meinung zurück.

Es wurde an solchen milden Herbstabenden vieles erzählt und besprochen. Meinungen über erlebte und erzählte Begebenheiten standen einander gegenüber und Johanna fragte sich manchmal, welche der Geschichten wohl der Wahrheit näher kämen. Die man über sich selbst erzählt oder jene, die andere über einen erzählen. Und manchmal fragte sie sich auch, ob es bei all diesen Berichten über Hitler und die neue Weltordnung in der Äußerlichkeit überhaupt einen Unterschied zwischen wahr und falsch gäbe. Ihre innere Einstellung war ihr bewusster und gelebter Widerstand, den sie aber zu verbergen wusste.

Bei den Geschichten, die das rein Äußere betrafen, war für sie der Tatbestand klar. Als die ersten Bomben über den Städten Österreichs und Deutschlands abgeworfen wurden, bekam Hitlers Politik auch für die Menschen inmitten der Weinberge, in einer Region, die im Laufe ihrer Geschichte schon einige Veränderungen und Krisen durchzustehen hatte und deren Menschen die Anfänge des Krieges eher unbeschadet erlebt hatten, die Gewissheit der Wahrheit.

Doch die Tatsachen, die dazu geführt hatten, konnte Johanna ebenso wenig verstehen wie der Rest ihrer Familie.

Mit der grausamen Wahrheit wurden sie jedoch konfrontiert, als Engelbert eines Tages per Post die Einberufung zur Verteidigung seines Vaterlandes erhielt.

Es war im Februar 1943.

Schnee bedeckte die Weinberge und über den Hügeln lag trotz des Kriegsgeschehens eine starre, kalte Winterstille. Ein eisiger Wind fegte über das Land und trieb tausende glitzernde Schneekristalle vor sich her und in den sternenhellen Nächten schlich sich der Frost erbarmungslos an die kahlen Bäume und Rebstöcke heran und setzte sich in der Form eines gläsernen Kleides an ihnen fest.

»Die Rebstöcke sind zum Schneiden!«, meinte Engelbert und sah aus dem mit Eiskristallen verfrorenen Fenster hinüber zum Weinberg.

»Du musst an die Front und denkst an die Rebstöcke«, seufzte Johanna.

Engelbert sah von seinem fast fertig gepackten Rucksack auf. Seine festen, von der Arbeit gezeichneten Hände ruhten beinahe wie schutzsuchend auf den Schulterriemen, als wollten sie sich irgendwo festhalten, um nie mehr loslassen zu müssen.

Johanna war an seine Seite getreten, lehnte sich an seine starken Schultern und vergrub ihr Gesicht an seinem Hals.

»Komm wieder!«, flüsterte sie. »Wir brauchen dich! Die Kinder und ich!«

Jäh nahm Engelbert sie an den Schultern, schaute ihr ins Gesicht, blickte in ihre tiefblauen Augen, als würde er sie zum ersten Mal sehen.

»Die Kinder? Du bist …«

Unter Tränen nickte Johanna.

Lange dachten beide, sie würden kein weiteres Kind bekommen, lag doch die Geburt des Engelbert Nepomuk schon fünf Jahre zurück. Engelbert zog Johanna ganz fest an sich, gefangen in Sprachlosigkeit und im Schmerz der bevorstehenden Trennung. So standen die beiden da, eng umschlungen in der Gewissheit, bald voneinander Abschied nehmen zu müssen und Engelbert wartete auf seine Tränen.

Doch sie wollten nicht kommen.

Er schob Johanna von sich und in seinem Blick lagen all die Tränen, die nicht fließen wollten.

»Ich werde vor der Geburt wieder zurück sein. Unsere Armee ist siegreich. Der Krieg wird bald vorbei sein!«

Johanna sah ihn an, fuhr sich langsam mit dem Handrücken über ihr verweintes Gesicht und schwieg. In diesem Augenblick hätte sie alles gegeben, um seinen Worten Glauben schenken zu können, doch ein unbestimmtes inneres Gefühl sagte ihr, dass sie nun für eine lange Zeit nicht nur die Last der Arbeit, die ihr Weinbaubetrieb bescherte, sondern auch die Verantwortung für ihre Familie alleine würde tragen müssen.

Und Johannas unbestimmte Vorahnung sollte Wirklichkeit werden.

Am Nachmittag verabschiedete sich Engelbert von seiner Familie, um sich in der Kaserne von Strass für seinen Kriegseinsatz zu melden. Maria, die während der kalten Jahreszeit nicht an die Hauswand gelehnt den Tag verbringen konnte, lag mit starr an die Zimmerdecke gerichtetem Blick in ihrem Bett und nahm ihre Umwelt nicht mehr wahr.

Als Engelbert sich über sie beugte und seine Hand die ihre suchte, um Abschied zu nehmen, fühlte er nur die kühlen schlaffen Finger der alt gewordenen Frau, die sich in einem anderen Daseinszustand zu befinden schien.

»Schon längst ist die Mutter fortgegangen«, dachte Engelbert. Die Nachbarn redeten darüber, dass Maria Jordan den Verstand verloren hätte, doch Marianna, die die Mutter über die Grenze begleitet hatte, versuchte allen zu erklären, dass sich die Mutter selbst verloren hatte. In ihrem Schmerz hatte sie eine Mauer um sich herum aufgebaut und niemandem gelang es, diesen unsichtbaren Wall zu durchbrechen. Engelbert schaute in das Gesicht, das in seiner emotionalen Unbeweglichkeit weder Zuneigung noch Ablehnung auszulösen vermochte und zog in einer Geste der einstigen Vertrautheit die Decke bis an die Schultern von Maria, denn in ihrer Schlafkammer war es kalt.

Leise schloss er die Schlafzimmertür hinter sich.

»Jetzt bist du ein großer Krieger, der für unseren Führer und unser Vaterland kämpft. Ach, könnte ich doch so auch Soldat werden wie du!«, hörte er Benedikts Stimme hinter sich.

»Sei froh, dass du noch zu jung dafür bist«, antwortete ihm Engelbert.

Benedikt war dreizehn Jahre alt, besuchte regelmäßig die Zusammenkünfte der Hitlerjugend und hätte alles gegeben, um für seinen Führer an der Front kämpfen zu dürfen. Da er der Jüngste der Geschwister war, war er von Anfang an von seinen Schwestern, allen voran von Johanna, verwöhnt und verzogen worden. Johanna mochte keine Auseinandersetzungen und ließ ihn einfach gewähren, denn jede Ermahnung war sinnlos.

Maria, seine Mutter, sah in ihm den Sohn, durch den sie ihren Erstgeborenen verloren hatte. Schon früh übertrug sie ihrer ältesten Tochter die Fürsorge für den kleinen Bruder. Er wuchs zu einem kräftigen Jungen heran, der schon zur Mitarbeit in Haus und Hof fähig war. Doch Benedikt erkannte bald, dass man ihm aufgetragene Arbeiten ohne Schwierigkeiten an Paul delegieren konnte.

Er war ein wilder und ungestümer Junge geworden, der am liebsten mit einem selbst geschnitzten Gewehr an seiner Schulter im Stechschritt um das Winzerhaus marschierte. Annas Sohn Paul musste ihm, sofern er zugegen war, im Gleichschritt folgen. Auf Benedikts Kommando hatte dieser zu salutieren und den ausgestreckten Arm zum Hitlergruß zu heben. Nepomuk gefiel diese Entwicklung seines jüngsten Kindes nicht und mehrmals wandte er sich erfolglos an Johanna um Hilfe.

»Du, Opa und Paul, ihr seid jetzt die einzigen Männer hier im Haus. Passt auf die Frauen gut auf, dass ihnen nichts geschieht. Der Krieg findet nicht nur an der Front statt«, ermahnte Engelbert den Jungen.

Danach rief er Anna und trug ihr auf, den kleinen gusseisernen Ofen im Zimmer der alten Bäuerin besser zu heizen, damit diese nicht friere. Der kleine Berti-Muki, wie er liebevoll von allen Familienmitgliedern genannt wurde, konnte zwar nicht verstehen, was es zu bedeuten hatte, dass sein Vater mitten im Winter den Rucksack packte, um hinaus in die froststarre Landschaft zu gehen. Er fühlte jedoch die Besonderheit des traurigen Augenblicks, als der Vater die Haustür öffnete, um fortzugehen und ein kalter Windhauch durch den Vorraum huschte.

Noch einmal drehte sich Engelbert um, hob die Hand zum Abschiedsgruß und stapfte mit festen schnellen Schritten durch den tiefen Schnee in Richtung Strass.

Johanna schloss die Tür und sah ihm durch die mit Eisblumen kalt verfrorenen Fensterscheiben nach, bis seine Gestalt nur noch ein dunkler Punkt in der weißen Landschaft war.

Engelbert Adam wurde nicht sofort an die feindliche Front geschickt. Er erhielt eine Kurzausbildung in der Kaserne von Strass, wo er sich wieder unter einstigen Freunden seiner Jugendzeit, die auch erst jetzt einberufen worden waren, befand. Sie alle hatten, genauso wie er selbst, eine Bauernwirtschaft, Frau und Kinder, die sie für ihre Pflicht an das Vaterland einem ungewissen Schicksal ausgeliefert hatten.

Die gewaltige Stimme des Führers und Hitlers Dogmatik vermochten zwar in ihnen allen die Hoffnung auf ein baldiges siegreiches Ende des Krieges auszulösen, jedoch verringerten sie nicht die Sorge um die Menschen, die sie liebten und für die sie sich verantwortlich fühlten.

Nach wenigen Wochen wurden die neuen Rekruten an die Frontlinie nach Griechenland gebracht. Eine lange Reihe Militärlastwagen stand vor der Kaserne und im Morgengrauen kletterten die Männer, ausgerüstet mit winterfesten Uniformen und Sturmgewehren, auf die mit Holzbänken ausgestatteten und mit dunkelgrüner Plane bedeckten Ladeflächen der Fahrzeuge.

Dann setzte sich der Konvoi in Bewegung, und obwohl sie es mit Sicherheit nicht wissen konnten, ahnten dennoch viele, dass sie ihre Heimat für eine lange Zeit nicht mehr sehen sollten. Und viele von ihnen sollten überhaupt nicht mehr zurückkehren. Auch Engelberts Brüder waren, bis auf den Ältesten, zum Kriegsdienst eingezogen worden.

Am Tag vor ihrem Einsatz hatte Engelbert plötzlich Marianna im Kasernenhof getroffen. Sie war für einen Kurzurlaub von Ptuj nach Hause geschickt worden und hatte eine Nacht im Schwesterntrakt des Lazaretts der Kaserne verbracht, bevor sie sich auf den Weg nach Graßnitzberg machte.

Marianna hatte sich in den Monaten ihrer Arbeit im Lazarett verändert. Obwohl die anstrengende Arbeit mit den schwer verwundeten Soldaten und die Entbehrungen des Krieges das einst so blühende Mädchengesicht hatten schmal und blass werden lassen, ruhte ein weicher Schimmer in ihren großen dunklen Augen und ein zuvor nicht da gewesenes sanftes Lächeln umspielte ihre geschwungenen Lippen.

Marianna war der Liebe ihres Lebens begegnet.

Noch trug sie ihr Geheimnis in sich verborgen, doch diejenigen, die sie kannten, entdeckten die Veränderung in ihrem Wesen sofort.

So auch Johanna!

Als Marianna, eingehüllt in ein dickes Wolltuch, den Rotkreuzrucksack auf den Schultern, mit ihren schweren mit Schneeklumpen bedeckten Stiefeln ins Vorhaus stapfte, eilte ihr Johanna entgegen, umarmte wortlos die Schwester, strich ihr die vom eisigen Wind gefrorenen Locken aus der Stirn und betrachtete sie voll Freude.

Als sie sich ihrer kalten und feuchten Winterbekleidung entledigt hatte und auf der Ofenbank in der Stube saß, den kleinen Berti-Muki im Arm haltend, atmete sie tief ein und meinte seufzend: »Endlich wieder daheim. Hier herinnen ist es, als gäbe es da draußen keinen Krieg.«

Wehmut und Trauer lagen in ihrer Stimme, doch das Strahlen in ihrem Gesicht war geblieben.

»Wer ist es?«, fragte Johanna und Marianna senkte, wie auf frischer Tat ertappt, den Blick.

Marianna schwieg eine Weile und Johanna, die ältere Schwester, gewährte ihr die Zeit, die sie für eine ehrliche Antwort benötigte.

»Er heißt Josef Baron Waldstein und ich habe ihn vom ersten Augenblick unserer Begegnung geliebt. Die Deutsche Wehrmacht hat auf seinem Landsitz ein Lazarett eingerichtet und ich habe dort gearbeitet.«

»Und dieser Baron Waldstein – erwidert er deine Gefühle?«

»Ja, und doch …!«

»Du wirst doch hoffentlich nicht schwanger und deshalb auf Heimaturlaub geschickt worden sein!«, empörte sich Johanna.

Marianna lief purpurrot an.

»Es ist beleidigend, wie du über mich denkst. Ich bin nicht schwanger. Ich bin noch Jungfrau!«

»Entschuldige, Liebes!«, flüsterte Johanna und umarmte die Schwester, »aber in deiner Stimme lagen für mich hörbar so unbestimmte Zweifel.«

»Ja, du hast es gehört, obwohl ich noch nicht davon gesprochen habe. Josef hat ein großes Problem und das ist seine Herkunft. Seine Großmutter ist Jüdin und daher konnte er keinen stammreinen Ariernachweis erbringen und nun droht ihm Verfolgung.«

»Also dann stimmt es, was man sich unter vorgehaltener Hand erzählt«, meinte Johanna nachdenklich.

»Immer mehr Juden verlassen, wenn sie die Möglichkeit haben, das Land, bevor sie von Schergen der Geheimen Staatspolizei in Zügen nach Nirgendwo verschickt werden. Josef hat alles für seine Flucht vorbereitet und ich habe vor, ihm dabei zu helfen, so gut ich es kann.«

»Das Nirgendwo, wie du es nennst, hat einen Namen, wenn es stimmt, was sich die Menschen in den Wirtsstuben erzählen.

Ich weiß nicht, wo sich diese Orte befinden, aber sie heißen Auschwitz, Mauthausen und Dachau, und dort sollen ganz schreckliche Dinge geschehen. Ich kann gar nicht glauben, dass dies alles wahr sein soll! Und dein Baron – wo will er denn hingehen, jetzt mitten im Krieg? Und du – wie willst du ihm denn helfen?«

»Vorerst in die Schweiz und von dort soll es weiter nach Portugal gehen. Dort wollen wir uns einschiffen – nach Amerika!«

»Habe ich richtig gehört? Sagtest du *wir*?«

Marianna senkte den Blick und nickte stumm.

»Weißt du überhaupt, worauf du dich da einlässt? Wenn sie dich erwischen, weil du einem Juden hilfst, wirst du gleich erschossen. Du bist verrückt! Und ich? Niemand denkt an mich! Erst muss mein Mann an die Front und nun willst du auch weggehen und ich bin mit allem hier allein! Allein mit dem alten Vater, einer Mutter, die sich und das Leben aufgegeben hat, dem kleinen Bruder, der eigensinnig und störrisch ist und den ganzen Tag mit den wilden Jungen aus der Nachbarschaft nur Krieg spielen will. Und mit …«

Doch Johanna vollendete den Satz nicht, da ihr plötzlich bewusst geworden war, dass sie Marianna ziehen lassen musste, denn alles andere wäre ihr gegenüber rücksichtslos und unehrlich gewesen. Marianna war erwachsen geworden. Die Bitterkeit des Krieges hatte sie schneller reifen lassen.

Sie würde die Schwester vermissen, aber sie durfte sie nicht zurückhalten.

Der kleine Berti-Muki war in den hin- und herwiegenden Armen seiner Tante eingeschlafen und die beiden Frauen sprachen im Flüsterton weiter.

»Du wolltest etwas sagen, hast es aber dann dennoch nicht ausgesprochen. Was ist es?«, fragte Marianna.

»Ich erwarte wieder ein Kind. Vielleicht wird es diesmal das Mädchen, das wir uns schon so lange wünschen.«

»Und Engelbert?«

»Er freut sich. – Ach, wir vermissen ihn so sehr! Ich weiß nicht einmal, wo er zurzeit stationiert ist.«

»Ich habe ihn in Strass zufällig getroffen. Er ist mit dem Transport nach Griechenland unterwegs.«

Marianna lehnte sich mit dem Gewicht ihres ganzen Körpers gegen die warme gekachelte Ofenwand, spürte den Druck ihres Rückens und ihr Körper bebte in einer Eruption plötzlich aufkommender Gefühle, doch ehe sie auf die Offenbarung ihrer Schwester antworten konnte, sagte diese: »Vergiss, was ich eben gesagt habe! Du musst deinen Weg gehen und dein Leben leben. Ich habe es genauso getan. Wann ist es so weit? Wann werdet ihr das Land verlassen?«

Nun begann Marianna zu berichten. Josef war unter dem Schutz des Internationalen Roten Kreuzes von Pettau bis nach Marburg gekommen. Dort habe er sich mit einem Freund getroffen, der ihm einen Reisepass mit neuem Namen und neuer Identität besorgt hatte. Zu Fuß wollte er bis nach Spielfeld gelangen, wo sie ihn abholen sollte. Die

Weiterreise sollte in den nächsten Tagen mit der Bahn von Spielfeld aus über Graz erfolgen.

»Wenn ich dich richtig verstanden habe, dann willst du deinen Baron bis zur Weiterreise bei uns verbergen?«

Aufgeregt nickte Marianna.

Johanna war selbst überrascht, was sie jetzt im Begriff war zu tun. Sie stand auf, holte aus der Truhe dicke Decken und Kissen, nahm frische Bettwäsche aus dem Schrank und trug beides in das Zimmer ihrer Mutter.

Marianna folgte ihr kopfschüttelnd.

Maria lag mit geschlossenen Augen still und entrückt dar, nahm weder die Menschen noch deren Geschäftigkeit um sie herum wahr.

»Wahrscheinlich ist es für deinen Baron etwas ungewöhnlich, hier in Mutters Kammer auf einer Matratze auf dem Boden zu schlafen, aber hier ist er am sichersten. Man weiß, dass die Mutter nur auf ihren Tod wartet, und sollte Baron Waldstein bei uns gesucht werden, wird bestimmt niemand in dieser Kammer nachsehen wollen.«

So gut diese Idee auch war, so wenig hatte Johanna mit der Gründlichkeit der Gestapo-Leute gerechnet.

Es begann schon dämmrig zu werden, als Marianna den Weg zum Grenzübergang nach Spielfeld hinunterging. Aus Angst beobachtet zu werden, hatte sie keine Laterne mitgenommen. Der Weg war ihr vertraut. War sie ihn doch in ihrer Kindheit so viele Male gegangen, um die Bohnen der Mutter zu verkaufen, um Rebstöcke für den Weingarten vom Landesproduktenhändler zu holen oder aber nur, um heimlich im Grenzwald nach Pilzen zu suchen.

Seit der Eroberung Jugoslawiens durch Adolf Hitler bestand die Grenze nicht in der ursprünglichen Form, jedoch gab es am Grenzschranken noch immer die üblichen Kontrollen. Lautlos wie eine Katze, die sich mit weichen Pfoten durch den Schnee bewegt, näherte sich Marianna dem Grenzposten.

Die klirrende Februarkälte hatte die beiden Grenzsoldaten in ihre kleine hölzerne Hütte getrieben, aus der seitlich ein Ofenrohr herausragte, aus dem grauer Rauch aufstieg, der wie Watte in der kalten Luft hängen blieb.

Bewegungslos blieb Marianna an der Außenwand des langgestreckten Gebäudes des Warenlagers des Landesproduktenhändlers stehen und lauschte in die Stille. Die eisigkalte Luft brannte auf ihren Wangen.

Nichts regte sich.

Dunkelheit hüllte sie ein.

Nur das kleine Zollhäuschen und der geschlossene Schranken waren hell beleuchtet. Sie bildeten eine helle Mitte, die von der Finsternis umschlossen wurde. Und irgendwo in dieser Dunkelheit befand sich der Mann, den Marianna liebte und für den sie bereit war, jedes Risiko einzugehen.

Es dauerte eine Weile, da hörte sie endlich das Knirschen des hart gefrorenen Schnees, das von sich nähernden Schritten aus der Ferne kam. Marianna wagte kaum zu atmen. Angestrengt blickte sie auf den hell beleuchteten rot-weiß-roten Grenzbalken.

Dann sah sie ihn.

Er trug wie vereinbart die Armschleife des Internationalen Roten Kreuzes um den linken Oberarm, hatte den Rucksack umgehängt und trug die Uniform der Deutschen Wehrmacht, die Marianna für ihn vor wenigen Tagen einem Patienten, der kurz zuvor seinen schweren Kriegsverletzungen erlegen war, entwendet hatte. Sie wusste damals und in diesem Moment, dass sie dabei war, etwas Verbotenes und Unrechtes zu, aber gleichzeitig sagte ihr eine innere Stimme, dass diese Kleidungsstücke dem Toten nicht mehr nützen würden, aber Josef zur Freiheit verhelfen konnten. Und so hatte sie damals alles an sich genommen und Josef übergeben, der in seiner Überraschung sprachlos geworden war. Dann hatten sie den Fluchtplan ausgeheckt, kein Detail ausgelassen und den Ablauf minutiös geplant.

Und nun stand Baron Waldstein vor dem Grenzschranken.

Der wachhabende Grenzsoldat sprang aus dem Holzhäuschen, salutierte und sprach mit dem Fremden. Marianna vernahm zwar ihre Stimmen, Wortfetzen drangen an ihr Ohr, aber sie konnte den Sinn der Worte nicht verstehen.

Der Fremde griff in die Innentasche seines dicken Uniformmantels und reichte dem Granzsoldaten seinen Ausweis. Dieser hielt ihn ins Licht und ging dann damit in das Zollhäuschen. Unbeweglich blieb der Unbekannte hinter dem Grenzbalken stehen. Keine Bewegung und keine Geste deuteten Marianna an, dass es sich um Josef Baron Waldstein handelte.

Doch hatte sie sich die Gestalt und jede der Bewegungen des geliebten Mannes so sehr in ihr Gedächtnis eingeprägt, dass sie sich sicher war – er war es!

Nun kam der Grenzsoldat wieder aus dem Häuschen heraus, übergab dem Fremden seine Papiere und öffnete den Schranken.

Gemessenen Schrittes und ohne verdächtige Hast ging der fremde Mann an dem Soldaten vorbei, hob den Arm zum Hitlergruß und stapfte durch den Schnee aus dem Lichtkegel, hinein in die Dunkelheit der kalten Nacht.

Marianna hörte, wie sich die Tür des hölzernen Wachhäuschens schloss und sich der Grenzbalken mit leisem Stöhnen wieder in seine Verankerung senkte.

Sie atmete auf.

Wie vereinbart ließ sie Josef an sich vorübergehen, obwohl sie ihm am liebsten entgegengelaufen wäre und ihn umarmt hätte. Lautlos folgte sie ihm ein Stück des Weges, und als er den Wald erreicht hatte, in dem sich der Pfad aufwärts schlängelte, beschleunigte sie ihre Schritte, bis sie ihn eingeholt hatte. Unter den schwer mit dickem, weißem Schnee beladenen Zweigen der Fichten blieben sie stehen und umarmten sich wortlos.

»Ist dir jemand gefolgt?«, fragte Marianna flüsternd.

»Ich glaube nicht. Gesehen habe ich niemanden.«

Hintereinander stiegen sie den Hügel hinauf und folgten den Spuren, die Johanna auf ihrem Weg zur Grenze hinterlassen hatte. Wie tausende Diamanten leuchteten die Sterne am samtblauen Winterhimmel und eine eigenartige Stille, wie vor einem großen Sturm, hüllte sie ein.

»Ist es noch weit?«, fragte Josef, dem die beginnende Müdigkeit und die Strapazen der vergangenen Tage anzusehen waren.

»Eine gute halbe Stunde«, meinte Marianna und blieb stehen.

Der Hauch ihrer Worte hatten kleine Wölkchen gebildet und um ihre Nase waren weiße Flecken zu sehen – die ersten Anzeichen einer Erfrierung.

Wortlos nahm Josef seinen Schal und wickelte ihn um Mariannas Gesicht, sodass nur mehr die Augen frei blieben.

»Danke. – Ich bin schon still und sage kein Wort mehr!«, lächelte diese und sie gingen weiter.

Endlich sahen sie in der Ferne das warme Licht, das aus dem Stubenfenster ihres Hauses drang und in eisiger Kälte das Angekommensein verkündete.

Johannas von Sorge um die Schwester gezeichneten Gesichtszüge begannen sich bei ihrer Ankunft zu entspannen, und als sie später bei einer warmen Mahlzeit und einer großen Kanne mit heißem Lindenblütentee am Tisch saßen und Johanna die rot und grün karierten Vorhänge zugezogen hatte, begann Josef zu erzählen. Er hatte eine tiefe angenehme Stimme und von seinem Oberlippenbart kullerten aus den sich auflösenden Eiskristallen kleine Tröpfchen auf sein Kinn. Die dichten dunkelblonden Haare zeigten an den Schläfen vereinzelt silbergraue Fäden, was den markanten Gesichtzügen etwas Bestimmendes verlieh. Mit seinen graublauen Augen blickte er während des Erzählens immer wieder liebevoll auf Marianna, die seinen Blick ohne Scheu und mit tiefer Innigkeit erwiderte.

»Mein Freund in Marburg hat mir einen Reisepass mit dem Namen Dr. Josef Müller besorgt und daher habe ich den Grenzsoldaten erklärt, dass ich mich auf dem Weg in die Kaserne nach Strass befände und meine Ausrüstung vom Roten Kreuz, die mir Marianna besorgt hatte, verliehen meinen Worten die notwendige Glaubwürdigkeit.«

»Und die waren nicht erstaunt, dass ein Militärarzt ohne Begleitung und ohne Fahrzeug unterwegs ist?«, unterbrach Johanna Josefs Bericht.

»Anfangs schon! Aber dann habe ich ihnen erzählt, dass wir unterwegs von den Partisanen überfallen worden waren, ich aber entkommen konnte und mich zu Fuß weiter auf den Weg in die Kaserne nach Strass gemacht habe.«

»Und die haben das geglaubt?«, fragte Johanna mit ungläubigem Staunen.

»Es war sehr kalt und meine Papiere waren in Ordnung. Der Grenzer war froh, wieder in sein Häuschen zu kommen«, lächelte nun Josef.

»Und euch ist niemand gefolgt?«, wagte Johanna, der diese Geschichte zu einfach erschien, nachzufragen.

»Nein, wir waren ganz allein in der Kälte da draußen«, antwortete Marianna und gähnte.

Sie waren wirklich allein gewesen. Niemand hatte sie gesehen, doch ihre Spuren waren im Schnee zurückgeblieben und Josefs Verschwinden war bekanntgeworden und man hatte sich bereits auf die Suche nach ihm gemacht.

Es war spät geworden und Johanna wies Josef seinen Platz zum Schlafen an. Er war bestürzt und überrascht zugleich, als er die beinahe leblos erscheinende Alte in der warm beheizten Kammer vorfand, fügte sich aber ins Unvermeidliche, weil ihm Johannas Erklärung, die eine eventuelle Hausdurchsuchung befürchtete, einleuchtend erschien.

»Es wird so sein, als wärst du allein in der Kammer. Meine Mutter hat sich von der Welt verabschiedet. Es ist nur ihr Körper, der noch da ist. Ihr Geist ist schon lange anderswo«, erklärte ihm Marianna.

Josef war zu müde, um noch irgendetwas darauf zu erwidern und legte sich auf die Matratze, die mit frischer Bettwäsche ausgestattet auf dem Boden neben dem Bett der scheinbar leblosen Frau lag.

Als Marianna später neben ihrer Schwester im Ehebett lag, fragte sie nach Vater und Benedikt.

»Unsere Anna ist eingeweiht und wird Stillschweigen bewahren, aber Benedikt darf deinen Baron unter keinen Umständen zu Gesicht bekommen. Er ist noch zu jung und unwissend. Er könnte etwas sagen, was uns alle in große Schwierigkeiten bringen könnte. Und bei Vater weiß ich nicht, was er denkt, was er wahrnimmt. Meistens schweigt er. Er wird Mutter immer ähnlicher. Am besten wird es wohl sein, der Baron bleibt während seines Aufenthaltes tagsüber im Zimmer der Mutter. Am Abend, wenn Vater und der Bruder zu Bett gegangen sind, kann er ja in die Stube kommen.«

»Wenn alles klappt, werden wir morgen Abend schon auf der Fahrt nach Graz und weiter in die Schweiz sein. Morgen früh besorge ich die Fahrkarten am Bahnhof in Spielfeld. Ich weiß, dass täglich mindestens zwei Züge fahrplanmäßig nach Graz fahren. Ich habe noch fünf Tage Heimaturlaub. Ich werde niemandem abgehen und wenn sie meine Abwesenheit im Lazarett bemerken, bin ich schon längst mit Josef in der Schweiz.«

»Gott steh euch bei!«, flüsterte Johanna und hielt die Hand ihrer Schwester, bis sie beide eingeschlafen waren.

Am frühen Morgen machte sich Marianna auf den Weg zum Bahnhof.

Da man einander in der kleinen Ortschaft kannte, war Marianna dem Schalterbeamten nicht unbekannt und wurde von ihm freundlich begrüßt: »Wieder einmal auf Heimaturlaub?«

Marianna nickte und schenkte ihm ihr schönstes Lächeln. Aus den Augenwinkeln beobachtete sie die Menschen in ihrer näheren Umgebung. Es befanden sich in erster Linie Soldaten in dem kleinen Warteraum, in dem sich auch der Ticketschalter befand.

»Ich möchte gerne zwei Fahrkarten nach Graz«, sagte sie und versuchte ruhig zu bleiben.

»Zwei?«, wunderte sich der Mann am Schalter.

»Ja, meine Schwester und ich müssen wegen unserer Papiere nach Graz!«, log Marianna.

»Also zweimal Graz und retour!«, murmelte der Schalterbeamte.

»Nein, also ja!«, verbesserte sich Marianna und löste die Rückfahrkarten, mit dem Bewusstsein, sie nicht benützen zu wollen.

Sie steckte die Fahrkarten in ihren weiten Schwesternumhang und wollte zum Ausgang gehen, als sich ihr zwei Männer in schwarzen Uniformen mit dem SS-Zeichen an den Rockaufschlägen und langen um die Mitte mit einem Gürtel fest geschnürten Ledermänteln in den Weg stellten.

»Guten Morgen, Fräulein! Könnten wir Ihre Papiere sehen!«, sagten sie mit Bestimmtheit in der Stimme, die kein Entkommen zuließ.

Marianna spürte, wie es kalt über ihren Rücken rieselte und ihre Hände zu zittern begannen. Sie mahnte sich zur Ruhe, holte ihren Reisepass aus der Tasche des weiten dunkelblauen Schwesternmantels, zeigte ihren Urlaubsschein und beobachtete die Mienen der beiden Männer.

»Und nun noch die Fahrscheine!«, herrschte sie der eine an.

Marianna, die sich wieder gefasst hatte, nahm die beiden Fahrkarten, gab sie jedoch nicht an den streng blickenden Mann weiter, sondern begann zu jammern: »Bitte, die dürfen Sie mir nicht wegnehmen! Ich habe sie doch bezahlt. Sie sind für meine Schwester und mich. Wir müssen dringend nach Graz fahren, um unsere Ausweise verlängern zu lassen!«

Die beiden sahen sich an, reichten Marianna wortlos Reisepass und Urlaubsschein, die beides wieder in ihrem Mantel verschwinden ließ, und gaben der jungen Frau den Weg frei.

Marianna versuchte die ersten Schritte über die Treppen des Bahnhofsgebäudes, das ein Stockwerk über der

Zufahrtsstraße lag und so einen ungehinderten Zugang zu den Bahngeleisen ermöglichte, noch gemessen und ruhig zu gehen, doch mit dem letzten Treppenabsatz wurde sie immer schneller.

Daheim war man besorgt und Josef wagte sich während des Tages nicht aus der Kammer der alten Frau.

Die Stunden schlichen dahin. Der kleine Berti-Muki, der die Unruhe der Erwachsenen spürte, war quengelig und schrie wegen jeder Kleinigkeit, Nepomuk war schlecht gelaunt und murrte, weil niemand Holz aus der Scheune geholt hatte und das Feuer im Herd zu erlöschen drohte.

Er hängte sich seinen Wetterfleck um und ging scheltend aus dem Haus, über den Hof zur Scheune.

Als er mit einem Arm voll Brennholz wiederkam, meinte er: »Wir bekommen Besuch. Vom Weingarten her kommen zwei Männer auf unser Haus zu.«

Johanna und Marianna sahen sich an und wurden blass.

Anna nahm die beiden Kleinen und setzte sie in den Laufstall, den Nepomuk liebvoll aus Weidenruten gemacht hatte. Sie setzte sich mit ihrem Flickkorb an den Tisch und begann mit der Näharbeit. Ein Bild der heimischen Idylle sollte sich den ungebetenen Gästen darbieten.

Marianna huschte mit wachsbleichem Gesicht zu Josef in die Kammer.

»Sie kommen! Ich glaube, sie suchen dich!«

Dann verließ sie die Kammer, schloss die Tür hinter sich und kam zu Johanna in die Stube. Auf dem Herd stand der große Topf, in dem sie die Milch für die Kinder heiß zu machen pflegten und daneben in der schwarzen Pfanne schmorte gelber Sterz, den Johanna mit einem Löffel Schweineschmalz gefettet hatte.

»Bleib ganz ruhig!«, flüsterte sie der Schwester zu.

Benedikt blickte von seinem Schreibheft auf und legte den Stift beiseite.

Nepomuk, der sich an den Tisch gesetzt und seine Pfeife mit einer Mischung aus Tabak und getrocknetem Gras gestopft hatte, blickte auf. Dann wandte er sich um und sah aus dem Fenster.

Die beiden Männer waren bereits nahe beim Haus und ihr zielgerichtetes Gehen ließ klar und deutlich erkennen, dass sie zum Winzerhaus Adam-Jordan wollten. Sie klopften kurz an die Tür, stießen diese auf und standen mitten in der Wohnstube, durch die plötzlich ein eisiger Wind fegte.

Die beiden Kleinen erschraken und begannen zu weinen.

Marianna nahm ihren kleinen Neffen aus dem Laufstall, drückte ihn fest an sich und versuchte ihn zu beruhigen.

»Aber meine Herren! Nicht so stürmisch! Hier heroben bekommen wir nur selten Besuch und die Kleinen fürchten sich vor euch!«

Die beiden Männer wurden einen kurzen Augenblick verlegen, fassten sich aber schnell und fragten in barschem Ton: »Geheime Staatspolizei! Wie viel Personen befinden sich im Haus?«

»Ihr seht sie alle!«, antwortete Johanna mit ruhiger Stimme und zeigte auf die Anwesenden.

»Sind das alle?«

Marianna und Johanna nickten.

Da meinte der zweite Mann, dessen Uniform mit den Hakenkreuzschleifen auf Marianna einen furchterregenden Eindruck machte, obwohl sie den Mann vom Sehen her kannte, denn sie war ihm in der Strasser Kaserne bereits mehrmals begegnet: »Da gibt es noch die Alte, aber die ist schon mehr drüben als da.«

»Ja, die Mutter!«, fügte Johanna leise hinzu.

Da der ihnen fremde SS-Mann die kranke Mutter unbedingt sehen wollte, blieb Johanna nichts anderes übrig, als ihn zur Kammer der Mutter zu führen. Mit klopfendem Herzen drückte sie die Türklinke herunter und öffnete zögernd und langsam die Tür.

Es wat totenstill, nur das leise Jammern der ein wenig rostigen Türangeln störte die bebende Stille.

Johanna und Marianna, die wachsbleich geworden war, blieben im Flur stehen.

Die beiden Männer traten ein.

Im Bett lag die Mutter unter mehreren aufgetürmten Decken, bleich und leblos mit geschlossenen Augen. Ein beißender Uringeruch erfüllte den halbdunklen Raum, in dem der Schatten des Todes lauerte.

Die Männer hielten sich ihre Taschentücher an die Nase, und nachdem sie sich kurz umgeblickt hatten, schlossen sie die Tür und meinten vorwurfsvoll an Johanna und Marianna gewandt: »Sie sollten auf die alte Mutter besser schauen. Die liegt ja in ihrer eigenen Pisse!«

Marianna und Johanna wechselten einen bedeutungsvollen Blick und antworteten nichts.

In der Stube schlugen die beiden die Haken zusammen, hoben den ausgestreckten Arm zum Hitlergruß und sagten, ehe sie das Haus verließen: »Wenn irgendjemand zu Ihnen auf den Berg herauf kommt, ein Fremder selbstverständlich, dann haben Sie sofort Meldung zu machen.«

Johanna nickte.

»Sie fragen ja gar nichts?«, meinte nun der ältere der beiden hämisch und ging ganz nahe an Johanna heran, sodass sich ihre Gesichter in Augenhöhe beinahe berührten.

»Sie suchen jemand. Das ist doch klar! Was sollten wir da noch fragen, ja doch!«, meinte sie und versuchte zu lächeln. »Mann oder Frau?«

»Einen Mann, um die vierzig, er kommt aus Pettau und wir haben sichere Hinweise bekommen, dass er sich in dieser Gegend hier aufhält. Also, wenn Ihnen etwas Ungewöhnliches auffallen sollte, Ihnen jemand begegnet, auf den die Beschreibung passt, haben Sie dies unverzüglich zu melden.«

»Jawohl!«, antwortete Marianna, die sich wieder gefasst hatte, in zackigem Tonfall und hob den ausgestreckten Arm zum Hitlergruß.

Der Gesichtsausdruck der beiden Männer schien eine Spur freundlicher zu werden. Sie nickten Nepomuk zu und verließen das Haus.

»Jedes Mal, wenn ich den Arm hebe und ›Heil Hitler‹ rufe, komme ich mir vor, wie eine Verräterin!«, meinte Marianna und schluckte.

Sie sahen den beiden Männern nach, bis ihre dunklen Uniformen zwischen den Rebreihen des Weinberges verschwunden waren.

Dann eilten Johanna und Marianna in die Kammer der Mutter.

Dort war alles, wie sie es vorgefunden hatten, als sie den Männern die Türe öffnen mussten.

»Du kannst rauskommen!«, flüsterte Marianna.

»Sie sind weg!«, ergänzte Johanna, als sich Josef mit hochrotem Gesicht und wirrem Haar aus den Decken und Federbetten schälte und darauf achtete, die alte Frau nicht zu sehr in ihrem wachen Schlaf zu stören.

Marianna öffnete eine Spaltbreit das Kammerfenster, um frische Luft hereinzulassen.

»Der Gestank ist beinahe unerträglich! Was hast du denn gemacht, Josef?«

»Ich hoffe, die Damen werden mir verzeihen, aber als ich die Matratze unters Bott geschoben habe und zur Mutter unter die Decken geschlüpft bin, muss ich wohl das gefüllte Nachtgeschirr umgestoßen haben.«

»Diese Anna!«, seufzte Johanna. »Hat sie Mutters Nachttopf schon wieder vergessen auszuleeren!«

»Aber diesmal verdient sie Lob und nicht Schelte«, meinte nun Marianna und holte Putzlappen, Seife und einen Eimer Wasser. Sie begann zu schrubben und wischen und alle ihre schwungvollen Bewegungen trugen die Erleichterung des eben Überstandenen in sich.

Die Zeit drängte.

Johanna packte in den Rotkreuzrucksack von Josef Baron Waldstein einige Lebensmittel, damit sie auf ihrer Reise keine Gaststätten aufsuchen und trotzdem nicht Hunger leiden mussten.

Marianna stopfte einige Kleidungsstücke in ihre Schwesterntasche. Einen prall gefüllten Rucksack durfte sie sich nicht erlauben, da man sie sicher beim Betreten des Bahnhofs beobachten würde und für eine Fahrt nach Graz, um Dokumente verlängern zu lassen, brauchte man kein großes Reisegepäck.

Der Bahnhof von Spielfeld, um die Jahrhundertwende erbaut, war stets ein Grenzbahnhof gewesen und stellte schon vor dem Ersten Weltkrieg die Verbindung zwischen Österreich und den Balkanländern dar.

Das Bahngelände schmiegte sich an einen bewaldeten Hügel und daher war der Zugang zu den Geleisen nur von einer Seite, nämlich vom Bahnhofsgebäude aus, möglich. Der tief verschneite Wald ragte dahinter wie eine unbezwingbare Wand auf. In der Morgendämmerung hatte Marianna Josef in diesen Wald, der von der anderen Seite schwer zugänglich war, geführt und hier harrte er nun seit Stunden aus. Die Kälte begann ihm allmählich in die Glieder zu kriechen, aber als es hell geworden war, wagte er es nicht mehr, sich zu rühren, da er befürchten musste, dass ein findiger Beobachter vom Bahnsteig aus die Bewegungen im Wald hätte wahrnehmen können.

Und endlich, nach der schier endlos scheinenden Wartezeit in eisiger Kälte, fuhr der Zug mit lautem Zischen und Dampfwolken, die aus der schwarzen Lok quollen, ins Bahngelände ein.

Es war sein Zug.

Der Zug, der ihn in die Freiheit bringen sollte.

Angestrengt blickte Baron Waldstein durch die mit Schnee bedeckten Äste und Zweige, die ihm zwar Schutz boten, jedoch die Sicht zum Bahngelände beeinträchtigten. In der Menge der Menschen, die auf den herannahenden Zug warteten, konnte er Marianna und ihre Schwester nicht ausmachen. Er wusste aber, dass sie, wie vereinbart, im vorletzten Waggon einsteigen würden.

Der Zug war direkt unter ihm, bestand aus einer Unzahl von Waggons und nahm fast die gesamte Länge des Bahnhofsgeländes ein. Langsam ließ sich Josef Baron Waldstein durch den Schnee tiefer in Richtung Geleise gleiten.

Von der Bahndammmauer war es nur ein kleiner Sprung.

Der tiefe Schnee schluckte alle Geräusche, die er verursachte, und mit raschen Schritten näherte er sich dem vorletzten Wagen des Zuges.

Gerade als er das Trittbrett erklommen hatte, wurde die Wagentür geöffnet und eine dunkel gekleidete Frauengestalt trat ihm entgegen. Sie nickte ihm zu und erleichtert erkannte er das Gesicht von Johanna. Sie drückte ihm ihren Fahrschein in die Hand und ließ sich hinter ihm in den Schnee fallen.

Kein Wort wurde zwischen ihnen beiden gewechselt.

Beinahe lautlos huschte sie hinter den Wagenreihen den Zug entlang und versuchte den Steinwall, der das Bahnhofsgelände vom bewaldeten, tief verschneiten Hügel trennte, zu erklimmen. Doch das schwere Wintergewand und ein Maß an Ungeschicklichkeit hinderten sie daran.

Josef ging zwischen den bereits mit Fahrgästen gefüllten Sitzreihen hindurch und hielt nach Marianna Ausschau.

Ein kurzer Blick aus den beschlagenen Wagonfenstern zeigte ihm, dass Johanna die Steinmauer, die Bahnhofsgelände vom Wald trennte, entlanglief. Ihr schwarzer dicker Mantel war von Schneestaub bedeckt und ihre Beine versanken fast bis zu den Knien in der unberührten weißen Schneedecke.

Hinter der Biegung war sie dann plötzlich seinen Blicken entschwunden und mit großer Dankbarkeit für ihren Mut hoffte er, dass sie unbeschadet würde den Heimweg antreten können.

Der Zug setzte sich mit einem Ruck in Bewegung. Noch immer konnte er Marianna nirgends entdecken. Verzweifelt sah er sich um. Dann sah er sie! Sie kam ihm aus der Gegenrichtung des Wagens entgegen und schaute sich nach einem Sitzplatz um. Ihre Blicke begegneten sich nur kurz. Dass sie vermieden, sich anzublicken, schuf eine größere Nähe, als jede Verschränkung von Blicken es in der Menge dieser Menschen vermocht hätte. Ein kleines Nicken und die Art, wie sie sich eine Haarlocke aus der Stirn strich, war das vereinbarte Zeichen für Josef, besonders vorsichtig und auf der Hut zu sein. Sie setzte sich auf den einzigen noch freien Platz im Waggon und Josef blieb mit scheinbarer Ausdruckslosigkeit in seinem Gesichtausdruck, sie aber nicht aus den Augen lassend, im Mittelgang stehen.

Dann kamen die Kontrolleure, gefolgt von den schwarz gekleideten Männern der SS. Die Fahrgäste zeigten ihre Ausweise vor und schauten mit ängstlichen Gesichtern auf die Männer in ihren schwarzen Ledermänteln mit den gezackten Abzeichen auf den Rockaufschlägen.

Nun kamen sie zu Josef.

Er hielt dem Schaffner seinen Fahrschein hin. Dieser warf einen kurzen Blick darauf und ging weiter. Die beiden Herren in ihren dunklen Ledermänteln verlangten von Josef die Reisepapiere, studierten sie einen kurzen Augenblick und meinten: »Sie treten wohl wieder Ihren Dienst an, Herr Doktor?«

»So ist es! Das Vaterland braucht mich! Heil Hitler!«, salutierte er stramm.

Die beiden schenkten ihm weiter keine Beachtung und schoben sich zwischen Gepäcksstücken und Reisenden zum nächsten Waggon vor.

Die Fahrt nach Graz dauerte lange. Immer wieder hielt der Zug auf freier Strecke an. Josef, der keinen Sitzplatz gefunden hatte, lehnte sich an die Waggonwand, die die Kälte des späten Winters mit sich führte und alsbald den Stoff seines Mantels durchdrang.

Als sie endlich in Graz angekommen waren, suchte er Mariannas Nähe, da er Angst hatte, sie im Gewühl der Reisenden zu verlieren.

Schnell verließen sie hintereinander das Bahnhofsgelände und gingen die vom schmutzigen zertretenen Schnee bedeckte Keplerstraße in Richtung Innenstadt.

Als sie weit genug vom Bahnhof entfernt waren, wagten sie es, nebeneinander herzugehen.

Wie oft war Josef in dieser Stadt gewesen, hatte Freunde besucht, mit ihnen Feste gefeiert und hatte an glanzvollen Ballveranstaltungen teilgenommen. Doch das lag schon so weit zurück und er spürte mit einem Mal, dass sein Empfinden dieser Stadt gegenüber dabei war, sich zu verwandeln. Bisher war sie ausschließlich der Ort für Vergnügen oder Geschäfte gewesen, doch nun war viel Zeit vergangen und die Stadt hatte sich für ihn verändert. Sie war im Augenblick das Ziel für sein Vorhaben und das Stückchen Zeit, das ihm nun blieb, bis er jenes Haus am Fuße des Schlossberges erreicht haben würde, in dem ihm ein Freund die Bahnkarten nach Zürich für sich und Marianna übergeben wollte, gehörte jetzt ganz ihm, denn es war jene Zeit, die ihm und Marianna auf den Weg in ein neues Leben führen sollte.

Er sprach kein Wort.

Marianna, die sein Schweigen nicht verstehen konnte, bekam Angst, in die sich plötzlich aufkommende Zweifel mischten, ob das, was sie eben im Begriff war zu tun, auch das Richtige war. Doch dann sah sie in das Gesicht von Josef, der schweigend neben ihr in gleichmäßigen Schritten zielgerichtet voranschritt und das Gefühl der vertrauensvollen Liebe lösten ihre Gedanken in nichts auf.

Das graue Haus am Fuße des Schlossberges lag am Kai an der träge dahinfließenden schmutzig-braunen Mur, die die Stadt in eine West- und Osthälfte teilte. Das schwere dunkelgraue Haustor war angelehnt und Josef und Marianna betraten den finsteren Flur. Es roch nach Moder und Küchenabfällen und wider Erwarten führten die Treppen des Stiegenhauses zuerst abwärts.

Schwach drang das Licht des Tages durch die verschmutzten Fenster des Treppenhauses.

Unten angekommen, führte eine steinerne Stiege mit ausgetretenen Stufen und einem kunstvoll verzierten Geländer schwungvoll nach oben. Marianna folgte Josef die Treppen hinauf und als sie das zweite Stockwerk erreicht hatten, blickte sich Josef nach ihr um und sprach zum ersten Mal, seit sie in dieser Stadt waren: »Er ist ein Freund! Frag nichts und sage nichts! Es könnte vielleicht gefährlich werden!«

Dann pochte er an die Tür, die gleich, nachdem sein Klopfen im Treppenhaus verhallt war, lautlos geöffnet wurde. Ein alter Herr im abgetragenen seidenen Hausrock stand vor ihnen und machte den Ankommenden Platz, damit diese eintreten konnten.

Die Wohnung hatte hohe Räume, die schon bessere Zeiten gesehen hatten. Bücher und Schriftstücke lagen verteilt auf dem ovalen Holztisch, der in der Mitte des Wohnraumes stand und auf dem Lüster, dessen schmale Glasstäbchen ein klingendes Geräusch durch den Luftzug der geöffneten Tür verursachten, brannte nur eine einzige Glühbirne.

Der alte Herr sprach nichts, nickte Josef zu und holte aus einer der Schubladen eines Biedermeierschränkchens, das sich in einer Ecke des Wohnraumes befand, einen dicken braunen Briefumschlag.

»Hier ist alles, was Sie für die Weiterreise brauchen, Baron. Lernen Sie die Kontonummer der Bank in Zürich und das Codewort auswendig und dann vernichten Sie diese Unterlagen.« Seine Stimme klang gedämpft.

Josef nickte, nahm den dicken Umschlag entgegen, steckte ihn in die Innentasche seines dicken Mantels, schüttelte dem Mann die Hand, hakte Marianna unter und ging in Richtung Tür.

»Alles Gute!«, flüsterte der alte Herr und schob sie zur Tür hinaus.

Das Treppenhaus lag verlassen und still vor ihnen.

Marianna und Josef warteten einen Augenblick lang, dann gingen sie hintereinander die Stufen abwärts.

»Zuerst gehst du bis nach vor zur Brücke. Dort wartest du auf mich. Hier, nimm!«, sagte Josef und steckte Marianna eine Fahrkarte und ein dickes Bündel Banknoten zu.

»Warum? Was soll ich damit?«

»Wenn uns jemand gefolgt ist, und man mich verhaften wird, dann hast du die Möglichkeit, mit diesem Geld bis in die Schweiz zu kommen. Dort wird man dir weiterhelfen. Auf dem Zettel steht die Adresse einer guten Freundin von mir. Sie weiß Bescheid!«

Marianna hatte Tränen in den Augen. Was sollte sie allein in der Schweiz anfangen? Sie hatte diese Reise doch nur auf sich genommen, weil sie gemeinsam mit Josef ein neues Leben anfangen wollte. Sie konnte ihn nicht verstehen, wusste nicht, was sie sagen oder tun sollte. Am liebsten hätte sie die Zeit angehalten. Doch Josef wich ihrem fragenden Blick aus und sagte nur: »Geh, es wird schon alles gut werden!«

Marianna stieg die Treppen hinunter und die letzten Stufen in dem nach Moder und Vergänglichkeit riechendem Haus wieder hinauf, öffnete die schwere Haustür und stand auf der Straße.

Die Kälte schnitt ihr ins Gesicht. Ohne zu zögern ging sie in Richtung der Brücke, auf der sie Josef ein wenig später zu treffen hoffte.

Sie schaute auf die bräunliche, träge dahinfließende Mur und dachte an jenen Augenblick, als sie gemeinsam mit ihrer Mutter die Grenze zu Jugoslawien überschritten hatte.

Damals waren sie und ihre Mutter auch voll hoffnungsvoller Erwartung auf einer Brücke gestanden. Und was war daraus geworden?

Doch diesmal sollte es anders werden, denn ein besonderes Geheimnis verband die beiden Menschen, die inmitten der Kriegswirren das Wagnis auf sich genommen hatten, dem Untergang Widerstand zu leisten.

Marianna schreckte hoch. Josef hatte plötzlich den Arm um ihre Schultern gelegt und raunte: »Zurück zum Bahnhof! Es scheint uns niemand gefolgt zu sein. Beeilen wir uns! Der Zug nach Zürich wird auf uns nicht warten!«

Eilenden Schrittes gingen sie denselben Weg, den sie gekommen waren, zurück, jedoch mit dem Unterschied, dass sie jetzt als Paar über den gepflasterten Gehsteig liefen und sie nichts mehr aufhalten konnte.

Der alte Herr – Marianna sollte seinen Namen nie erfahren – hatte ihnen Tickets für die erste Klasse besorgt, und als sie nebeneinander auf den weichen Sitzen des Zugabteils Platz genommen hatten, glaubte auch Marianna, obwohl sie sich mitten im Krieg befanden, an eine glückliche Zukunft.

Dass sie ihre Familie für eine lange, lange Zeit nicht wiedersehen würde, schien momentan weder in ihren Gedanken noch Vorstellungen Platz zu greifen, denn Josef Baron Waldstein, der Mann, den sie liebte und mit dem sie ihr Leben teilen wollte, saß an ihrer Seite und diese Tatsache gab ihr Halt und Sicherheit. Sie legte ihren Kopf an seine Schulter und war bald eingeschlafen.

Der Zug fuhr durch die dunkle kalte Nacht einem neuen Morgen entgegen.

Am späten Nachmittag des nächsten Tages erreichten sie Zürich – für sie das Tor in die Freiheit.

PARTISANEN

Seit der Invasion und Eroberung Jugoslawiens durch Adolf Hitler im April 1941 war dieses Land der Schauplatz entsetzlicher Ereignisse geworden.

Im serbischen Gebirgsland entbrannte wieder jener Guerillakrieg, mit dem die dortige Bevölkerung Jahrhunderte hindurch den Türken Widerstand geboten hatte.

Im Untergrund kämpften die Partisanen gegen die Eroberer ihres Landes, doch die Deutschen unter der Führung von Adolf Hitler verfolgten eine Politik mörderischer Erpressung. Sie beantworteten die Tätigkeit der Partisanen mit der Erschießung von jeweils vier- bis fünfhundert angesehenen Personen in Belgrad.

Unter der Partisanengruppe, die mit den Deutschen einen erbitterten Krieg ums nackte Überleben führte, nahm Josip Broz eine hervorragende und bald überragende Stellung ein.

Tito – wie er sich nannte – war ein in Moskau geschulter Kommunist, der bis zu dem Angriff auf Jugosalwien und der Invasion Russlands in Übereinstimmung mit den Richtlinien der Kommunisten an der dalmatinischen Küste politische Streiks ausgelöst hatte.

Nachdem sich in seinem Herzen und in seinem Denken die kommunistische Doktrin mit einer glühenden Vaterlandsliebe zu einem Manifest vereinigt hatte, war er zu einem Führer seines Landes aufgestiegen, dessen Anhänger außer ihrem Leben kaum etwas zu verlieren hatten.

Sie waren bereit zu sterben, aber ebenso bereit zu töten.

Damit sahen sich die deutschen Machthaber mit einem Problem konfrontiert, das nicht mit Massenexekutionen prominenter Persönlichkeiten gelöst werden konnte.

Franz Jordan, der zuerst als Hafenarbeiter in Rijeka gearbeitet und später auf einem jugoslawischen Patrouillenschiff, das an der dalmatinischen Küste entlang fuhr, als Matrose angeheuert hatte, lernte im Winter 1940 in einer Hafenkneipe in Ragusa (Dubrovnik) den jungen fanatischen Tito kennen. Seine Worte und die dahinterstehenden Ideen begeisterten den einfachen jungen Mann, der sich nach dem Verlust seiner Familie und seiner Heimat, oder was er eben dafür gehalten, und der Frau, die ihm auch im fremden Land ein Gefühl der Heimat gegeben hatte, in dem sonderbaren Zustand zwischen Alleingelassen und Freisein befand, erwärmte sich an den zündenden Worten Titos.

Und als er an diesem Abend die Hafenkneipe verließ, war er einer von ihnen und folgte Tito mit der Treue eines Hundes, der seinem Herrn bedingungslos überallhin folgt.

Das Leben in den Bergen mit den Gefährten, die nur das eine Ziel hatten, nämlich den Feind hinterrücks zu bekämpfen und auszulöschen, die Kameradschaft mit den Partisanen und die Grausamkeit, mit der sie gegen ihre Feinde vorgingen, begannen aus dem einst eher zurückhaltenden und scheuen Franz einen Mann zu formen, der sich im Schutz der Gemeinschaft stark und unbesiegbar fühlte und bald vor keiner Grausamkeit mehr zurückschreckte.

Wenn er aus dem Dunkel des Waldes einen feindlichen Deutschen anfiel und sein Messer die Kehle des Fremden durchschnitt, das warme Blut über seine mordenden Hände rieselte und er das Röcheln des Sterbenden vernahm, so kam sein Blut in Wallung und eine nie gekannte Erregung erfüllte seinen Körper. Er führte ein Leben außerhalb des Gesetzes, doch das war ihm im eigentlichen Sinne nicht bewusst, denn seine Kameraden taten es ihm gleich – oder er ihnen. Der Übergang verlief fließend. Sie heizten einander an und stachelten einander auf, da blieb kein Platz zum Nachdenken über das eigene Tun, denn es galt einer Idee zu folgen – und die lautete: Vernichte den Feind, aber überlebe!

Sie lebten in ihren Schlupfwinkeln in den Bergen an der Küste, drangen immer weiter ins Landesinnere vor und hatten nur eines im Sinn, zu töten und zu überleben. Die Zahl der Partisanen unter Titos Führung nahm rasch zu. Keine noch so blutigen Repressalien an Dörfern oder Geiseln durch die deutschen Feinde machte sie schwankend.

»Freiheit oder Tod« lautete ihr Wahlspruch.

Franz Jordan, der in Tito seinen Herrn und Meister gefunden hatte und ihn ebenso bewunderte wie er ihm ergeben war, bewies in der Zeit des Partisanenkampfes Mut und Grausamkeit in gleichem Maße, was in seinen Gefährten Respekt und gleichzeitig Abscheu auslöste.

Franz hatte sich an das Leben in den Bergen, eingebettet in die Gemeinschaft seiner Gefährten, von denen er zum ersten Mal in seinem Leben Bewunderung und Anerkennung erhielt, so sehr gewöhnt, dass in ihm manchmal Gedanken der Unsicherheit aufkamen, wenn er sich vorstellte, wie sein Leben wohl nach dem Krieg aussehen würde.

Als Hitler mit seiner Armee nach der Niederlage Frankreichs selbst in das Kriegsgeschehen am Balkan eingriff, war für die Partisanen unter Titos Führung die große Stunde gekommen. Ungarn, Bulgarien und Rumänien konnte Hitler als Bündnispartner gewinnen, nicht aber Jugoslawien.

Im April 1941 ließ Adolf Hitler ohne jede Vorwarnung Belgrad bombardieren und innerhalb von zehn Tagen besiegte die siegreiche deutsche Wehrmacht die jugoslawische Armee.

Das Land wurde geteilt.

Das östliche Slowenien – die ehemalige Untersteiermark – kam an das Deutsche Reich, der westliche Teil und Dalmatien kamen an Italien, Serbien kam unter deutsche Militärverwaltung und Kroatien wurde ein faschistischer selbstständiger Staat.

Daraufhin bildeten sich verschiedene Widerstandsbewegungen, dessen stärkste jene unter dem Kroaten Josip Broz, genannt Tito, war.

In Kumrovec, dem Geburtsort Titos, stand die Bevölkerung, die die Deutschen hasste, auch unter den schwierigsten Bedingungen, die durch den Krieg hervorgerufen wurden, hinter ihren tapferen Kämpfern, von denen sie eine Hinwendung zu einem besseren Leben erhofften.

Die Scheunen und Bauernhäuser dienten nicht nur als Verstecke und Tarnung, sondern ebenso als Treffpunkt, um neue Strategien zu entwickeln und um einander die Bewegungen der deutschen und österreichischen Truppen mitzuteilen.

Franz Jordan konnte sich lautlos wie ein Luchs in der Steppe fortbewegen – selbstbewusst und von furchtlosem Auftreten, der seine Augen ständig gleiten ließ und von dessen Ohren auch das leiseste Geräusch wahrgenommen wurde.

Es war nicht nur der Kampfanzug mit dem schmalen, einem Schiffchen gleichenden Käppchen, der in ihm ein tiefgreifendes Zusammengehörigkeitsgefühl auslöste, sondern das Wissen um seine eigene persönliche Macht und Stärke, die in einer tiefen Hörigkeit dem großen Führer Tito gegenüber wurzelte.

Das Leben, das er außerhalb der bürgerlichen Gesellschaft mit ihrer teilweisen Trägheit und Bequemlichkeit führte, hatte ihn nicht nur mental, sondern auch körperlich verändert.

Franz, der schon als Junge Kraft und Ausdauer bewiesen hatte, war ein großer muskulöser Mann mit braun gebrannten, markanten Gesichtszügen, die von dichtem und wirrem blonden Haar umrahmt wurden, geworden.

Franz erteilte nie Befehle, sondern führte sie aus, denn in seiner Bewunderung für Tito standen sich Loyalität und Freiheit gegenüber und im Laufe der Jahre hatte er sich gegen die innere Lawine des Ausbrechens gestemmt, sodass er sie letztendlich zum Stillstand brachte.

Und trotz aller Erfolge im gemeinsamen Kampf fühlte er sich manchmal verloren. Immer öfter kam es vor, dass seine Gedanken zu Marika glitten, denn sie hatte Musik in sein Leben gebracht, und obwohl er in den Dörfern immer wieder bereitwilligen Frauen begegnet war, vermisste er in der körperlichen Nähe die seelische Tiefe, die ihm Marika vermittelt hatte.

Doch es sollte sein Schicksal sein, ihr in der Stunde seines Todes erneut zu begegnen.

Es geschah im Winter 1944.

Das Ende des Krieges war nach den zahlreichen Verlusten und Niederlagen der deutschen Wehrmacht zu erahnen, aber noch wurde an allen Fronten gekämpft.

Tito und seine Gefährten befanden sich hinter der slowenischen Grenze im Gebiet zwischen Maribor und Ptuj.

Ein Transport der Deutschen war ihnen durch Späher angekündigt worden und um den eigenen Bestand an Waffen, Munition und Lebensmitteln aufzubessern, machte sich eine kleine Gruppe von Titos Männern auf den Weg.

Franz Jordan, der sich in diesem Gebiet, das die Heimat seiner Kinderjahre gewesen war, relativ gut auskannte, sollte die Kameraden führen. Im erhöhten Teil eines Waldgebietes, von dem aus man die Straße getarnt und gut überblicken konnte, lagen sie auf der Lauer, als plötzlich ein Junge aus dem Dorf, in dem sie zuvor bei den Bauern genächtigt hatten, zu ihnen ins Waldgebiet kam und nach einem Mann namens Franz Jordan fragte.

»Warum fragst du?«, meinte einer der Partisanen, misstrauisch geworden.

»Gestern Abend kam eine Frau zu uns ins Dorf. Sie spricht mehrere Sprachen und sie hat gesagt, dass sie die Deutschen gezwungen haben, für sie als Dolmetscherin zu arbeiten. Aber sie konnte entkommen und ist nun auf dem Weg nach Sladki Vrh, weil sie dort angeblich einmal gelebt hat und sie hat gefragt, ob wir vielleicht einen Mann namens Franz Jordan kennen.«

Franz, der sich unbemerkt im Hintergrund gehalten hatte, war hellhörig geworden.

»Und was will sie von Jordan?«, fragte nun ein anderer, dem die ganze Sache ein wenig eigenartig erschien.

Der Junge schüttelte den Kopf und schaute die Männer der Reihe nach an.

Dann meinte er nach einer Weile: »Das hat sie nicht gesagt. Sie hat nur gefragt, ob wir einen Mann mit diesen Namen kennen. Mehr nicht!«

»Kennen wir nicht!«, mischte sich nun Franz ein, »und jetzt verschwinde! Hier ist es viel zu gefährlich für kleine Jungen. Geh nach Hause und halt deinen Mund. Du hast nichts gehört und nichts gesehen! Verstehst du?«

Der Kleine nickte ängstlich und huschte durch das Gebüsch davon.

»Eine Frau, die nach mir sucht!«, dachte Franz und vor seinem inneren Auge tauchte das Bild Marikas auf, ein Bild aus glücklichen Tagen. Tage ohne Blutvergießen, Mord, Rache und Vergeltung. Allmählich begriff er, dass diese Frau, die sich nach ihm erkundigt hatte, in seiner Vorstellung immer mehr die Gestalt von Marika annahm und er sich plötzlich und unvermittelt Vorwürfe machte, dass er sie damals einfach hatte gehen lassen. Wie anders wäre doch sein Leben verlaufen, hätte er sie daran gehindert, doch damals wusste er nicht, dass der Sinn der Dinge nicht in der Sache liegt, sondern im Verhalten.

Allmählich breitete sich die Dämmerung über den Wald und die kahlen Bäume bekamen blaue Schatten. Der Waldboden war von dünnem Schnee bedeckt und trotz der dicken Winterausrüstung kroch den Männern die Kälte in die Glieder.

Da hörten sie in der Ferne das Brummen von Motoren.

Militärfahrzeuge.

Die Gewehre im Anschlag, die Handgranaten zündungsbereit, lagen und kauerten sie hinten den Fichten- und Buchenstämmen und sahen auf die Straße hinunter.

Der deutsche Militärkonvoi bestand nur aus wenigen Militärfahrzeugen. Es waren keine Panzer dabei.

Als die Deutschen nahe genug waren, stürzten sich die Partisanen über die Böschung hinunter, feuerten eine Salve nach der anderen aus ihren Maschinengewehren, zündeten die Handgranaten und schauten mit ekstatischer Bewunderung auf die explodierenden Fahrzeuge und zerfetzten Menschenleiber.

Die Deutschen hatten in diesem unbewohnten Gebiet nicht mit einem Angriff aus dem Hinterhalt gerechnet und reagierten zunächst mit hilfloser Überraschung, ehe sie aus ihren Maschinengewehren blindlings in die Dunkelheit antworteten.

Ein Kleinlastwagen blieb mit rauchendem Motor stehen und die deutschen Soldaten, die flink heraussprangen, flüchteten über das weite Feld, um hinter den Weidenbüschen und Eichen Schutz und Deckung zu suchen.

Wie besessen nahm Franz Jordan die Verfolgung auf, und wieselflink huschte er von einem Gebüsch zum anderen, um den Feind zu stellen. Seine Gewehrschüsse wurden von den Deutschen erwidert, doch Franz warf sich zu Boden, rappelte sich hoch und rannte weiter. Seine Gefährten, die ihm in einiger Entfernung folgten, leisteten Rückendeckung und schossen ihm den Weg frei.

Da entdeckte er am Rand des Feldes eine Holzhütte. Diese würde ihm den besten Schutz vor den Gehwehrkugeln der deutschen Soldaten geben können. Er sah sich um und erkannte einige seiner Kameraden, die durch seinen Mut und Kampfgeist angestachelt, in gleichem Maße wie er nun die Verfolgung der Deutschen aufgenommen hatten.

Er rannte auf die Hütte zu und erblickte im letzten Augenblick eine schmale Gestalt, die sich an die Holzwand presste.

Franz legte an und wollte schon schießen, als sich die Gestalt mit erhobenen Händen von den Holzbrettern löste und einige Schritte auf ihn zukam und dann, in der hoffenden Gewissheit, er würde nicht schießen, vor ihm stehen blieb.

Vor ihm stand eine Frau. Ihr Kopftuch war verrutscht und in den Nacken gefallen und ließ eine dichte Fülle von schwarzen langen Haaren erkennen.

Eine Augenblick lang standen sich Franz und die fremde Frau sprachlos gegenüber. Und dann erkannten sie einander.

»Marika?«, fragte Franz mit rauer Stimme, der es noch immer nicht glauben konnte, ihr plötzlich gegenüberzustehen.

Die Frau bewegte sich nicht. Weder nickte sie, noch schüttelte sie den Kopf. Sie hielt die Arme starr abgewinkelt als Zeichen der Unterwerfung nach oben gerichtet und starrte den fremden Kämpfer an.

Nichts an diesem Mann erinnerte sie an den Franz, den sie einmal gekannt und geliebt hatte. Ungläubig und ängstlich starrte sie ihm ins Gesicht.

Jede Vorsicht vergessend sagte Franz noch einmal: »Marika?«

Und in diesem Augenblick traf ihn die Kugel aus dem Hinterhalt.

Es war ein kurzer brennender Schmerz, der seinen Rücken erstarren und seine Beine einsacken ließ. Marika eilte mit einem Aufschrei auf ihn zu, doch sie konnte seinen Sturz nicht abfangen. Schwer landete der starke unerschrockene Kämpfer auf dem kalten, winterharten Ackerboden. Sie kniete über ihm und ihre langen schwarzen Haare fielen wie ein Wasserfall über seine Schultern.

»Franz? Bist du es wirklich? Franz!«, flüsterte sie und wurde danach von einem Schluchzen geschüttelt. Seine tiefblauen Augen starrten sie an.

Ein dünnes, rotes Rinnsal drang aus seinem Mund, der keine Worte mehr formen und keinen Laut hervorbringen konnte. Allmählich wich die Starrheit aus seinem Blick und machte einer seltsamen Entrücktheit Platz.

Mit froststarren Händen strich Marika ihm sanft und zärtlich über die Wangen. »Franz«, flüsterte sie und ihre Worte waren wie ein warmer Hauch in der Winterkälte des Kriegsgeschehens. »Franz!«

Plötzlich wurde sie von hinten gepackt und ihre Arme wurden ihr schmerzhaft auf den Rücken gedreht.

»Mörderin! Verräterin!«, schrie ihr einer von Franz' Kameraden ins Gesicht.

»Du hast ihn hierher gelockt, weil du genau gewusst hast, dass der Feind hier im Hinterhalt auf uns lauert«, schrie er und spuckte ihr ins Gesicht.

»Nein, nein, so war das nicht!«

Sie zitterte am ganzen Körper.

Doch weiter kam Marika nicht. Einer schlug ihr mit der Faust ins Gesicht, dass sie nach rückwärts taumelte.

»Er war unser bester Kämpfer und ein treuer Freund. Du Miststück!«

Dann riss ihr einer der Partisanen den Mantel auf, zerfetzte die dünne Bluse und den dunkelblauen Wollrock, den sie trug, und warf sie zu Boden.

Schon lange hatte er keine Frau gehabt und die Wut um den Verlust des besten Freundes hatte in ihm nicht nur unbändigen Zorn, sondern auch Erregung ausgelöst. Er stürzte sich auf sie wie ein wildes Tier auf seine Beute und sie schrie und versuchte sich zu wehren.

Mit ängstlichen Blicken schaute sie auf die Kameraden, die einen dichten Halbkreis gebildet hatten und dem schändlichen Tun des Mannes mit grinsendem Gesicht folgten. Die Situation hatte etwas Gespenstisches und Ekelerregendes an sich.

Die deutschen Soldaten hatten sich inzwischen aus dem Staub gemacht.

Mit einem Grunzen sank der Partisan, als er sich entleert hatte, über den entblößten Brüsten der jungen Frau zusammen, wurde jedoch mit einem kräftigen Stoß von einem anderen zur Seite geschoben, der als nächster die wehrlose

Frau, die aufgehört hatte zu schreien und sich zu wehren, vergewaltigte. Sie waren zu acht und jeder lebte seine Triebe in Maßlosigkeit und Wut aus. Als sie fertig waren, betrachteten sie mit dem Gefühl, einen Sieg errungen zu haben, den geschändeten Körper der Frau, die blutend auf der gefrorenen Erde lag und sich nicht mehr rührte.

»Ich mach Schluss mit ihr. Sie soll niemandem über den Vorfall erzählen können«, meinte einer und legte den Lauf an Marikas Schläfe. Ein Schuss hallte durch die Stille der eisig starren Dunkelheit.

DAS FÜNFTE GESPRÄCH

»Der Krieg hat alles verändert. Uns und das Land!«, meinte die alte Frau und seufzte.

»Ein oder zwei Jahre nach dem Krieg – ich weiß es nicht mehr so genau, ich werde eben schon alt und ein wenig vergesslich – ist einer von den Kameraden von Franz zu uns ins Winzerhaus gekommen. Na, wir haben ganz schön dumm geschaut, so überrascht waren wir! Dann hat er uns erzählt, wie Franz umgekommen ist und was sich alles zugetragen hat.«

»Und Marianna und ihr Baron?«, wage ich zu fragen.

»Die Mutter ist wenige Tage, nachdem Marianna mit ihrem Baron geflohen ist, verstorben. Die Rettung des Mannes, den ihre Tochter so sehr geliebt hat, war ihre letzte gute Tat gewesen. Erst nach dem Ende des Krieges haben wir ein Lebenszeichen von Marianna und Josef bekommen. Sie hatten inmitten der Wirrnisse des Krieges und trotz der großen Schwierigkeiten ihre Reise nach Amerika geschafft. Baron Waldstein hat schon vor dem Krieg einen Großteil seines Vermögens auf ein Konto bei einer Schweizer Bank überwiesen. Dieses Geld diente den beiden als Startkapital für ihr neues Leben.

Baron Waldstein tat in Amerika dasselbe wie in Europa. Er kaufte sich eine Farm, die er anfangs ganz allein nur mit Hilfe von Marianna bearbeitete. Allmählich erwirtschafteten sie sich einen großen Gewinn, kauften Land dazu und stellten Leute ein.

Baron Waldstein war ein guter Geschäftsmann. Zuerst verkaufte er seine Rinder an Fleischfabriken, später baute er selbst eine Fabrik und fing mit Corned-beef-Konserven an.

Marianna war stets treu an seiner Seite und unterstützte die Unternehmungen ihres Gatten.

Zweimal kamen sie sogar auf Besuch zu uns nach Graßnitzberg. Wenn sie da waren, war dies wie ein Hauch der großen fremden Welt in unserem kleinen, eher beengten Dasein.«

»Und Sie? Waren Sie auch in Amerika?«

»Nein! Nie!«, antwortete sie und schüttelte den Kopf. »Vorgehabt haben es Engelbert und ich jedes Jahr neu, aber wir wurden hier gebraucht. Da war das Weingut, das immer größer wurde, und Benedikt, der nach dem schrecklichen Unfall meine Hilfe brauchte.«

Jetzt erinnerte ich mich wieder an den weißhaarigen, schlanken Mann, der auch bei Dunkelheit stets eine Sonnenbrille trug, sich aber mit sicheren und eleganten Schritten bewegte, sodass niemand vermuten konnte, einen Blinden vor sich zu haben.

»Im Mai 1945 war das Ende des Krieges und es wurden wieder neue Grenzlinien gezogen. Diesmal nicht nur zu den Nachbarstaaten hin, sondern auch innerhalb unseres Landes. Die Besatzungstruppen teilten sich die Gebiete untereinander auf und es entstanden Gebiete unter russischer, amerikanischer, englischer und französischer Führung innerhalb unseres Landes. Unser Weinland lag in der englischen Zone und wenn wir diese verlassen wollten, überschritten wir eine Grenzlinie im eigenen Land, mussten uns ausweisen und Reisebewilligungen vorzeigen. Das Leben war in den ersten Jahren nach dem Krieg beinahe noch härter und schwieriger als in den Hungerzeiten zuvor und während der Bombenangriffe im Krieg.

Und dennoch hatten wir es ein wenig leichter als die Menschen, die in den zerbombten Städten lebten. Wir hatten zwar nicht viel zu essen, aber wir mussten nicht hungern.«

Sie schwieg und schaute mit müden Augen ins Leere.

Ich teilte das Schweigen mit ihr.

NACHKRIEGSJAHRE

»Benedikt! Benedikt!«, rief Johanna und hielt nach ihrem jüngeren Bruder Ausschau.

»Der Lausebengel treibt sich immer irgendwo herum!«, sprach sie zu sich selbst, hielt die Hände wie ein Sonnenschild vor das Gesicht und schaute über die dicht belaubten Rebstöcke ihres Weingartens hinweg.

Es war der erste Sommer nach dem Ende des Krieges, nach der Kapitulation des Großdeutschen Reiches. Dicht lag der Dunst der Sommerhitze über den sattgrünen Reihen der Rebstöcke. Johanna hatte gemeinsam mit ihrem jüngeren Bruder Benedikt, ihrer Magd Anna und dem Vater, der obzwar in die Jahre gekommen immer noch fleißig mitarbeitete, wo er gebraucht wurde, die Weingärten bearbeitet. In der Kälte des Winters hatten sie die Reben geschnitten, das Unkraut, das zwischen den Reihen der Rebstöcke wuchs, im Sommer gemäht und streng darauf geachtet, dass kein Ungeziefer den kräftigen Rebstöcken Schaden zufügen konnte.

Engelbert war aus dem Krieg noch nicht heimgekehrt, aber da Johanna glücklicherweise keine Nachricht von seinem Tod erhalten hatte, hegte sie die Hoffnung auf seine baldige Rückkehr. In der schwierigen Zeit des Neubeginns nach den Kriegsgeschehnissen stand ihr auch der Schwiegervater, der sie von Anfang an ins Herz geschlossen hatte und dessen Zuneigung zu ihr während all der Jahre gewachsen war, hilfreich zur Seite.

»Du bist mit Benedikt zu nachsichtig!«, pflegte er zu sagen, wenn sich dieser wieder einmal vor der Arbeit drückte. »Solange Bertl noch nicht heimgekehrt ist, muss er mehr

Verantwortung übernehmen. Er ist alt genug dazu und kräftig ist er auch. Der kann schon ordentlich zupacken, wenn er will.«

Ja, wenn er will, dachte Johanna und ging kopfschüttelnd wieder zum Haus.

Der Krieg war vorbei, aber Frieden herrschte deshalb noch lange nicht. In dem während des Krieges erbauten Zollhaus am Rande der Weingärten der Familie Adam-Jordan logierten nun englische Soldaten. Das Gebiet des südsteirischen Hügellandes gehörte zur englischen Zone und viele Soldaten der fremden Besatzungsmacht verbreiteten Angst und Schrecken bei den Menschen, die diesen Krieg nicht gewollt hatten, ihn nicht verhindern konnten und ihrem Führer bis ans bittere Ende gefolgt waren.

Johanna hatte das Kriegsgeschehen mit den Ängsten und Entbehrungen, denen vor allem die Frauen und Kinder ausgesetzt waren, mit dem ihr eigenen Mut zum Widerstand gegen das Verderben überlebt. Doch nun sah sie sich neuen Gefahren ausgesetzt.

Sie war keine Frau, nach der man sich umdrehte, die allein durch ihr Erscheinungsbild in den Männern unerfüllte Fantasien wecken konnte. Sie war keine sinnliche Frau, das war sie auch in jungen Jahren nicht gewesen, jedoch strahlte sie eine unauffällige und dennoch vollkommene Selbstsicherheit aus, die sie das Leben gelehrt hatte und war auf besondere Weise mit ihren ebenmäßigen Gesichtszügen, dem dichten schweren blonden Haar und der schlanken geschmeidigen Gestalt schön.

So stand sie an diesem Sommernachmittag plötzlich dem fremden Soldaten gegenüber, der ihr geradewegs ins Gesicht blickte und danach abschätzend und langsam seine Augen über ihren Körper abwärts gleiten ließ.

Ihre Haltung hatte erwarten lassen, dass es nichts gab, das sie aus der Fassung bringen würde. Und jetzt geschah es dennoch!

Sie stand noch immer scheinbar sicher und gelassen vor ihrem Haus, die Hände nun nicht mehr vor das Gesicht haltend, sondern unter der blauen Schürze verborgen und blickte an dem Fremden vorbei.

Sie schien äußerlich ruhig zu sein, doch ihr Wimpernschlag war rascher geworden und an ihrer Stirn hatten sich Falten gebildet, die plötzlich auftauchen, wenn man etwas Unerwartetem gegenübersteht.

Für einen winzigen Augenblick schloss sie die Augen, dann hatte sie sich wieder in der Gewalt.

Jetzt ins Haus zu gehen, hatte keinen Sinn. Er würde ihr folgen und was danach folgte, kannte sie aus den unzähligen und schaurigen Erzählungen jener Bäuerinnen und Mägde, die von fremden Soldaten geschändet worden waren.

»Mein Bruder!«, sagte sie mit fester Stimme, »mein Bruder Benedikt ist wahrscheinlich wieder bei Ihnen im Zollhaus und spielt und isst Schokolade, anstatt mir bei der Arbeit zu helfen.«

Ihre Stimme war fest, doch nicht laut und der Ton der gesprochenen Worte sollte den fremden Soldaten in eine Richtung lenken, die sich von ihrer Person entfernte.

»Benedikt!«, sagte der fremde Soldat langsam. »Benedikt, he is a good boy! Bruder?«

Johanna nickte und senkte den Blick.

Von den tausenden Erfahrungen unseres Lebens bringen wir kaum welche zur Sprache und unter all den stummen Erfahrungen sind jene verborgen, die unser Leben geprägt und ihm Sinn und Melodie gegeben haben, und so blieb Johanna stumm und abwartend stehen.

»Benedikt«, wiederholte der englische Soldat und lächelte. Dann drehte er sich um und schickte sich an zu gehen.

Johanna sah ihm sprachlos nach.

Ein wenig später kam der Soldat mit Benedikt im Schlepptau zurück und meinte lachend: »Hier Bruder für Arbeit und Schnaps für mich Belohnung!«

Johanna nickte und eilte ins Haus. Als sie aus dem Wandschrank im Herrgottswinkel die kleine tönerne Flasche nahm, hoffte sie, dass sich der ungebetene Gast mit der Flasche nun verabschieden und sie in Ruhe lassen würde.

Als sie wieder vors Haus trat, saßen Benedikt und der Fremde wie Freunde nebeneinander auf der Hausbank und unterhielten sich in einem Wortgemisch aus Englisch und Deutsch, gestikulierend und lachend.

Johanna reichte dem Mann die bauchige Tonflasche. Der nahm sie in beide Hände, setzte sie an die dicken Lippen und trank. Danach wischte er sich mit dem Handrücken über seinen Mund und reichte Johanna mit einer auffordernden Geste zu trinken die Flasche hin. Sie schüttelte den Kopf. Der Soldat sprang auf, fuchtelte plötzlich wild mit seiner Pistole vor ihrem Kopf herum und starrte ihr mit rot unterlaufenden Augen entgegen: »Du trink!«

Noch einmal versuchte Johanna, kopfschüttelnd zu verneinen, besann sich jedoch im letzten Augenblick und setzte die Flasche an die Lippen. Das klare Getränk brannte auf ihren Lippen und schoss wie Feuer ihre Kehle hinunter.

Der Soldat beobachtete sie, stampfte mit seinen schweren Stiefeln auf die Erde, schlug sich mit beiden Handflächen auf die Schenkel und begann lauthals zu lachen. Dann nahm er ihr die Flasche aus der Hand und setzte sie wieder an seine Lippen und ließ das scharfe Getränk in seine Kehle rinnen, ohne sie dabei aus den Augen zu lassen.

Ekel überkam Johanna und sie fühlte sich hilflos und schwach.

Nachdem der Mann getrunken hatte, reichte er die tönerne Flasche wieder an Johanna weiter. Er rülpste laut und seine schwarzen Augen bekamen einen glasigen Glanz.

Johanna nahm die Flasche. Sie war leer. Sie drehte sich um und ging langsam ins Haus.

Ihr Herz pochte wild.

Hoffentlich folgte ihr der fremde Mann nicht nach. Was dann geschehen würde, wollte sie sich nicht in ihren schlimmsten Gedanken ausmalen, denn Benedikt bedeutete für sie keinen Schutz. Doch draußen blieb es still.

Nach einer Weile kam Benedikt ins Haus.

»Er heißt Edward und morgen will er wieder Schnaps!«, sagte er und hielt ihr eine Packung Kekse, die er von dem englischen Soldaten bekommen hatte, hin.

»Wir haben keinen Schnaps mehr! Das war der letzte!«, antwortete Johanna mit einem Achselzucken und für einen Augenblick fühlte sie sich sogar erleichtert.

»Und überhaupt will ich nicht, dass du dich mit diesen Männern herumtreibst. Sie sind unsere Feinde! Verstehst du?«

»Sie haben uns besiegt. Sie haben den Krieg gewonnen und wir verloren. Wer ist da dein Freund, wer ist der Feind?« Benedikt sagte das wie ein trotziger Junge, der sich seine Gedankenwelt nicht wegnehmen lassen wollte. »Und überhaupt kann ich von den Soldaten im Zollhaus viel lernen. Morgen will mir Edward zeigen, wie man ein Gewehr zerlegt und reinigt und wie man eine Handgranate zündet. Das ist interessant, glaub mir.«

»Auf jedem Fall interessanter als das Gras zwischen den Rebstockreihen im Weingarten zu mähen. Es ist höchste

Zeit dafür. Ich schaffe das alles einfach nicht allein. Wenn bloß der Bertl endlich wieder daheim wäre!«

Johannas Augen füllten sich mit Tränen. Benedikt sah sie. Es rührte ihn, seine Schwester weinen zu sehen, und er legte für einen kurzen Augenblick seinen Arm um ihre Schultern.

»Nicht weinen, Hannerl! Ich helfe dir ja. Und der Bertl kommt bestimmt bald zurück. Morgen kommt wieder ein Zug mit Heimkehrern in Spielfeld an. Da ist er bestimmt dabei!«, versuchte der jüngere Bruder in ihr Hoffnung zu wecken.

Johanna strich sich mit ihren rauen Händen über das tränennasse Gesicht, versuchte ein klägliches Lächeln und nickte.

»Ja, morgen!«, flüsterte sie.

Wie oft hatte sie sich an dieses Wort geklammert, das ihre Hoffnung immer wieder neu entfachte, so wie die Glut eines niedergebrannten Holzscheites immer wieder durch einen leisen Windstoß neue Flammen hervorzubringen vermochte.

»Geht es wieder?«, fragte Benedikt und Johanna nickte.

Dann ging er in den Schuppen, holte die Sense heraus und marschierte zum Weingarten.

Johanna stand eine Weile am Fenster und sah ihm nach, dann rief sie nach Anna.

»Ich gehe hinunter auf den Friedhof. Heute ist es auf den Tag genau ein Monat, dass wir den Vater beerdigt haben. Ich lege ihm frische Blumen aufs Grab«, meinte sie und nahm den breiten Strohhut, der sie vor der prallen Sonne schützen sollte, vom Haken, legte die blaue Arbeitsschürze ab und ging hinters Haus zum Küchengarten, um frische Zinnien und Lavendel abzuschneiden. Dabei dachte sie an den Vater, seine gebeugte schmale Gestalt, die tagaus tagein in der Ecke an dem Tisch in der Stube gesessen hatte, die Hände, von lebenslanger Arbeit gezeichnet, still im Schoß gefaltet, den Blick auf die große Standuhr an der gegenüberliegenden Wand gerichtet, als wüsste er im Voraus, dass von den vielen Stunden, die sie zeigte, bald seine letzte schlagen würde.

Und eines Tages hatte sie ihn gefunden. Sein Kopf lag zwischen seinen Armen auf der hölzernen Tischplatte und es sah aus, als schliefe er nur. So lautlos und unbemerkt wie er gelebt hatte, war er auch gestorben. Minutenlang war Johannas Blick an ihm hängengeblieben und sie war von der Sanftheit, die von der leblosen Gestalt ihres Vaters ausging, auf seltsame Art berührt gewesen.

Ein Monat war seither vergangen und nun war das Ende des Sommers nahe. Bald würden sie mit der Weinlese beginnen. Die Knospen der Reben hatten auch während des Krieges stolz geblüht und jetzt hingen schwere Trauben am Holz.

»Wenn nur der Bertl endlich wieder daheim wäre!«, dachte Johanna, während sie zwischen den Reihen der Rebstöcke talwärts schritt und den süßen Duft der blassgelben Weinbeeren in sich aufnahm.

Als sie auf der Schotterstraße ankam, die in einer geschwungenen Linie zum Friedhof und ins Tal führte, begegneten ihr zwei Frauen. Ihre kurz geschnittenen Haare, die in Locken ihre blassen Gesichter umrahmten, unterschieden sich deutlich von den Frisuren der Bäuerinnen der Gegend. Sie trugen helle Sommerkleider, die um ihre knöchrigen Hüften schlotterten und trugen Rucksäcke, die leer an ihren dünnen Körpern hingen.

Als sie Johanna entdeckten, blieben sie stehen und warteten, bis diese nahe genug an sie herangekommen war.

»Einen schönen Tag!«, begrüßte die eine Johanna, die mit fragendem Blick stehen geblieben war.

»Wir kommen aus der Stadt und hätten etwas anzubieten, wenn Sie möchten«, sagte die andere und in ihrer Stimme lagen Zögern und der Mut der Verzweiflung in gleichem Maße.

»Anzubieten?«, fragte Johanna.

»Wir würden gern Schmalz und Eier gegen das hier eintauschen«, meinte nun die größere der beiden Frauen etwas mutiger geworden und holte aus ihrer Handtasche eine goldene Damenarmbanduhr.

Die goldenen Glieder des Bandes glänzten in der Sonne.

Erstaunt betrachtete Johanna das Schmuckstück und danach die beiden fremden Frauen.

»So viel Schmalz und Eier habe ich gar nicht, wie diese Uhr wert ist!«, meinte sie abwehrend.

»Gebt uns wenigstens etwas! Wir wissen keinen Ausweg mehr und …« Sie zögerte, ehe sie weitersprach: »Und wir haben Hunger. Es gibt in der Stadt nichts zu kaufen. Wir haben seit Tagen nichts gegessen.«

Johanna schluckte. Sie legte ihren Blumestrauß an den Wegrand.

»Kommt mit mir!«, meinte sie und sah sich um, ob sie vielleicht beobachtet würden.

Seit ihrem Abenteuer mit Marianna und Graf Waldstein war sie vorsichtig und misstrauisch geworden.

Die beiden Frauen folgten ihr und gemeinsam gingen sie durch den Weingarten aufwärts. Während sie zwischen den Rebenreihen, geschützt im dichten Laub der Rebstöcke, bergan marschierten, erzählten ihr die beiden Frauen von der Hungersnot und der Armut in den zerbombten Städten.

Später saßen sie in der Stube.

Johanna stellte ihnen einen Krug mit Apfelmost auf den Tisch und schnitt von dem frisch gebackenen Brotlaib zwei dicke Schnitten ab. Dann teilte sie den Laib, steckte je eine Hälfte in die Rucksäcke der Frauen, holte einen großen Pappbecher mit weißem Schmalz und zwei Trockenwürste.

Die beiden Frauen bekamen beim Anblick der für sie beinahe in Vergessenheit geratenen Köstlichkeiten große Augen.

Sie legten die goldene Uhr auf den Tisch und Johanna nahm sie vorsichtig in die Hand, hielt sie an ihr Ohr, um zu überprüfen, ob sie wohl auch intakt war. Das leise Ticken an ihrer Ohrmuschel ließ ein kurzes Lächeln über ihr Gesicht huschen. Noch nie hatte zuvor sie eine Armbanduhr besessen. Wie einfach dies auf einmal war!

Vorsichtig nahm sie das Schmuckstück vom Tisch und ging zur Kredenz, wo sie es in eine Porzellanschale legte und danach leise die gläserne Kredenztüre schloss.

Die beiden fremden Frauen pickten die letzten Brösel des frischen Brotes mit schmalen Fingern von der Tischplatte, packten die Lebensmittel in ihre Rucksäcke und erhoben sich.

»Wartet einen Augenblick! Ich bringe euch noch ein paar Eier!«, meinte Johanna und nahm den kleinen Henkelkorb von der Ofenbank.

Die Frauen folgten ihr nach draußen und blieben wartend vor dem Haus stehen.

Johanna ging in den Schuppen und suchte im Heu nach den Eiern. Braun und glatt lagen sie in ihrer Hand. Vorsichtig legte sie sie in den Korb und ging zu den Frauen.

Als die beiden die Eier sahen, bedankten sie sich herzlich und die jüngere der beiden lächelte.

Auch Johanna begann zu lachen und bald lachten alle drei im Gleichklang, ohne den Anlass für ihre Heiterkeit eigentlich zu wissen. Es war wie das immer wiederkehrende Geräusch von Wellen, die ans Ufer schlagen, ein Geräusch von Geborgenheit und Zukunft.

Als die beiden den Weg abwärts schritten, sah ihnen Johanna noch eine Weile nach. Sie spürte die weiche Luft des Sommers auf ihren Wangen und ihr Herz verkrampfte sich vor Sehnsucht nach Engelbert, ihrem Mann.

Doch als ob ihr der Krieg und das Alleinsein mit den Sorgen und der Mühsal ihres bäuerlichen Betriebes nicht schon genug abverlangt hätte, sollte sie, noch ehe der Tag sich neigte, von einem weiteren schweren Schicksalsschlag getroffen werden.

Als ihre Magd Anna mit ihrem Sohn Paul, der nur wenig jünger war als Benedikt, mit dicken Holzbündeln auf dem Rücken und einem Korb voller Pilze aus dem Wald zurückkam, hörten sie unweit des Winzerhauses einen lauten Knall. Ihre kleine Tochter Johanna Maria und deren älterer Bruder Berti-Muki erschraken und drängten sich an die Mutter. Johanna drückte ihre Kinder an sich und erstarrte. Ein Gefühl von plötzlich aufkommender Angst erfüllte sie.

»Was war das?«, fragte Anna und stellte den Buckelkorb mit dem Holz ab.

»Das ist von dort drüben gekommen!«, meinte Paul und deutete in die Richtung des Zollhauses, in dem jetzt die englischen Besatzungssoldaten untergebracht waren.

»Ich habe Angst«, flüsterte Anna und drängte sich auch an Johanna.

»Wovor hast du Angst, Mutter?«

Paul war ein stiller und besonnener Junge, ganz anders als Johannas wilder und stürmischer Bruder Benedikt. Die beiden Buben, die zwar gemeinsam herangewachsen waren und denen in gleichem Maße Liebe und Zuwendung der beiden im Haus lebenden Frauen zuteil geworden waren, hatten sich gänzlich unterschiedlich entwickelt. Benedikt strich immer wieder den Jungbauern heraus und Paul, der mit dem Makel eines Bastards behaftet war, da er unehelich geboren worden war und seinen Vater nie kennengelernt hatte, ordnete sich den Wünschen des ein wenig älteren Sohnes des Hauses unter.

Die Rollen waren verteilt und so lange jeder die seine zu spielen verstand, gab es weder Schwierigkeiten noch Konflikte. Johanna, die dem Tun ihres jüngeren Bruders mit Ablehnung begegnete, hatte zu viele Sorgen und zu viel Arbeit, um sich um die täglichen kleinen Machtkämpfe und Streitigkeiten der Jungen zu kümmern. Nur manchmal versuchte sie Benedikt zu maßregeln, wenn dieser den jüngeren Paul wieder seine von ihr aufgetragene Arbeit verrichten ließ. Dann fügte sich Benedikt zwar mürrisch, warf Paul einen bösen und vorwurfsvollen Blick zu, um bei nächster Gelegenheit seine Vorgangsweise zu wiederholen.

»Da ist etwas geschehen!«, sagte Johanna leise und ahnte das Unglück.

»Habt ihr Benedikt gesehen, als ihr vom Wald heruntergekommen seid?«, fragte sie.

Paul, seine Mutter und die beiden Kleinen schüttelten verneinend den Kopf.

Johanna seufzte.

Wenn bloß Engelbert schon wieder daheim wäre, dachte sie an diesem Tag zum wiederholten Male.

Später, als die Sonne schon lange Schatten auf Gärten und Wiesen wachsen ließ, saß sie auf der Hausbank und putzte die Pilze, die Anna und Paul aus dem Wald gebracht hatten, schnitt sie in schmale Scheiben und legte diese zum Trocknen auf ein Holzbrett, das sie zuvor mit Papier bedeckt hatte. Mehrmals hatte sie nach Benedikt gerufen, doch ihre Rufe waren ohne Antwort verhallt. Bisher war er zur Abendmahlzeit, auch wenn er sich bei seinen neuen Freunden, den englischen Besatzungssoldaten aufgehalten hatte, stets daheim gewesen und hatte das Winzerhaus mit seinen Erzählungen und lautem Lachen erfüllt.

Heute blieb es still.

Johanna saß beinahe unbeweglich vor dem Haus und starrte in den Himmel, der sich leuchtend türkis und glutrot zu färben begann, und wartete.

Worauf? Sie wusste es selbst nicht genau.

Doch sie musste hier sitzen und warten, und noch ehe es dunkel geworden war, kam er. Sie sah seine klobige Gestalt, die sich langsam vom Weinberg her kommend auf das Winzerhaus zubewegte, und je näher er kam, desto mehr schien er seine Schritte langsamer werden zu lassen. Zögernd überquerte der Mann den Weg, der zum Haus führte, und blieb vor Johanna stehen.

»Edward?«, fragte sie und in ihrer Stimme lag ein Zittern.

Der Soldat nickte und schaute an ihr vorbei.

»Wo ist Benedikt?«

Der Mann räusperte sich. Noch immer stand er vor ihr wie ein dunkler Scherenschnitt im Licht der glutroten Abendsonne.

»Benedikt im Hospital!«, sagte er langsam und mit ruhiger Stimme, den Klang der Fremdheit im Ausdruck der einzelnen Laute.

Johanna hörte diese Worte wie aus weiter Ferne, die wie Watte an ihr Ohr drangen, jedoch in ihrer Sinnhaftigkeit und grausamen Wirklichkeit noch nicht von ihr realisiert werden konnten.

»Warum? Was ist geschehen?«

Ihre Stimme war schwankend, flüsternd, beinahe unhörbar.

Und dann erzählte Edward, wie er seinem jungen Freund das Reinigen seiner Waffe gezeigt und ihm erklärt hatte, wie man eine Handgranate zündet. Es war ein kurzer, unbemerkter Augenblick gewesen, der dann zum Verhängnis geführt hatte. Benedikt hatte versucht, die Handgranate zu zünden, hatte sie jedoch nicht weit genug geworfen und einige Granatsplitter hatten seinen Körper getroffen, ihn zwar nur leicht verletzt, aber ein Splitter sei in sein Auge gedrungen und …

»Wo ist mein Bruder jetzt?«

»In Hospital in großer Stadt, in Graz«, sagte der englische Soldat und sah zu Boden.

Johannas Vorahnung war nun zur Wirklichkeit geworden. Es war offensichtlich, einfach und klar, in dem Augenblick des Berichts von Benedikts Verletzung waren ihre Befürchtungen wahr geworden und sie war von Entsetzen erfüllt. Würde ihr kleiner Bruder überleben?

»Ja, er wird leben!«, sagte Edward, als hätte er ihre Gedanken lesen können.

Johanna nickte.

Am nächsten Tag fuhr Johanna in Begleitung von Edward und einem Fahrer nach Graz ins Krankenhaus, um ihren Bruder zu besuchen.

Die Operation war erfolgreich verlaufen. Man hatte ihm sämtliche Granatsplitter entfernt und ein dicker Verband bedeckte sein rechtes Auge. Das linke Auge war dick geschwollen und blutunterlaufen. Still lag er inmitten der weißen Kissen und als ihm Johanna, an seinem Bett stehend, die Hand drückte, erwiderte er ihre Berührung mit einem sanften Druck und hielt danach die Hand der Schwester fest umklammert. Seine Lippen formten lautlose Worte, die Johanna, obwohl sie unhörbar waren, verstehen konnte.

Beruhigend redete sie auf Benedikt ein, streichelte ihn mit einer Hand, während sie sich mit der anderen die Tränen aus dem Gesicht wischte.

Später sprach sie mit dem behandelnden Arzt und erfuhr die grausame Wahrheit.

Benedikt würde auf dem rechten Auge blind bleiben. Mit dem linken würde er zwar sehen können, aber diese Sehfähigkeit würde stark eingeschränkt sein.

Als Johanna am Spätnachmittag von Edward, der seit Benedikts Unfall für sie an Größe und Schrecken verloren hatte und ihr keine Furcht mehr einzuflößen vermochte, zurück nach Graßnitzberg gefahren wurde, ersuchte sie den Fahrer, sie nicht bis vors Winzerhaus zu fahren. Sie wollte die letzten Meter allein und zu Fuß zurücklegen.

Auf der Fahrt nach Hause hatte sie sich zwar ein wenig gefasst, aber ihr Gesicht trug noch immer die Spuren des Kummers und der Tränen. Während sie auf das Haus zuschritt, dachte sie an den Tod. Während des Krieges und auch die schwierigen Monate danach hatte sie es verstanden, diese Gedanken zu verdrängen. Das Bewusstsein der begrenzten ablaufenden Zeit war in ihr zu einer Kraftquelle für ihre eigenen Gewohnheiten und Erwartungen geworden, mit der sie auch den Drohungen und Erwartungen anderer entgegentreten konnte. Stets hatte sie versucht, sich der Zukunft zu öffnen und nicht zu verschließen. Niemals ließ sie die Gedanken an das Ende Platz greifen, versuchte nicht Zeit zu verschwenden, sondern aus ihr etwas Lohnendes zu machen. Sie unterlag nicht dem Irrtum, lang gehegte Wünsche und Vorstellungen auf einen späteren Zeitpunkt zu verweisen, weil später vielleicht dafür Zeit sein würde.

Nein, sie führte einen steten Kampf gegen Bequemlichkeit und Selbsttäuschung, um sich nicht selbst zu verfehlen.

Doch jetzt fühlte sie sich auf einmal so leer und ausgehöhlt und düstere Gedanken, bestimmt von Tod und Verderben, begleiteten sie bis ans Haus.

Es war Oktober geworden.

Die Tage waren erfüllt vom Duft der reifen Trauben und vom Heu der letzten Mahd, das teilweise noch in Bündeln auf den Wiesen stand und nach und nach in die Tennen und Schober gebracht wurde. Johanna atmete tief ein, so als wollte sie den gesamten Duft der Heimat in sich aufnehmen. Dann betrat sie das Haus.

Schon im Flur hörte sie Stimmen, die sich leise miteinander unterhielten. Mit hämmernden Herzen blieb sie abwartend und noch unbemerkt im halbdunklen Flur stehen und lauschte. Sie versuchte ruhig zu atmen. Ihr war, als zögen Schleierwolken durch sie hindurch und sie fühlte sich schwankend werden. Doch der Schwindel verging und eine Welle unbändiger Freude überflutete sie. Sie griff nach der Türklinke und betrat die Stube.

Am Tisch saßen Anna und Engelbert, der bei ihrem Eintreten aufsprang, auf sie zueilte und sie in die Arme nahm.

»Berti!«, flüsterte sie und ein heftiges Schluchzen schüttelte ihren Körper.

In den letzten Wochen, aber vor allem am heutigen Tag, hatten sich ihr so viele Hindernisse in den Weg gestellt, denen sie mit all ihrer Kraft getrotzt hatte, und nun war sie endlich dort angekommen, wofür sie gekämpft, geschuftet und gelitten hatte. Ihr Mann war heimgekehrt.

Alle Schwierigkeiten und Ängste, die sie bedrängt hatten, stürmten plötzlich auf sie ein. Sie ließen sich nicht einfach abschütteln, denn sie waren von tiefen Gefühlen hervorgerufen worden, die weit in die Vergangenheit zurückreichten und von denen sie geprägt worden war. Sie bestimmten darüber, wer und was sie war. Und Gefühle anerkennen keine Zeit.

Johanna und Engelbert hielten einander im Schweigen fest.

Beinahe lautlos verließ Anna die Stube.

DAS LETZTE GESPRÄCH

»Ja, so ist das gewesen! Endlich war der Bertl wieder daheim und wir haben neu begonnen.

Nach dem Krieg begann man im ganzen Land, Zerstörtes wieder aufzubauen. Die Grenzen waren neu gezogen worden und wir haben ein Stück von unserem Grund und Boden verloren. Es war eine harte Zeit, aber Engelbert und ich haben zusammengehalten.

Als man 1955 in Wien den Staatsvertrag unterzeichnete, brach ein neues Zeitalter an. Wir lebten an der Grenze und haben mit ihr zu leben gelernt.

Allmählich verbesserte sich die wirtschaftliche Situation unseres Landes. Auch wir veränderten uns. Wir kauften Land dazu, vergrößerten unsere Weingartenanlagen, verbesserten die Qualität des Weines, indem wir dazu lernten. Vor allem Benedikt entwickelte ein hohes Maß an Können, was den Weinbau betraf.«

»Aber er ist doch fast blind!«, versuchte ich einzuwerfen.

»Ja, das ist er! Anfangs konnte er nur mit Pauls Hilfe gehen, ohne sich irgendwo anzustoßen oder über Hindernisse zu stolpern. Sie waren schon ein eigenartiges Bild! Wie siamesische Zwillinge! Benedikt hatte stets seinen Arm auf Pauls Schulter gelegt und folgte seinen Schritten im Gleichmaß. Allmählich wurde er selbstsicherer und begann sich für den Weinbau zu interessieren. Er entwickelte eine feine Nase für den Geschmack des Weines und wenngleich er nicht im Weingarten mitarbeiten konnte, so war er bald bei der Kellerarbeit unentbehrlich geworden. Seine fehlende Sehfähigkeit glich er durch einen ausgeprägten Geruchs- und Geschmackssinn aus.

Unsere Heimat und wir mit ihr erlebten einen Aufschwung, der sich zwar in der Grenzregion etwas langsamer vollzog als in den übrigen Teilen des Landes, aber dennoch unaufhaltsam war.«

»Warum langsamer?«, fragte ich mit Verwunderung.

»Die Grenze verlief mitten durch unsere Weingärten, Felder und Wälder. Es war stets, als hätte man etwas vom Ganzen abgetrennt. Die wenigen Wege, die von da nach drüben führen, wurden mit Grenzschranken versehen. Entlang dieser Grenze waren wir, wenn auch nicht überall sichtbar, aber dennoch abgeschlossen, an den Rand gedrängt. Natürlich konnten wir die Grenze mit entsprechenden Papieren überschreiten, aber die Grundstücke, die einmal in unserem Besitz gewesen waren, gehörten uns nicht mehr. Wir wandten uns ab und gingen nicht oder nur sehr selten hinüber. Trotzdem gab es aber natürlich auch immer wieder die Möglichkeit, fremdes Territorium ohne Passkontrollen zu betreten. Tag und Nacht gingen bewaffnete Patrouillen auf beiden Seiten der Grenze entlang, da wie drüben.

Anfangs waren sie gefürchtet, doch allmählich gewöhnten wir uns an sie. Man gewöhnt sich an so vieles, auch an die Grenzbalken im Wald.«

Die alte Frau seufzte.

»Als man die Schäden des Krieges beseitigt hatte, kam der Wohlstand und mit ihm auch die Menschen, die aus welchen Gründen auch immer, aus ihrer Heimat flohen. Sie kamen aus den verschiedenen Ländern des Südens und Ostens und versuchten an der grünen Grenze – wie diese Trennlinie zwischen Slowenien und Österreich genannt wird – manchmal allein, meist aber mit Schleppern, denen sie viel Geld für die Flucht über die Grenze bezahlten, in unser Land zu kommen.

Und so manch einer hatte Erfolg und hat hier eine neue Heimat gefunden, so wie damals vor vielen Jahren auch meine Eltern.«

»Und Sie? Haben Sie jemals den Ort Ihrer Kindheit aufgesucht? Waren Sie später wieder einmal in Süssenberg, oder Sladki Vrh, wie es jetzt bezeichnet wird?«

Nachdenklich blickte sie mich an.

»Ja, ein einziges Mal war ich dort. Das war im Jahr 1960, glaube ich. Oder war es später? Ich weiß es nicht mehr genau. Meine Kinder und ich waren einmal dort. Mein Sohn Engelbert Nepomuk und meine Tochter Johanna Maria haben mich bedrängt und immer wieder gefragt, wo der Ort ist, in dem ich geboren wurde, wo Großmutter und Großvater zu Hause waren, und da habe ich ihnen nachgegeben und wir sind hingefahren.

Aber wir haben nur die verwahrlosten Gräber jener vorgefunden, die einmal zu unserer Familie gehört haben. Das kleine Haus, in dem ich zur Welt gekommen war, stand längst nicht mehr auf dem Hügel. Wie gesagt, ich war ein Mal dort und seither nicht mehr!«

Wie einfach wäre es gewesen, einfach dorthin zu gehen und die Gräber zu pflegen, das Andenken an jene, die einmal gelebt hatten, sichtbar zu machen, wären nicht die Grenzschranken an der Straße und ebenso in den Köpfen der Menschen gewesen, dachte ich.

»Und nun, nach mehr als einem halben Jahrhundert, liegt der Grenzbalken achtlos im Schnee!«, sagte sie, als könnte sie meine Gedanken erraten.

»Jetzt gibt es dieses Hindernis nicht mehr. Die Grenze ist offen und solange wir uns nicht selbst verschließen, wird sie hoffentlich offen bleiben.«

Inhaltsverzeichnis

Evelyne Lorenz (Evelyn Schmidt), geb.1950 in Graz, lebt in der Südsteiermark. Studium an der Pädagogischen Akademie in Graz und an der Universität Klagenfurt, 1986-2002 Lehrauftrag an der Pädagogischen Hochschule in Györ (Ungarn), 1993-2011 Professorin an der Pädagogischen Hochschule Steiermark. Veröffentlichte zahlreiche Kinderbücher und Romane und erhielt mehrere Kunst- und Literaturförderungspreise. Lesungen in Österreich, Ungarn, Triest und Istanbul. „Die Käferbohnenfrau" entstand nach umfangreichen Recherchen, ausgelöst durch die Öffnung der Grenze nach Slowenien im Dezember 2007.